魔王學院的不適任者

MAOH GAKUIN NO FUTEKIGOUSHA

～史上最強的魔王始祖，轉生就讀子孫們的學校～

作者†秋
Illustration†しずまよしのり

4

〈上〉

Kadokawa Fantastic Novels

§序章 【精靈之母大精靈】

兩千年前。大精靈之森阿哈魯特海倫——

「大家，聽我說。」

少女開口後，樹群就振動起來，讓這句話化為不可思議的回音傳到森林之中。

她背上長著六片結晶般的翅膀，一頭秀髮美得有如清澄湖水，眼瞳透著讓人誤認為是琥珀的光澤。

儘管置身在森林之中，少女身上的翡翠色禮服卻一塵不染。她正是那位赫赫有名的大精靈，一切精靈的母親——蕾諾。

精靈是從傳聞或傳承之中誕生的種族。不同於人類，精靈並非是從母親體內生下；然而誕生於這個世上的眾多精靈皆以她為母親。因為大精靈蕾諾就是從這種傳聞與傳承中誕生的精靈。

「我決定要去德魯佐蓋多一趟了唷。雖然還不清楚魔王阿諾斯是不是在騙人，但我覺得值得一信。畢竟這樣一來，說不定真的能結束這場戰爭。」

樹群就像譁然似的晃動。周遭瀰漫起一陣薄霧。從薄霧之中，冒出一群有如小妖精般長著翅膀的少女。她們叫做蒂蒂，是一種喜歡惡作劇的精靈。

「沒問題？」

「要去嗎？」

「蕾諾要去嗎？」

「回得來？回不來？」

妖精們紛紛問道。

「放心，我會好好回來的。魔王在這之前多的是機會消滅我，但他沒有這麼做——至少，他應該沒有要消滅我的意思。」

蕾諾飄浮著，在森林裡貼著地面移動。

「我不在的時候，別對誤闖進來的人惡作劇過了頭喔。」

妖精們嗤嗤笑起。

「該怎麼辦呢？」

「該怎麼辦好呢？」

「要惡作劇？還是不要惡作劇？」

「要～」

蕾諾不高興地盯著露出無邪笑容的妖精們。

「蒂蒂，我要生氣嘍。」

語罷，妖精們就立正站好，用雙手摀住嘴巴。

「那我們就這麼約好了喔。」

即使蕾諾這麼說完，蒂蒂們也還是不改姿勢，渾身不停地顫抖。

「就算假裝被我嚇倒也沒用。」

對於她的嚴厲斥責，蒂蒂們忙不迭地搖頭。

「不是的……」

「蕾諾，不是的。」

「來了。」

「來了唷……」

蕾諾不可思議地反問：

「什麼東西來了？」

蒂蒂們一副驚慌失措的模樣紛紛說道：

「可怕的……」

「可怕的來了……」

「神明大人。」

「可怕的神明大人……」

「來了！」

「來了唷！」

蒂蒂們當場一哄而散。

薄霧散去。不久之後，一名男人從森林樹叢中走了出來。他的身材高挑，乍看下溫文儒雅。寬鬆衣物的腰間纏著一條布帶，沒有攜帶任何武器。只不過，他散發出來的魔力明顯超乎常軌。

「嗨，我在找妳喔，精靈之母大精靈蕾諾。」

蕾諾戒備起來，朝他惡狠狠地看去。

「你是誰？」

「我是天父神諾司加里亞，是眾神之父。今天來是帶給妳一個好消息的。」

縱使看到蕾諾面露警戒，諾司加里亞也毫不在乎地說道：

「我想生育新的神子。而妳被選中作為產下新神子的母胎。恭喜妳，蕾諾。如果是妳的孩子，肯定會成為一尊優秀的神喔。」

「……你突然跑來是在胡扯什麼啊？」

「哎呀？」

諾司加里亞一臉訝異地看著蕾諾。

「怎麼了？妳可以再高興一點。是要生育神子唷。妳將在這世上產下一個秩序喔。」

「很遺憾，恕我拒絕。孩子我已經夠多了。」

「哈哈。」

諾司加里亞冷笑起來。

「這世上並沒有這個選項。這是神的決定。」

諾司加里亞緩緩走來。

蕾諾在眼前舉起手後，周遭的森林便朝諾司加里亞畫起魔法陣。

「阿哈魯特海倫可是精靈的住所，哪怕是神族，也別想在這裡為所欲為。」

「不許反抗。神的決定乃是絕對的。」

諾司加里亞踏出一步。

在這一瞬間，森林裡的樹群彷彿擁有意識般扭動，將一切的樹枝朝他伸去。前端化為尖刺的無數樹枝，從全方位刺穿諾司加里亞。

「請回吧，不知禮數的神族。否則，你的魔力將會一點也不留地變成養分喔？」

「居然能傷到神，真是令人驚嘆的力量，蕾諾。妳果然很適合擔任產下神子的母胎。」

諾司加里亞彈了下手指。

「秩序，服從我吧。神的命令乃是絕對的。」

在他一聲令下，樹枝群便從諾司加里亞身上拔出，襲向本應是術者的蕾諾。

「……咦……？」

樹枝群纏繞上來，束縛住她的四肢。

「一切的魔法都是我的夥伴。好了，妳就感到開心吧，蕾諾。」

諾司加里亞筆直地注視著蕾諾，莊嚴地作出宣言。

「我將授與妳神子。」

就在這時，上空落下一顆漆黑太陽——「獄炎殲滅砲（jio gureizu）」直接擊中天父神。諾司加里亞冷眼看著焚燒自己的漆黑火焰。

「不祥之火，平息吧。」

諾司加里亞向魔法發出命令，然而「獄炎殲滅砲」卻沒有消失。

「什麼……？」

「唔，很遺憾，我的魔法不喜歡別人命令它。」

伴隨著這句話自空中降落的是暴虐魔王阿諾斯・波魯迪戈烏多。

「神的命令乃是絕對的。不祥之火，平息吧。」

諾司加里亞在話語中注入更加強大的魔力。彷彿聽從神的命令，「獄炎殲滅砲」消滅得無影無蹤。

趁著這個破綻，著地的魔王阿諾斯以漆黑指尖貫穿了神的心臟。

「別這麼著急。就算你消滅了魔法又如何？」

神血自阿諾斯的手上滴落。然而，天父神卻不以為意地說道：

「很遺憾，神是殺不死的。此乃秩序。」

「我知道神族想重視秩序的心情，但你們沒能正視現實呢。」

魔王在諾司加里亞的體內畫起魔法陣。

「你就被自身的魔力消滅吧。」

「魔咒壞死滅（deguzuzegudo）」——這是讓魔力失控，最終導致死亡的詛咒。

諾司加里亞身上浮現一道蛇形黑痣，緊接著那道黑痣就露出獠牙，為了啃食他而激烈地暴動起來。也就是神所具有的龐大魔力，正在消滅身為神的自己。

啪答一聲，諾司加里亞的右手掉落在地面上，並像是詛咒從傷口處慢慢侵蝕般逐漸開始腐爛。

「哦？」

諾司加里亞向後退開。

「魔咒壞死滅」的魔法陣留在阿諾斯眼前。

「我明白了。你就是暴虐魔王啊？正好。」

「喔，這是什麼意思？」

諾司加里亞咧嘴一笑。

「神已決定要消滅暴虐魔王。用來殺害你的秩序、將會殺掉你的神子，即將誕生。此乃無從逃避，由世界所制定的真理。」

「原來如此。只不過，諾司加里亞，你將會在這之前死去喔。」

阿諾斯這句話，惹得諾司加里亞一陣嘲笑。

「不祥詛咒，平息吧。神的話語乃是——」

劍光一閃。

他的喉嚨被砍出一道缺口，不斷張合著嘴巴卻發不出半點聲音。

鏘的一聲，響起魔劍收鞘之聲。斬斷諾司加里亞的是一名眼神冰冷的白髮男子。他是魔王的右臂，同時也是魔族最強的劍士——辛・雷谷利亞。

「即使是神的話語，要是說不出口也是無用武之地。」

「…………呃……！」

諾司加里亞不停地張合著嘴巴。

辛手持著他的千劍之一，掠奪劍基里翁諾傑司。

那是一把斬斷喉嚨就能奪走聲音，斬斷眼睛就能奪走視力，斬斷心臟就能奪走性命的詛咒魔劍。就算治好喉嚨的傷勢，被掠奪劍奪走的聲音也不會回來。

「認為自己是真理而驕傲自滿，是你們神族的壞毛病。差不多該記在你們所謂的秩序上了吧。在我面前就連神的真理也會毀滅。」

阿諾斯一把抓住浮在空中的魔法陣，然後用力捏碎。

「…………呃…………！」

諾司加里亞的身軀就在轉眼間腐朽風化，消失殆盡。就連神也無法匹敵的壓倒性力量，讓蕾諾茫然地望著眼前的光景。

「好啦，精靈之母大精靈。我來聽妳的答覆了。決定好了嗎？」

阿諾斯問道。

蕾諾重新打起精神，在深呼吸之後回答道：

「……我決定試著相信你……」

「這真是太好了。」

「我準備好了，馬上就能出發喔？」

「抱歉，還要等最後一人。在事情確定之前，妳就先留在這裡等吧。」

「……我知道了。」

「我派一個人擔任護衛吧。前往德魯佐蓋多的路上危機四伏，而且還構築了無法施展『轉移(gatomu)』的反魔法結界。」

阿諾斯轉身朝當場跪地的辛說道：

「你就照之前說好的，在蕾諾返回阿哈魯特海倫之前擔任她的護衛。她是客人，要盡可能滿足她的要求。」

「遵命。」

「咦，等等，我才不需要什麼護衛。」

蕾諾連忙搖手婉拒。

「妳被神盯上了。祂們說不定還會再來，剛剛那傢伙也說不定會復活。畢竟祂們可沒這麼容易就會消滅。」

「或許是這樣沒錯，可是要我說的話，這個人看起來很可怕耶？這種一板一眼的人，我不喜歡。」

阿諾斯看著辛。一點也不親切的冰冷表情。

「也是呢。辛，笑吧。」

「遵命。」

辛擺出笑臉。應該是擺出了笑臉，但表情卻絲毫沒有變化。

「唔，笑得還不錯。這樣如何？」

「……就算你問我，但我完全看不出他有在笑耶。」

「咯哈哈，妳這樣還算是大精靈嗎？更加地睜大魔眼，仔細瞧瞧吧。他的嘴角可是揚起了〇．五公釐。」

「…………」

無法理解這種微妙的差異——蕾諾臉上寫著這種表情。

「懂了嗎？那你們就好好相處吧。」

「咦，等等——」

當蕾諾如此出聲喊住阿諾斯時，他人已消失得無影無蹤。

「…………」

「…………」

阿哈魯特海倫瀰漫起一陣尷尬的沉默。喜歡惡作劇的妖精蒂蒂，躲在樹後擔心地窺看著他們兩人。

「那個……」

「是的。」

「……接下來該怎麼辦？」

「謹遵諭令。我奉命要服從於您。」

蕾諾露出一臉困擾的表情。

「……那麼，我真的不需要護衛……能請你回去幫我向魔王這樣轉達嗎？」

「遵命。」

辛連同劍鞘一起把劍遞給蕾諾。

「那個……怎麼了？」

「既然說留我無用，就請收下這顆首級。無法達成吾君之令，我也無顏苟活於世。」

蕾諾一臉厭煩地扶額。

「……別強人所難了。我是不會殺你的。」

「遵命。」

辛拔劍出鞘，將劍刃抵在自己的脖子上。

「你、你這是在做什麼啊！」

「只要您下令自戕，我就立刻照辦。」

「咦？你、你、你在說什麼啊？就算你這樣威脅我，我也不會聽你的……」

即使蕾諾這樣懷疑他，辛的眼神也毫無一絲愧色，展現出不畏死亡的覺悟。

「我、我知道了！真是的，我知道了啦！」

「意思是？」

「所以說，我不會再要你回去了，給我把劍收好！」

「感謝您深謀遠慮的命令。」

蕾諾露出一臉困擾的表情。大概是覺得自己被麻煩的護衛纏上了吧。

「……我雖然知道了，但你要安分守己喔。你可以任意使用這座森林。」

「我明白了。」

「總之，我就只幫你介紹一次環境。跟我來。」

跑來偷看兩人情況的蒂蒂們一哄而散，讓出供他們通行的道路。跟在介紹森林的蕾諾背後，辛帶著凶惡的眼神走著。

§1 【和平的戰鬥 實踐篇】

鐵匠與鑑定舖「太陽之風」。

在阻止了迪魯海德與亞傑希翁之間的戰爭後，我返回家中享用媽媽煮的晚餐。雷伊與米夏等人，還有艾蓮歐諾露也一起跟了過來。

「不過，真是太好了呢。亞傑希翁與迪魯海德開戰了，但小諾你們卻到蓋拉帝提去做學院交流了吧？魔王學院也沒有任何通知，媽媽真是擔心死了……想說你們該不會是被捲入戰爭之中……」

媽媽眼中泛出淚光。大概是哭腫了好幾次眼吧，她紅著一雙眼睛。

「妳看，我就說沒問題吧。阿諾斯不會做讓我們擔心的事。」

爸爸說道。

「嗯，說得也是呢。我相信小諾絕對會回來……」

媽媽哽咽著，再度泫然欲泣。爸爸一臉拿她沒辦法的表情笑了起來。

「話說回來，阿諾斯你在開戰之後到哪裡去啦？勇者學院應該是沒辦法待了，是躲到哪裡去了嗎？還是說，畢竟是你，所以靠著自己的力量回來了嗎？嗯？」

唔，不愧是爸爸，很懂我呢。

「直到剛剛我都在托拉之森。」

「哦哦，這樣啊。你在托拉之森……嗯……？」

爸爸臉上浮現疑問，歪頭困惑。

「我記得托拉之森，好像是位在亞傑希翁與迪魯海德的國境線上……」

「是、是魔法轉播說會成為最前線的地方……」

媽媽露出戰戰兢兢的表情看著我。

「媽媽，爸爸，請冷靜聽我說。」

現在正是時候。我平靜地說出開場白。

「嗯、嗯嗯嗯嗯嗯嗯嗯嗯！媽媽一直都很冷靜喔！」

媽媽以驚人的速度不斷點頭，怎麼看她都很不冷靜。

「好、好好好好好好好好的！爸爸總是冷靜沉著的！」

至於爸爸則是全身不停地顫抖，已經連是不是在動搖都搞不太懂了。

「唔，還是等你們稍微冷靜一點之後再說吧。這樣是無法正視現實的。」

「沒、沒問題的，你放心吧。媽媽已經察覺到了。」

媽媽一臉作好覺悟的表情說道：

「事到如今，媽媽已經明白了。」

「明白什麼？」

「隱約明白小諾不是一個普通的孩子。」

唔，畢竟在這短期間內，確實發生了許多事情。即使是媽媽，也到底還是注意到了吧。

「……小諾為什麼會想來迪魯海德，又為什麼想就讀魔王學院，為什麼一出生就能說出自己的名字。這一切，肯定不是偶然吧。」

媽媽就像在說服自己似的說道：

「所以，沒問題的。你就儘管說吧。我已經作好覺悟了。」

為母則強。儘管看似對我一無所知，但其實一直都有確實關注著我。

「那我就說吧。」

「嗯。」

「雖說如此，但其實也沒什麼大不了的。首先，就從我剛才人在哪裡、做什麼事情開始說起吧。」

媽媽用準備接受一切的眼神注視著我。有這種覺悟的話，不論是怎麼樣的事實應該都嚇不倒她吧。

「我去阻止戰爭了。」

媽媽昏倒了。

「喂、喂！伊莎貝拉。妳沒事吧？」

爸爸連忙扶住媽媽，拚命呼喚著失去意識的她。

「啊……嗯……奇怪？我是怎麼了？小諾說他有重要的事情要跟我們說，然後……接下來呢……？」

媽媽一副記憶模糊的樣子。

「不過，我好像作了一個惡夢。夢裡小諾居然說他去打仗了……可是小諾才三個月大，怎麼可能會有這種事……」

她完全無法接受現實。看來不該先提戰爭的事啊。

「我們換個話題吧。爸爸媽媽已在迪魯海德生活了一段時間，我想你們應該知道魔族的事，還有兩千年前的大戰。」

媽媽一臉凝重地點頭。

「我就是轉生後的暴虐魔王。」

媽媽昏倒了。

「喂、喂！還來啊！妳沒事吧？伊莎貝拉。喂！振作一點。傷口很淺喔！」

爸爸，哪來的傷口啊。

「……我、我作了個夢……」

恢復意識的媽媽就像夢囈般地說道：

「小諾成為暴虐魔王的夢……讓迪魯海德與亞傑希翁開戰的人……所有人都指責小諾是

戰犯，打算要制裁他……」

沒想到媽媽會受到這麼大的打擊，不僅是嚇到暈倒，甚至還竄改記憶。

「該怎麼辦，靈神人劍斬斷宿命了唷？」

莎夏就像在發牢騷似的說道。

「就算妳這樣對我說，我也很困擾啊。」

雷伊苦笑著。

「畢竟勇者很擅長交涉吧？就不能用嘴巴上的靈神人劍想想辦法嗎？」

「對於真正的神聖之人，靈神人劍是起不了效果的。妳才是，難道不用『破滅魔眼』看看嗎？」

「真是抱歉，我早就試過了。」

我的部下老早就舉白旗投降了。沒在那場戰爭中認輸的雷伊等人，瞬間就喪失了戰意。

就連在兩千年前，都不曾遇過如此絕境。

好啦，這下該怎麼辦啊？

「我明白小諾想說什麼了。」

什麼？我還在思考對策，媽媽就先發制人了——

「多了新的女孩子呢。」

媽媽的視線朝著艾蓮歐諾露看去。

「嗯？」

艾蓮歐諾露在左顧右盼後，注意到媽媽看的人是自己。

「哇！該不會，是在說我吧？」

媽媽帶著吟吟笑容點頭。糟糕，完全被搶先一步了。

「媽媽，我的話還沒有——」

「小艾蓮是聽小諾說了什麼話，才願意跟他回家的啊？」

媽媽投以疑惑的眼神。

「那個，說了很多喔。」

「說了很多……！」

在這瞬間，能看到媽媽的妄想朝著和平的天空展翅高飛。

「比……比方說？比方說他講了什麼？」

「他對我說，妳就是我的魔法喔。」

「討厭啦啦啦啦啦啦啦啦啦啦！小諾的求愛臺詞愈來愈洗鍊了——！」

媽媽尖叫起來；爸爸咚的一聲，把手壓在桌上，全身顫抖不已地朝我看來。

「你、你……你你你……你是何時變成這種情場高手的……！」

媽媽在桌面上探出身體，追問起艾蓮歐諾露。

「還、還有呢？他還說了什麼？」

艾蓮歐諾露就像思索似的望著上方，同時豎起食指。

「那個，簡單說明的話，就是他說會讓這裡的所有人都獲得幸福，讓我知道阿諾斯弟弟是認真的，所以我就決定要跟他走了喔。」

爸爸聽得目瞪口呆，戰戰兢兢地回頭看向媽媽。

「讓所有人都獲得幸福，也就是說……？」

媽媽露出呆滯的眼神說道：

「……私生……子…………！」

這是理滅劍——

「妳、妳有幾個小孩？」

「咦？那個，是指潔西雅嗎？大致上有一萬人左右喔？」

「咦咦咦咦咦咦咦咦咦咦咦咦咦咦咦咦咦！」

「妳說有一萬人嗎嗎嗎嗎嗎嗎嗎嗎嗎嗎嗎嗎嗎嗎嗎嗎嗎！」

爸爸與媽媽發出方向性不同的慘叫。

「可、可是，一萬人也太奇怪了吧？不是小諾的孩子吧？」

「喔、喔喔喔！居然有一萬人，就算假設十次能懷上一個，也有十萬次……！這麼豐富的經驗未免也……」

爸爸緊握拳頭，咬緊牙關。

「太羨慕死人了吧……」

唔，到底還是注意到了吧。多達一萬人的小孩，正常來講是生不出來的。換句話說，就是魔法的產物。

「這件事我本來是想之後再提，但我不打算找藉口。這是我的責任。我會負責照顧好所有人。」

「……承……認了……！」

爸爸嚥了口口水，以逼真的表情喃喃說道：

「你……是男人啊，阿諾斯……」

「我會彌補自己犯下的過錯。」

「……過錯……小諾犯下的……過錯……明明還不到三個月大……」

媽媽踉蹌了一下，搖晃著腦袋。

「……那個，小艾蓮打算怎麼做？是想讓小諾負起責任跟妳結婚吧？」

「咦？責任？呵呵，我不需要他負責喔。」

「不需要！」

朝著焦躁過度一臉困惑的媽媽，艾蓮歐諾露悠悠哉哉地笑了起來。

「嗯～我想兩位大概是誤會了，我們之間並不是那種關係。就只是阿諾斯弟弟對我太溫柔了。」

「……側……室……！」

媽媽不自覺地喃喃自語，同時第三次暈倒過去。

「喂、喂……！」

爸爸扶住險些摔下椅子的媽媽。

「重要的話還沒說完就這樣，還真是讓人傷腦筋呢。唉，是因為戰爭讓她太緊繃了吧。今天就先這樣讓她去睡吧。」

爸爸將媽媽抱在懷中，離開客廳。

「我來幫忙。」

我追在爸爸身後這麼說道。

「我不要緊。你也很累了吧？去好好休息。」

「這樣啊。」

正當我打算轉身離開時，爸爸露出欲言又止的表情。

「爸爸，怎麼了嗎？」

「啊啊，沒有啦……唉，該怎麼說呢。媽媽她好像很擔心你是不是被捲入戰爭之中，所以今天說的話，或許比往常還要奇怪一點，但明天就會恢復成平時的模樣了。」

「…………」

儘管也覺得跟平時的媽媽沒兩樣。

但這樣的話——

「也就是說，爸爸明白了嗎？」

「是指你是暴虐魔王，跑去阻止戰爭發生的事嗎？」

我點了點頭。

「阿諾斯。」

爸爸露出一反常態的認真表情。

「從未跟你說過呢。其實爸爸一直瞞著你一件事。」

「什麼事？」

爸爸沉痛地蹙起眉頭。他注視著我的眼神，有哪裡不同於往常的爸爸。

「……我也是兩千年前的戰士……」

什麼？爸爸是轉生者……？這樣的爸爸……？

就算像這樣面對面，也完全感受不到一絲魔力。也就是說。他至今為止，都施展了連我的魔眼也無法窺看深淵的隱蔽魔法嗎？

如果是這種高手，就會是我所熟知的人物吧。

雖然難以置信，但雷伊都是加隆了；就可能性來說，這也不是不可能的事。

「爸爸兩千年前的名字是？」

爸爸以帶著陰影的表情說道：

「滅殺劍王蓋鐵萊布特。」

不認識。

「你知道在亞傑希翁是怎麼稱呼這種行為的嗎？」

爸爸一臉得意地說道：

「就叫中二病喔。」

到這邊都是理滅劍啊。

§2　【勝利的美酒】

「你打算怎麼解決？」
莎夏斜眼看著我問道。
到頭來，還是沒能將真相傳達給爸媽知道。不過，就跟爸爸說的一樣，這主要也是因為媽媽太過擔心我會被捲入戰爭之中，導致她情緒激動吧。
等過了一段時間後，應該就能冷靜下來聽我說明了。只要能將真相傳達給媽媽知道，要讓爸爸接受就是小事一樁。
既然如此，只需要慢慢等待時機到來就好。
「首先要趁熱把焗烤蘑菇吃完。」
「我說你啊……」
莎夏擺出傻眼的表情；米夏幫我將大盤裡的焗烤蘑菇分裝到小盤上。
「這樣夠嗎？」
「剛剛好。」
我從米夏手中接過小盤，享用起焗烤蘑菇。
「唔，阻止完戰爭後，就是得吃這個。」

米夏就像在思考什麼似的低下頭。

「這麼限定的事情，請不要說得好像每天都有一樣啦。」

莎夏這麼說完，米夏就頻頻點頭同意。

「咦？話說回來，沒看到酒耶？」

艾蓮歐諾露巡視著餐桌。

「這種時候，果然要來一杯勝利的美酒吧？」

「抱歉，我家爸媽都不喝酒。家裡沒有酒。」

「哇～真健全。那麼——」

艾蓮歐諾露畫起魔法陣，把手伸進中心拿出三支酒瓶。

「鏘～！蓋拉帝提的名產聖迪米拉酒。很美味喔！」

「哦，妳挺機靈的嘛。」

莎夏看得兩眼發光，一副想喝看看的模樣。

「那就幫莎夏妹妹倒滿滿一杯吧。」

艾蓮歐諾露在莎夏杯裡注入聖迪米拉酒。

「接下來換誰啊？」

艾蓮歐諾露邊說邊依序在大家的杯裡斟酒。

「那就乾杯吧？」

我們拿起杯子。

「乾杯的口號。」

米夏這麼說後，雷伊就朝我微笑。

「就只有你能喊了吧？」

「也是。」

我舉杯說道：

「由於各位的奮戰，讓我們得以避免了迪魯海德與亞傑希翁之間的戰爭。儘管還留有許多麻煩的問題，但今宵就讓我們暫且忘卻俗事，陶醉在勝利的美酒之中吧。這是我們魔王軍的勝利。」

眾人露出笑容，朝我看來。

「乾杯。」

「「「乾杯！」」」

我一口飲盡倒入杯中的聖迪米拉酒。相當美味。這要是守護和平之後的一杯，就更顯得美味了。

「阿諾斯弟弟，你這樣一口氣乾完不要緊吧？聖迪米拉酒很烈喔？」

「沒什麼，這種程度就跟水沒兩樣。」

「哇！酒量真好。那要再來一杯嗎？」

艾蓮歐諾露亮著酒瓶。

「好啊。」

聖迪米拉酒咕嘟咕嘟地注入我的杯中。

「喂，阿諾斯。你可別喝得太開心，把自己給喝醉了喔。」

莎夏紅著臉糾纏上來。總覺得她有點口齒不清。

「妳才是已經喝醉了吧？」

「真是抱歉，我可是破滅魔女唷。才不會輸給區區的酒呢。」

莎夏邊說邊靠向艾蓮歐諾露。

「喂，還有其他酒嗎？」

「如果是水果酒的話。」

「有葡萄酒嗎？」

艾蓮歐諾露畫起魔法陣，從中取出葡萄酒的酒瓶。收納魔法陣的儲藏量有限，她為什麼會隨身攜帶這麼多酒啊？還真是讓人疑惑。

「聽到了嗎？阿諾斯！就讓你瞧瞧我才沒有喝醉的證明！」

莎夏在高聲宣言後，把葡萄酒與聖迪米拉酒的酒瓶拿在兩手上。她將兩手的酒同時注入杯中，聖迪米拉酒與葡萄酒在杯裡混合在一起。

「這就是涅庫羅的祕術，融合魔法『聖葡萄酒（ka kuderu）』！」

她根本完全喝醉了啊。就算聖迪米拉酒是烈酒，光是一杯就變成這副模樣，還真是讓人傻眼。

莎夏就連自己的酒量都搞不清楚，開開心心地將剛調好的「聖葡萄酒」遞到嘴邊。

「別喝了。」

我拿走莎夏的杯子。

「啊，是怎樣啦？是想說我喝醉了嗎？」

莎夏口齒不清地說道。

「妳怎麼看都像是喝醉了啊。」

「嗚……！我才沒有醉！真的唷？我都表演融合魔法給你看了。」

平時明明就不會用這種語調說話。

「我才沒有醉！」

「我知道了、我知道了。這酒似乎挺美味的。能給我喝嗎？」

「嗯？是這樣嗎？既然阿諾斯想喝，就給你吧。」

我一面心想「她還真讓人傷腦筋」，一面將「聖葡萄酒」一口乾完。

「…………」

好難喝。就連在兩千年前，我都沒喝過這麼難喝的酒。這是絕對不能混合的酒啊。

「就讓你再見識一次涅庫羅的祕術吧！」

莎夏再次把聖迪米拉酒與葡萄酒注入同一個杯子裡。

「莎夏，妳在做什麼？」

「那個呢，我想把阿諾斯灌醉。」

莎夏才剛這麼說，就把注入「聖葡萄酒」的杯子遞到自己嘴邊。

「別做毫無條理的事。」

我再度拿走莎夏的杯子。

「嗚……阿諾斯不讓人家喝酒……」

莎夏鬧彆扭地說道。

「真是傷腦筋的傢伙。」

這時，一個裝水的杯子遞到我手上。是米夏遞來的。她朝我使了個眼色。

「妳就喝這杯酒吧。」

我一把那杯水遞給莎夏，她就用雙手捧著，直愣愣地盯著杯子。

「這杯酒，看起來好像水呢。」

因為就是水。

「很美味喔。」

「真的嗎？」

莎夏咕嘟咕嘟地喝了半杯水後，歪頭困惑起來。

「……果然很像水呢……」

「妳再仔細品嘗看看。這可是好酒。倘若品嘗不出它的味道，就表示妳果然醉得相當厲害喔。」

莎夏很聽話地一面品嘗味道，一面喝著水。接著，她就像是明白了什麼似的「嗯」了一聲點點頭。

「哇～真的呢。這是好酒喔。叫什麼名字？」

就是水。

「這叫做魔王酒。不是能輕易品嘗到的酒喔。」

「我喜歡。」

莎夏就像在品嘗高級酒似的，舉止優雅地慢慢地喝著杯中的水。

「莎夏發酒瘋了。」

米夏在我耳邊低語。

「看來是這樣。」

她用雙手捧著杯子，一口一口地喝著酒。

「米夏沒事嗎？」

「我施展了『解毒』。」

酒跟毒一樣。只要想解，就能解掉。

「不行喔，米夏妹妹，怎麼能這樣呢？在酒宴上施展解毒魔法，那喝酒還有什麼樂趣可言啊。」

艾蓮歐諾露就像在教訓她似的豎起手指。米夏直眨著眼，一副很為難的樣子。

「酒喝起來暈暈的。」

「這樣才好。醉醺醺的女孩子會變得很可愛喔。」

米夏朝我看來。

「是嗎？」

「這我第一次知道。」

「不行喔，阿諾斯弟弟。這種時候要說會很可愛才行啊。」

「要是喝醉，出了什麼萬一可就傷腦筋了。如果她不能喝，就不需要硬將她灌醉吧？雖然不太懂會變得可愛是怎麼回事，但就算會變得可愛，那也是借助酒力的緣故。」

「哇！真是無趣耶～這種魔王般的意見，我可不接受喔。」

艾蓮歐諾露在我面前豎起食指，嗤嗤地笑了起來。雖然看起來沒什麼變，但她其實也喝醉了吧？

「好啦，米夏妹妹。這可是難得的和平，就算喝醉也沒關係喔。由於阿諾斯弟弟還不習慣和平，所以我們得好好教教他才行。」

米夏朝我瞥了一眼後，再度看向艾蓮歐諾露。

「……我喝醉看看……」

米夏這麼說完，就一口一口地喝起聖迪米拉酒。由於沒有施展解毒魔法，她慢慢地變得滿臉通紅。

「阿諾斯。」

「還好嗎？」

米夏點了點頭。

「變和平了？」

「什麼變和平了？」

米夏指著自己。

「我？」

看來是喝醉了。

「暈暈的。」

「要適可而止啊。」

「……嗯……」

米夏聽從我的囑咐，舔拭般地一點一點地喝著酒。

「米夏，妳在喝什麼？好喝嗎？」

莎夏搖搖晃晃地靠過來。

「好喝。」

「那種酒，也有我的份嗎？」

米夏朝我看來，用眼神詢問著。是在問我「可以嗎？」吧。

「讓莎夏喝魔王酒吧。」

「嗯。」

米夏應了一聲，幫莎夏倒了一杯水。

「莎夏喝這個。」

「啊，魔王酒還有啊？謝謝。」

莎夏津津有味地喝著水。在她對面，雷伊已喝完一瓶聖迪米拉酒了。

「我看妳好像沒在喝，是不能喝酒嗎？」

他看米莎杯裡的酒完全沒少，於是問道。

「啊哈哈，該怎麼說好呢。我小時候曾有一次不小心喝到酒，留下非常不舒服的印象，所以在那之後我都會不自覺地避免喝酒……」

「那就不要勉強去喝吧。」

雷伊將杯裡的酒喝完。

「啊，我幫你倒吧？」

米莎拿起放在桌上的聖迪米拉酒的酒瓶，往雷伊的杯裡斟酒。

「雷伊同學喜歡喝酒嗎？」

「也沒有很喜歡，就只是有點懷念呢。以前在偶爾失眠的日子裡，我都會喝這種酒。」

他語罷，米莎的表情就黯淡下來。她垂下頭，欲言又止地緊抿著唇瓣。或許是明白米莎心裡的想法吧，雷伊也緘默不語。

沉寂數秒後，他彷彿作好覺悟似的開口說：

「米莎同學。」

就在這時，米莎一口飲盡手上的聖迪米拉酒，讓雷伊愣了一下。

「……那個，妳一口氣喝這麼多，不要緊嗎……？」

在雷伊擔心地詢問後，米莎就猛然站起，臉色發白。

「……不好意思，我有點不舒服……果然還是不能喝酒呢……」

米莎話一說完，就摀住嘴巴往屋外衝去。

§ 3 【月光的祝福】

「我去看看樣子。」

雷伊留下這句話後，就追在米莎身後離開屋內。

「不要緊吧？」

艾蓮歐諾露低聲問道。

「沒什麼，就只是她喝不了酒罷了。一點問題也沒有。」

「喂，阿諾斯，米莎怎麼啦？」

莎夏一手拿著斟著魔王酒的杯子問道。

「她就只是不勝酒力。雷伊去看情況了，所以不會有事吧。」

莎夏將魔王酒一飲而盡。

「我很擔心她。要去看看樣子嗎？」

她喝醉了。

「雷伊已經去了，不會有問題的。」

「喂，米夏，妳很擔心吧？」

莎夏纏上米夏，整個人貼在她身上。

「……我比較擔心莎夏……」

米夏雖然也醉了，但似乎比莎夏清醒。

「果然會擔心呢。我去看看樣子喔。」

莎夏完全不聽人說話，步履蹣跚地走向大門。

「等等，妳搖搖晃晃地是要去哪裡？」

「別擔心啦，我沒有那麼醉。」

砰！莎夏一頭撞在門板上。

「……好痛喔……」

莎夏摀著腦袋蹲下。一會兒，等到痛楚退去後，她猛然站起。

「我重振旗鼓，再度出發了喔。」

喀嚓喀嚓的聲音響起。莎夏打不開門。

「奇怪？門卡住了耶。」

「莎夏，不轉門把，是開不了門的。」

「啊……」

羞恥心讓莎夏的臉變得更加火紅。

「阿諾斯，你以為我喝醉了吧？」

「妳要是沒醉，這世上就沒有喝醉的人了。」

「我到底哪裡喝醉了啦，你說啊？」

「那妳直走看看。」

「好啊。這不過是小事一樁。給我看好喔！」

莎夏筆直走著，腳步穩健地讓人懷疑方才的搖搖晃晃到哪裡去了。然後砰的一聲，再度一頭撞在門板上，摀著腦袋蹲下。

還以為她這下總該明白了，結果她就像若無其事一樣站起身，優雅地揚起微笑。

「這下你明白了吧？」

「莎夏妹妹，妳完全喝醉了喔。」

艾蓮歐諾露發出一針見血的吐槽；米夏頻頻點頭同意。

「嗚……是怎樣啦？大家聯合起來誣賴我喝醉，不理你們了啦。我很擔心米莎，我自己一個人去看看！」

莎夏走向大門。

「你讓開啦。是想阻止我嗎？你難道就不擔心米莎嗎？」

莎夏一臉認真地和門板說話。

「你難道是門板嗎？」

就是門板。

「快說話啊。」

門板是不會說話的。

「讓莎夏清醒？」

米夏問道。是指要不要施展解毒魔法吧。

「沒什麼，今晚可是慶功宴。她難得醉得這麼愉快，不需要掃她的興致。只要吹一下晚風，就會清醒一點了吧。」

我起身走到莎夏身旁。

「莎夏。」

一向莎夏搭話，她就有點淚眼汪汪地向我哭訴。

「嗚……阿諾斯……這個門板太頑固了。我很擔心米莎，他卻不讓我過……！」

「別擔心，我來跟他說。」

說完，我便把門打開。

「開了耶。」

莎夏開心說道，興高采烈地衝出屋外。

「別這麼急，小心跌倒。」

「我又不是小孩子，才不會跌倒呢。」

啪答一聲，莎夏跌在地上。她立刻抬起頭，淚眼汪汪地哭訴著。

「嗚……阿諾斯……地面突然朝我撞過來了。」

「外頭敵人很多，別放開我的手。」

我向跌倒的莎夏伸出手。

「嗯。」

莎夏一面呵呵笑，一面握住我的手站起，然後緊緊摟住我的手臂。

「米莎在哪裡啊？」

「就在附近。」

我追蹤米莎的魔力。她就在鐵匠與鑑定舖的庭院裡。就跟之前一樣，她坐在樹根上，雷伊站在她身旁。

「冷靜下來了？」

「……是的，不好意思，嚇到你了……我的體質果然不適合喝酒呢……雖然早有預感了……啊哈哈……」

米莎無力地笑著。

「不過，我還是有種想喝的心情。」

她這麼說完，環抱起自己的膝蓋，眼睛直直地看著地面。

「……前世的事，兩千年前的事……」

米莎垂下頭，把臉埋進膝蓋裡。

「雷伊同學都記得呢。」

沉默片刻後，雷伊說道：

「抱歉，我說謊了。」

「……雷伊同學把一半的項鍊送給我時，我很高興……」

米莎將項鍊上的貝殼拿在手中。

「能跟我說真相嗎？」

「兩千年前的事？」

米莎搖了搖頭。

「是雷伊同學的事。雖然已經大致明白了，但我想聽雷伊同學親口說。」

她直直注視著項鍊上的貝殼。

「……我從未想過，雷伊同學竟打算犧牲自己……」

雷伊本打算說些什麼，但最後還是不發一語。

「那個時候，雷伊同學打算跟我告別吧……？」

「……沒錯……」

雷伊沉思般地仰望起夜空。藏於雲後的明月透著朦朧月光。

「我打算為了和平犧牲。身為勇者，我必須結束掉這場自兩千年前延續下來的戰爭。我原以為自己早有覺悟，沒留下任何遺憾。然而……」

雷伊注視夜空的眼神很溫柔，充滿著愛。

「我卻想與妳再度相逢。」

語畢，他看向米莎。

「要是我們彼此轉生了，我希望到時能讓妳獲得幸福。」

「……雷伊同學……」

米莎悲傷地回望雷伊。

「……我不需要什麼來世的幸福喔……」

米莎看著他，眼眶滿是淚水。

「你不需要讓我幸福。是我喜歡上雷伊同學，想要陪伴在雷伊同學身旁。不論發生什麼事……不論你有著什麼樣的立場。」

米莎控訴般問道：

「為什麼不帶我一起去？」

雷伊啞口無言。始終直視自己的正直眼神，讓他無法別開視線。

「……妳和兩千年前的戰爭無關……不能讓我的事情連累到妳……」

「……我一點也不覺得這是連累……」

米莎毅然說道：

「因為，要是我也像雷伊同學或阿諾斯大人一樣背負著某種沉重的命運，這樣雷伊同學還會對我說這與你無關嗎？」

雷伊搖了搖頭。

「……我絕對會幫助妳。」

他以堅定的意志說道：

「不論我身在何處，不論要拋棄什麼，我都會前去幫助妳。」

「我也是。雖然我跟雷伊同學不同，一點力量也沒有。不過，如果你是兩千年前的勇者，要為了兩千年前的戰爭犧牲的話，我至少能與你一起並肩作戰。」

「……妳說不定會死。」

米莎嫣然一笑。

「喜歡的人都要犧牲生命了，自己又怎麼能貪生怕死呢。」

雷伊驚訝地瞠圓了眼。

「我會這麼想……或許就只是因為我是個笨蛋。雷伊同學打算犧牲自己，我卻什麼也辦不到，也沒有足以讓你信任我而把這件事告訴我的力量，一切都是事後才知曉的。這讓我有點哀傷……」

彷彿是在吐露心中的焦慮，她娓娓說道：

「雷伊同學，你認為什麼才是最重要的？」

「……是能夠由衷歡笑，不受任何人事物所威脅，就真正意思上的自由。」

「我的自由，就是陪伴在雷伊同學身旁。」

她以兼具溫柔與堅強的眼神，注視著雷伊。

「請不要再奪走我的自由了。」

雷伊點了點頭。

「我向妳保證。」

米莎滿意地笑了出來。

「你不坐下嗎？」

她伸手拍著自己身旁的位置。雷伊默默坐下。

「我還以為妳在生氣呢。」

雷伊喃喃說道。

「我嗎？當然在生氣唷。因為你什麼也不跟人家講。」

米莎捉弄似的回答。

「不過，雷伊同學的心願、渴望和平所做出的努力與在這兩千年間的奮戰不懈，這份心情我不認為是錯的。所以我生氣的，就只有你不跟我講這件事。」

「抱歉。」

「啊，我已經不生氣了喔？因為你平安歸來了。」

「要是我沒回來呢？」

米莎想了一下後說：

「我來世一定會把你痛扁一頓唷！」

米莎笑著，雷伊則跟著苦笑起來。

「米莎。」

「咦？」

被直呼名字，米莎就像嚇了一跳似的凝視著雷伊。

「我比以前更喜歡妳了。」

「啊……」

米莎害羞地垂下頭。

「我也是……比以前還要更加地……更加地喜歡雷伊同學……」

雷伊輕輕地把手放在米莎手上。

「啊，那個時候，也是這種感覺吧？」

「去參戰之前？」

「嗯……」

雷伊與米莎的視線被彼此的眼眸吸引。

「……這次不曉得會發生什麼事，心裡有點不安……」

「已經不會再發生任何事了。」

「真的嗎……？」

「要我證明嗎？」

米莎微微點頭，輕輕地闔上雙眼。她的指尖纏繞上去，讓兩人的雙手交握。

「我喜歡妳。」

「我也最喜歡你了。」

甜甜蜜蜜地，互相低喃著「喜歡你」。

兩道人影緩緩貼近，雷伊的唇瓣，交疊在淡淡紅唇上。雲縫間灑落的月光，溫柔地祝福著兩人。

§ 4 【學院交流生與新任教師】

在那之後過了不久——

隨著迪魯海德與亞傑希翁的戰後處理告一段落，停課的魔王學院也恢復上學。

我一面感受莫名懷念的氣息，一面踏入德魯佐蓋多的第二訓練場。

一坐在自己的位置上，隔壁桌的莎夏就打起招呼。

「早安。」

我直盯著她的臉瞧。

「幹……幹麼啦……？你在看什麼？」

莎夏就像戒備似的，用雙手擋住自己的臉。

「妳做了新的髮繩啊？」

她束起雙馬尾的緞帶和平時的不同。

「……真虧你看得出來呢……」

「我的魔眼(眼睛)可不模糊，不會看漏部下的裝備。」

莎夏投來有點不滿意的眼神。

「別說是裝備好嗎？」

莎夏把臉別開。只不過，從她背上卻能感受到心花怒放般的喜悅。

「阿諾斯有注意到，所以莎夏很害羞。」

坐在反方向的米夏說道。

「妳說髮繩嗎？」

米夏點了點頭。

「原來如此。莎夏，既然妳很高興，要不要直接說出來啊？」

「你、你在說什麼啦？真是的，米夏妳別胡說八道啦！」

米夏直眨著眼，朝我看來。

「被罵了。」

「別放在心上。她無理取鬧也不是一天兩天的事了。」

莎夏一臉不滿地瞪來。

「等等，阿諾斯。你這是什麼意思？是想說我會毫無理由地找人麻煩嗎？」

「莎夏，如果不是的話，妳就坦率一點吧？這樣下去，會得不到想要的東西喔。」

瞬間，她沉默下來。

「……想要的東西，是在說什麼啊……？」

「妳以為我沒有注意到嗎？」

「……咦……………啊…………」

「妳不想要嗎？」

莎夏紅著臉，垂下頭別開視線。

「…………………我想要…………」

我指著她的髮繩。

「材質是絹。而且不是普通的絹。那是只能在黃昏吐絲的黃昏蠶身上採集到的昏絹。能在這條髮繩上看到兩千年前的影子。應該是發源於遠在密德海斯西方的阿利略市所生產的絹衣吧。昏絹不僅堅固，而且容易附加強化魔法。雖然在大戰時被視為珍寶，不過在這個和平的時代則是將技術應用在裝飾品上。魔法染色是用這個時代的技術啊？雖然用魔眼來看會覺得顏色不夠鮮豔，但還算不錯。綜合來說是中下水準的裝備。」

莎夏從中途就擺出一張無比認真的表情看著我。總覺得反應跟我想的不太一樣。

「怎麼了？」

我向米夏問道。

「……看得太仔細也不好……」

唔，是這麼一回事啊。

「我還以為她會高興。」

隔壁傳來呵呵笑聲。

「哪有女孩子會因為這種評論高興啊？你就再多學習一下和平吧，魔王大人。」

莎夏捉弄似的說道。她的表情看起來果然是很高興的樣子，所以讓我感到不可思議。

「早啊。」

「大家早！」

雷伊與米莎一起走進教室，坐到位置上。

「終於光明正大地兩個人一起上學了呢。」

莎夏嘀咕著。

「咦？啊，不、不是的。就、就只是碰巧遇到！」

米莎急忙解釋。

「哼～碰巧啊。」

「對、對了，阿諾斯大人。艾蓮歐諾露同學與潔西雅同學在那之後怎麼樣了？」

米莎就像硬要改變話題似的詢問。

「那件事啊？哎，雖然考慮了很多——」

剛好就在這時，通知上課的鐘聲響起。教室門開啟，在梅諾走進教室內後，兩名女學生也跟著走進來。

「那就是答案了。」

米莎轉過頭去，隨即看到穿著勇者學院制服的艾蓮歐諾露與潔西雅。

潔西雅的年齡約十歲左右，是之前說出「請救救媽媽」的那名少女。

由於其他的潔西雅要過學院生活還很困難，所以是用其他方式照顧。

「好啦、好啦，各位同學請就座。今天要跟大家介紹學院交流生喔。雖是這麼說，但我想大家已經認識她們了吧。」

艾蓮歐諾露吟吟笑起。

「我是勇者學院的艾蓮歐諾露・碧安卡喔。」

即使艾蓮歐諾露都像這樣自我介紹了，潔西雅也依舊一副不知道這裡是哪裡的模樣左顧右盼。

「這孩子是潔西雅・碧安卡。雖然有點不太會講話，但聽得懂我們說話。好啦，潔西雅，有辦法打招呼嗎？」

經艾蓮歐諾露這樣說後，潔西雅就立刻朝學生們看去。

「……我是……潔西雅・碧安卡……」

她低頭打著招呼。

學生們看著她們兩人的模樣嘈雜起來。

「說是勇者學院……又要學院交流了嗎……？」

「是啊……亞傑希翁可是向我們宣戰了耶？」

「雖說戰爭在暴虐魔王的幫助下立刻就結束了，但在這種時期進行學院交流也到底是不太妙吧……？」

面對這些抱怨連連的學生們，梅諾毅然說道：

「我很清楚各位的擔憂，畢竟迪魯海德與亞傑希翁才剛結束一場戰戰。不過，那件事已查明是勇者學院的前學院長迪耶哥・伊捷伊西卡的陰謀，並非所有人類都想與魔族為敵。」

這件事情也早已告知迪魯海德的人民。當時戰火並未波及到城市。由於戰爭在還沒有實感的情況下就結束了，所以大部分的民眾都很輕易地接受了這件事。

只是這個班級的學生在開戰後，就被監禁在勇者學院的宿舍裡直到戰爭結束，所以相對地難以接受這件事吧。

「亞傑希翁為了向迪魯海德再度表示友好，向我們提出了學院交流。德魯佐蓋多會決定接受艾蓮歐諾露同學她們前來交流，也是基於這個理由。」

即使聽完梅諾的說明，學生們依舊一臉不滿。

「……就算老師這麼說，我們也沒辦法這麼簡單就相信人類啊……」

「就只是戰敗了，所以才把那個叫迪耶哥的傢伙當成壞人，其實勇者學院的所有人都想要開戰吧？」

「別說勇者學院，說不定亞傑希翁的所有人類都想開戰呢。」

「或者說，到底是誰啊？說要繼續學院交流的傢伙。」

「對啊，就算沒有開戰，那些傢伙可是侮辱了暴虐魔王，怎麼可能和他們交流啊。」

「身為皇族，要接受侮辱始祖的傢伙們也到底是——」

看來在抱怨的大都是皇族派的學生。與其說是針對亞傑希翁，倒不如說主要是對勇者學院感到不滿吧。

「好了、好了，老師也明白各位同學的不滿。」

「哈哈！」

教室裡響起笑聲。

循聲望去，就看見入口站著一名高挑的男人。那是一名紫髮紫眼的文雅男子。看他身穿法衣，想必是名教師吧，然而他很稀奇地身著白制服。也就是說，那名男人並非皇族；但這也是理所當然的吧。

他活了比七魔皇老還要漫長的歲月，是我也認識的人。只不過，我可沒聽說過這件事。

而且——

「你們還真是滑稽啊。」

男人朝講臺走去。

「對了，妳們可以就座了。」

聽男人這麼說完，艾蓮歐諾露與潔西雅就朝這邊走來。

兩人坐在我正後方的座位上。

「阿諾斯弟弟，謝謝你。這一切都多虧了阿諾斯弟弟。」

「沒什麼，我已經聽妳道謝過了。」

「呵呵，不論要我道謝多少遍都可以喔。今後就請多指教了。」

「嗯。」

我一面回應，一面看著站在講臺前的男人。

「怎麼了嗎？」

艾蓮歐諾露不可思議地問道。

「沒什麼，不是什麼大事。」

梅諾朝著黑板用魔法書寫，同時說道：

「那個，總之學院交流生的事情就是這樣了。老師明白各位同學有所不滿，但她們並沒有犯下任何過錯。只要相處過一段時間後，我想各位同學也會明白艾蓮歐諾露同學她們不是會引發問題的學生喔。」

梅諾書寫完畢。

──耶魯多梅朵・帝提強──

是這個男人的名字。

「然後，還要另外介紹一個人。之前提過的新老師，終於來學校任職了喔。」

男人向前一步。

「我是耶魯多梅朵。我會向你們這些不知兩千年前情況的蒙昧學生們授予知識。」

傲慢的語氣，讓學生們蹙起眉頭。

「是非皇族的無能教師啊……」

一名學生嘀咕著。聽到這句話，梅諾立刻開口糾正。

「耶魯多梅朵老師是很優秀的人物。雖然他並非皇族，但這是有理由的。老師他可是遠在七魔皇老誕生之前的時代就已經存在的魔族喔。是與暴虐魔王激烈鬥爭，並在兩千年前的大戰中攜手合作，一同為了魔族奮戰的偉大人物。我想不論是在知識上，還是在魔法上，老師的教導都會很有幫助。」

即使梅諾這麼說，學生們依舊沒什麼反應。

「首先，就先來說方才的你們有多膚淺了。」

他一副瞧不起學生們的態度說：

「第一點，這次的學院交流是暴虐魔王決定的。」

學生們嘈雜起來。

「第二點，他的名字不是阿伯斯·迪魯黑比亞。流傳在迪魯海德的暴虐魔王傳承，有一部分是錯的。」

學生們的嘈雜聲愈來愈大。

「然後最後一點，轉生後的暴虐魔王，就在這個班級裡。」

「啥！」

「他在說什麼啊……？」

「……怎麼可能會在啊…………」

在學生們的嘟囔聲中，他的視線朝我看來。

「嗨，好久不見啊。看來你轉生得很順利嘛，魔王阿諾斯·波魯迪戈烏多。」

§ 5 【魔王的證明】

在男子的發言刺激下，教室立刻鼓譟起來。

「哈！你是笨蛋嗎？」、「開什麼玩笑啊。」、「這是嚴重的皇族批判。」這些聲音之中，也參雜著：「呀啊！」、「阿諾斯大人的時代。」、「阿諾斯大人的傳說要揭開序幕了！」之類的話語。整間教室鬧得沸沸揚揚，簡直混亂到了極點。

砰的一聲，拍桌聲響起，一名男學生站起來。他大概是皇族派的人吧。

「請等一下。就算你是老師，剛剛的發言也無法當作沒聽見。你說暴虐魔王是阿諾斯？他可是魔王學院裡唯一的不適任者。魔王的適任性檢查可是為了判定學生是否為暴虐魔王的機制，老師應該也很清楚吧？」

學生有條有理地說道。

「就是說啊。老師你或許是統一派啦，但請不要教導學生錯誤的知識！」

「沒錯、沒錯。這就叫做濫用職權吧？」

「說到底，自制服的老師就連聽都沒聽過。我是不知道什麼兩千年前的魔族啦，找這種被時代淘汰掉的老害過來幹麼啊。」

皇族派的學生們紛紛發出批評。梅諾本來想說些什麼，卻被那個男人伸手制止了。

「真是蒙昧。」

男人唾棄似的說道：

「錯誤的是魔族至今以來的歷史，還有魔王學院的教導。兩千年前的魔族們是為了保護暴虐魔王，所以才故意將虛假的傳承流傳到後世。」

皇族派的學生們各個露出疑惑的表情。

「前陣子迪魯海德與亞傑希翁之間的戰爭，即使是蒙昧的你們，應該也還記憶猶新吧？當年亞傑希翁計畫要在暴虐魔王轉生的兩千年後將他消滅。於是，魔族們就想到了讓亞傑希翁去討伐假魔王的主意。這部分稍微有點複雜，我就直接說結論吧。」

男人就像指出事實般地強硬說道：

「那個假魔王，正是你們至今所相信的阿伯斯・迪魯黑比亞。」

有露出難以置信表情的人，有氣得橫眉怒目的人，有對此嗤之以鼻的人，皇族派學生們的反應五花八門，但唯一共同的是他們全都不相信這番言論。

「真正的魔王阿諾斯・波魯迪戈烏多會被蓋上不適任者的烙印，是為了要澈底避免讓人類注意到他是暴虐魔王。這個嘗試很順利，多虧了你們皇族派，讓事情在人類察覺之前就結束了。亞傑希翁方的首謀者已在之前的戰爭中滅亡，既然一切的問題都已結束，就不需要再繼續隱藏真正的魔王。」

穿著白制服的教師，就在這時展開魔法陣。

「仔細睜大眼，看清楚現實吧。那個不適任者的烙印，正是他身為暴虐魔王的證明。」

他所施展的魔法是「契約（zekuto）」，是用來證明身分的應用術式。

上頭記載的內容，是這名教師方才所說的話語毫無虛假的擔保。打破契約的代價是性命。這個時代的知名魔族全都在上頭簽字，當中特別值得注目的是最上頭的七人吧。

「喂……等等，那個『契約』上頭的簽字。梅魯黑斯大人……艾維斯大人……還有伊多魯大人……」

「七、七魔皇老全都簽字了！」

「騙人的吧……也就是說，七魔皇老承認阿諾斯是暴虐魔王嗎？」

「不可能！這是不可能的事吧！那傢伙可是白制服的不適任者……！」

「應該是跟尊貴的我們不同……」

那名教師的視線再度朝我看來。

「阿諾斯．波魯迪戈烏多。」

他讓出講臺前的位置。

「上前來。」

唔，他打算做什麼？

我起身走到講臺前。

「消失吧。」

男人發出話語後，教室內的桌椅就全都消失了。坐著的學生們儘管差點摔倒，但還是勉強穩住了姿勢。

「我雖不是魔王的部下，但諸位的態度讓我有點看不下去。即使是和平的時代，也還是需要恪守臣下之禮吧？」

粉絲社的少女們立刻作出反應，她們所有人當場跪下。緊接著，莎夏、米夏、雷伊與米莎也同樣跟著跪下。

「你們在做什麼啊？」

朝著茫然佇立、無法理解狀況的學生們，那名教師開口說：

「在魔王御前，你們太放肆了。」

聽到這句話，梅諾當場反應過來，在我面前跪下。朝她看去後，就聽她低聲說道：

「我全都聽梅魯黑斯大人說了。」

眼見梅諾跪下，其他學生也跟著有樣學樣。如今教室裡還站著的，就只有皇族派的學生。這也在所難免。因為他們至今所相信的現實，突然間遭到了推翻。

「為何不跪？這是對暴虐魔王的反叛之意嗎？」

男人向方才提出意見的學生詢問。

「……不、不是的……可是，耶魯多梅朵老師……這跟之前學到的……」

「蒙昧的男子。就說那是謊言了。」

「可是，就算突然說那是謊言，也沒辦法立刻相信……」

「你的意見無關緊要。跟你是否相信也毫無關係。」

他一口否定學生的話語。

「那些全部都是製造出來的幻想。皇族並不尊貴。你們也毫無特權。魔王吩咐過要眾民平等。」

學生咬緊牙關。

「已經落幕了。今後的迪魯海德不再需要皇族，也不再需要皇族派這個虛構的組織。在舞臺結束後繼續扮演著角色，已經超越蒙昧，可謂是滑稽之至。」

學生們不甘心地低下頭。然而「契約」與上頭的簽字明擺在眼前。目睹到七魔皇老作出的證明，讓他們無從作出任何反駁。因為皇族派至今為止的活動，全都是在七魔皇老的支持之下進行的。

他們帶著滿是屈辱的表情緊握拳頭，儘管全身微微地顫抖著，也還是當場慢慢跪下。

「請致詞。」

「也是呢。」

我隨手一指，根據學生人數在教室內畫起魔法陣，讓方才消失的桌椅再度出現。

「哎，就座吧。」

聽我這麼說，學生們呈現出不知所措的反應。

「迪魯海德和平了。已不再需要暴虐魔王。想承認的人就承認；不想承認的話，也無所謂。大家自由地生活就好。這個時代能讓你們這麼做。就以自己的信念為主人吧。」

「「「遵命，阿諾斯大人！」」」

學生們異口同聲地答覆。作為中心的雖是粉絲社她們，但也不少其他人的聲音。

白制服的學生們露出安心的表情；相反地，皇族派則是露出充滿苦澀的表情。

哎，這也無可奈何吧。加隆在迪魯海德散播的傳承只有說暴虐魔王會轉生為皇族。會因此走向血統主義，主張起皇族派等不存在的特權，不是別人的錯，是他們自己的問題。

七魔皇老之所以是皇族派，也是為了作為最低限度的抑止力，避免他們做得太過分。

這份屈辱與這份懊惱，全都來自於自身的醜陋感情。今後，每當魔族的正確歷史被公布出來時，都會令他們痛苦吧。但這也是自作自受。既然如此，就只能靠他們自己去克服了。

「今後隨著歷史的修正，各位將漸漸查覺到吧。儘管這並不需要我多說，但我還是要在此訂正一件事。」

儘管不知道能否傳達給他們，但唯獨這件事情我不得不說。

「我的血絕不尊貴。就跟尋常的魔族毫無差別。我的力量與血統，都不伴隨著尊貴。假如有，那也是在自己心中。是由你們的意念、你們的信念所決定的。既然如此，就去磨練自己的心。去煩惱、去迷惘、去糾葛吧。所謂的尊貴，可沒有廉價到能不勞而獲喔。」

「「「遵命，阿諾斯大人！」」」

學生們應聲回答。皇族派就只能用充滿屈辱的表情注視著地面。

「所相信的事物是虛假的，並不是什麼罕見的事。這次就只是規模較大，但道理一樣。不要將自己的信念、自己的價值寄託在其他事物上。要不然就會輕易遭到推翻。不是皇族，也不是混血，你們就作為一名魔族活下去吧。」

「「「遵命，阿諾斯大人！」」」

「我方才也說過了，就座吧。我可不打算對你們擺架子。」

聽到我這麼說，學生們紛紛抬頭。眼見雷伊、米夏和莎夏他們就座後，其他人也像是安心似的坐回位置上。

「好了。那請大家打起精神來，接下來的課程將會由耶魯多梅朵老師授課。要是有什麼以前課程上的問題想要商量，就到三年級的教室來。然後——」

梅諾看著我。

「那個……阿諾斯大人……？」

「照舊就好。我本來就不會去限制部下的言語自由。」

「……那麼，那個……阿諾斯同學，你要繼續上課嗎？」

我朝穿著白制服的教師看去。他一臉不知道在想什麼的表情，心不在焉地看著空無一物之處。

「也沒別的事好做，我就暫時在這裡享受和平吧。」

「我知道了。」

在答話後，梅諾向學生們說道：

「發生了這麼多事情，我想大家都很辛苦吧，但請加油喔。假如不嫌棄的話，老師隨時都接受各位同學的諮詢。啊，還有暴虐魔王的事情，我想近期內就會在迪魯海德發表，在那之前請大家姑且保密喔。老師先告辭了。」

梅諾離開教室。

「那就開始上課吧。暴虐魔王，你可以回座了。」

「熾死王耶魯多梅朵。」

我向他問道。

「為何來魔王學院？」

「就只是一時興起。」

「原來如此。」

十分清楚了。

我緩緩邁步，從男人身旁經過，並在途中留下一句話。

「真是差勁的偽裝呢，諾司加里亞。」

祂面不改色地看著我。

「神侵占魔族的肉體來到此地，有何貴幹？」

祂說道：

「就座吧，暴虐魔王。我就親自擔任你的教師吧。」

§ 6 【神的授課】

我用魔眼（視線）打量起諾司加里亞的全身上下。魔力沒有可疑的舉動。至少祂不打算現在就立刻動手的樣子。

「經過兩千年，神的世界也稍微改變了嗎？」

「神的世界總是充滿秩序。不論是現在，還是兩千年前。」

諾司加里亞從容說道。看似沒有敵意，但也無法大意。祂不可能毫無任何意圖，就奪取耶魯多梅朵的肉體成為這個班級的班導。

「別給我輕舉妄動。」

留下警告，我返回座位上。既然不知道祂來此的目的，就必須隨時盯著祂才行。

「那就開始上課吧。」

諾司加里亞小題大作地說道。然後，大大地敞開雙手。

「世界上存在著秩序。」

莊嚴的聲音在教室內響起。

「這個世界有著這個世界的道理。鳥為何是鳥，魔族為何是魔族。天降甘霖滋潤大地，然後孕育樹木。只要畫出魔法陣，在魔法術式上注入魔力，就能點亮光明。這些就稱為自然律與魔法律，是讓這個世界得以維持下去的秩序。」

祂以充滿自信的聲音朗朗說道：

「而維持這些秩序的存在，這些秩序所具象化的存在，正是作為自然律的上位秩序的神族，也就是神。」

學生們全都一臉愣然的表情在聽祂授課。

「在兩千年前的大戰中，暴虐魔王與神開戰了。因為阿諾斯・波魯迪戈烏多想要取得能夠顛覆自然律的神之權能——也就是奇蹟。世界荒廢了。魔族死了、人類死了，以及精靈們消失了。要阻止世界繼續荒廢下去，就需要足以改變世界秩序的力量。魔王追求著這份奇蹟，然後將其奪走了。」

唔，這事還真是令人懷念。

「那正是這座城堡，魔王城德魯佐蓋多。魔王將神話時代自遙遠的天空之上以破壞的秩序照亮世界的破壞神阿貝魯猊攸，殞落在這塊土地上。從此魔王覆蓋掉神之名，讓世界失去了一個秩序。」

神話時代的破壞神阿貝魯猊攸，已然成為一切死亡與破壞的元凶。正因為如此，我才會將祂打倒。

「一切萬物皆會邁向毀滅，此乃破壞神所擁有的秩序；但魔王卻奪走了這個秩序，抑止了世界的毀滅。應該死亡之人沒死，應該毀滅之人沒有滅亡，擾亂了世界的常理。從屬於毀滅的秩序的其他眾神儘管進行了補救，卻無法讓世界完全恢復原狀。其結果，就是兩千年後的現在。」

「復活(ingaru)」與「根源再生(aguronemuto)」的魔法能高機率地成功，也是因為破壞神阿貝魯猊攸成為德魯佐蓋多的關係。

由於絕對不能讓破壞神極為強大的毀滅權能洩漏到這個世界上，所以我就將這個權能轉變成我的魔法。

以「理滅劍(貝努茲多諾亞)」之名。

在我奪走破壞的秩序後，魔族與人類都變得很難死亡。秩序所規定的生死平衡稍微傾向了生，讓這個世界比以前擁有更多希望。

「即使超出秩序所規定的數量，魔族也依舊持續增加，人類則是比魔族增加得更多。」

諾司加里亞繼續說道：

「沒有毀滅，就沒有創造。魔王為了守護自己的種族，奪走了新種族誕生的可能性。這正是連眾神都稱阿諾斯・波魯迪戈烏多為暴虐魔王的理由。」

眾神會知道我的名字，就是因為這件事。特別是自己擁有的秩序受到威脅的可能性很高的神，就更加對我瞭若指掌的樣子。

「再這樣下去只會讓世界的秩序趨向混亂。就連此時此刻，新的生命也在誕生之前不斷滅亡。於是為了消滅暴虐魔王，神決定要創造新的秩序。」

記得他在兩千年前也曾這麼說過。如果想消滅我，應該只要將我的子孫後代澈底根絕就好；不過在失去掌管破壞的神之後，他們大概做不到這種事吧。也能認為他們曾經嘗試過，但是卻失敗了。

神是秩序。儘管擁有極為強大的力量，相對地卻無法逾越自己所擁有的秩序及道理。我就是看準這點才轉生的。而且也有著可靠的友方在。

「……是說這個老師，他的腦袋沒問題吧？」

說出這種話的是皇族派的學生。

「對啊，就算突然跟我們扯什麼神的，誰會懂啊。」

「雖然歷史書上好像也有神話時代確實有神的記述，但那是騙小孩的故事耶。」

「這是為了讚揚暴虐魔王所創作的故事吧？就連三歲小孩都知道喔。」

唔，在如今這個時代確實不太能遇到神。就連米夏與莎夏，在時間守護神出現時也嚇了一大跳。會這樣解釋也是無可奈何吧。

說到底，即使是在那個時代，也有七成是因為我的存在，神才會降臨到人世來。

「既然你說神真的存在，那就先帶來給我們瞧瞧啊。」

「對啊，但他辦不到吧。哈哈！」

皇族派的學生大聲笑起。大概是想發洩不得不承認我是暴虐魔王的鬱憤吧。

「就對蒙昧的你們授予教導。」

諾司加里亞的話語中帶著神的奇蹟。

「我是天父神諾司加里亞。是誕生神的秩序，眾神之父。」

瞬間，皇族派的學生們就像領悟到一切似的，以驚愕的表情注視著諾司加里亞。

「……神……居然真的存在……」

「……難以置信……為什麼神會在這間學院……？」

「……莫名其妙啊……暴虐魔王是阿諾斯，老師則是神，這到底是怎樣啊……」

「耶魯多梅朵老師不是兩千年前的魔族嗎？天父神諾司加里亞是怎麼一回事？」

稍微有點可憐。要是一無所知，是跟不上這個狀況的。

「對了，那邊的魔族。別這麼對我散發敵意。要是想忤逆神，光是有這個念頭就無法平安無事喔。」

就在這瞬間——

「……嗚……啊……！」

皇族派的學生們一齊按住自己的喉嚨，痛苦起來。

「……沒辦法……呼吸……」

「啊……嗚…………啊…………啊…………」

「……救、救命、啊……」

諾司加里亞毫無興趣地瞥了一眼接二連三倒下的學生們。

「就授予你神的智慧吧，暴虐魔王阿諾斯·波魯迪戈烏多。將會消滅你的秩序，將會消滅你的新神子──」

諾司加里亞高聲說道：

「就在這所學院裡。」

雷伊召喚出一意劍，坐著握住劍柄；莎夏與米夏則將自身的魔眼（眼睛）對準諾司加里亞。

我伸手制止他們，緩緩站起。

「如果是特意來通知我這件事的話，也太過老實了。」

我就像是要庇護皇族派的學生們般，站在諾司加里亞面前。

「這並非出自於好意。祢有什麼企圖？」

「讓這個世界取回完整的秩序。我的孩子將為此而生。」

名為神的存在還是老樣子。原本就是一群活過悠久歲月的傢伙，即使經過了兩千年，也還是一樣令人費解啊。

「放過這些學生。就算殺掉他們，對祢也沒好處。」

「秩序不會因言語而改變。他們會死是天理。是名為天罰的道理。」

我當場把手舉起。教室內被畫上魔法文字，冒出無數的魔力粒子。影劍在腳邊顯現，飄浮到空中。

「要試看看嗎？」

我拔出理滅劍貝努茲多諾亞。

闇色長劍在我手上現出原形。

「就授予蒙昧的你智慧吧。作為神父的我，乃是這個世界的秩序之父。即使是一時性的，只要消滅掉我，在我復活之前，用來維持世界的秩序就不會產生。水會是水、土會是土、大氣會是大氣，全都是因為秩序。也就是說，是因為神而存在。要是消滅我，世界將無法保持現今的模樣，而是徐緩地崩潰。等在前方的將會是毀滅。」

神也不是永恆的。祂們會依循秩序而消失，然後再產生出新的神。而產下祂們的神，就是天父神諾司加里亞啊？

「掌控著破壞神之力的你確實有著足以消滅我的力量。但深愛著世界的你，也因此無法毀滅這個世界。」

「唔，原來如此。」

我慵懶地提著貝努茲多諾亞朝諾司加里亞走去，然後將那把闇色長劍筆直刺在祂身上。

「…………！」

被理滅劍貫穿的祂，直愣愣地注視著我。

「……哈哈……！」

諾司加里亞嘲笑起來。

「你做了膚淺的舉動。想威脅我的話就到此為止吧。再繼續下去，真的會讓世界面臨危機喔。」

「也是呢。」

我在手上使力，將理滅劍更深入地插進祂體內。

「呃……啊……」

神的嘴中溢出鮮血。

「……住手，暴虐魔王。神的命令乃是絕對的……」

「我不受任何人指使。即便是神也一樣。」

我在理滅劍上注入魔力，貫穿祂的根源。

「……何等、膚淺的……男人啊……你想、毀滅……世界嗎……？」

「膚淺的是祢。」

「……呃、唔……！」

貝努茲多諾亞發出黯淡光芒，逐漸消滅掉諾司加里亞。

「……你是……辦不到的……將神、將作為天父神的我消滅掉……聽好了，暴虐魔王。此乃、神所訂下的秩序……你是、無法毀滅世界的……」

我將貝努茲多諾亞從諾司加里亞身上用力抽出。

祂的身體化為影子。

「毀滅吧。」

影子被切成碎塊，下一瞬間，天父神當場消滅了。

「難道以為只要拿世界當擋箭牌，我就會放過祢嗎？」

§ 7 【神的意圖】

我揮動貝努茲多諾亞，甩開劍上的鮮血。

「……哈……哈……呼吸……」

「得、得救了嗎……？」

「……好像、是呢……」

「……被那傢伙……………」

「救了啊…………」

因為消滅掉諾司加里亞而恢復呼吸的學生們看著我。還真是複雜的表情。但很抱歉，現在不是在意這種事的時候。

只要消滅掉天父神，世界的秩序就會大亂，最後邁向滅亡。

「『根源再生』。」

我當場讓諾司加里亞的根源再生。在對敵人使用時，由於是以我的攻擊為起源，所以就算不是第二次也沒問題。

在消滅掉的耶魯多梅朵的肉體復活後，祂恢復了意識。

「看吧，你是無法消滅我的。」

諾司加里亞彷彿很得意地笑了。

「朝天吐痰的愚者，就接受違背秩序的懲罰，瞻仰神的姿態吧。」

諾司加里亞發出能引發奇蹟的神的話語。

緊接著祂的身體籠罩起耀眼光芒，就宛如是要展現祂真正的力量一般。只不過，祂卻在途中蹙起眉頭，能在天父神的表情上看到困惑神色。

隨後，光芒倏地退去了。

「怎麼啦，諾司加里亞？就照祢說的，展現神的姿態給我看如何？」

我就像作出勝利宣言般放開貝努茲多諾亞，停止啟動立體魔法陣。闇色長劍恢復成一般的影子，落在我的腳邊。

「還是說，祢注意到神的根源就只恢復了一成嗎？」

「閉上你放肆的嘴巴。神的尊嚴乃是絕對的。」

諾司加里亞在聲音中注入魔力。只不過，就連這句話所引發的奇蹟也比方才來得微弱。

「讓根源寄生在耶魯多梅朵身上是祢的失誤。如果是在他體內，就算只有一成的根源也能活下去。只要天父神的根源還留有一成，其秩序也就不會完全崩潰。祢們眾神幾乎是接近不滅的存在，本來要讓根源再生應該是易如反掌，但在理滅劍面前可就行不通了。」

我將祂的根源破壞到，就算施展讓根源再生的魔法也只能恢復一成的程度。所以就算施展「根源再生」，根源也無法徹底恢復到遭受攻擊之前的狀態。

「放心吧。要是完全無法再生，世界就會毀滅。所以我將祢的根源破壞到，只要花費時間就能勉強恢復秩序的程度了。」

諾司加里亞朝我瞪來，眼中似乎帶有秩序遭到破壞的憤怒。

「……你已完全掌控住破壞神的力量了……？」

「兩千年前的我，就只懂得毀滅呢。轉生到這個和平的時代，也讓我克服了一項不擅長的事。」

我哼笑一聲，朝祂說道：

「天父神，被微不足道的魔族手下留情的滋味如何啊？」

這個時代的魔族太弱了，讓我被迫得一直控制魔力。但也多虧了這種限制，讓我手下留情的精度提升了。

不是將神消滅，而是將神破壞，藉此奪走神的力量，同時保護著世界。

神是秩序。因為是秩序，所以祂們就只能依循著規則行動。就算是有效的作法，祂們也沒辦法選擇自滅。

「你就用那個半神半魔的身體暫時安分一點，在我的眼皮底下教書吧。」

我背向諾司加里亞，返回座位上。

「還真是膚淺啊，暴虐魔王。這種程度就自以為奪走了神之力嗎？用來消滅你的秩序即將誕生。你的滅亡早在久遠以前就已經被眾神決定了。」

「喔，那破壞神落入我的手中，還有祢變成半吊子的神，也全都是眾神所決定的嗎？」

諾司加里亞一時語塞。

「給我記好，諾司加里亞。在這世上，你這種行為就叫做不服輸。」

丟下這句話，我緩緩就座。

「我知道那個神喔。」

前座的雷伊把身體靠過來。

「有頭緒嗎？」

「跟傑魯凱老師談過話。關於將根源魔法化的事。」

原來如此。看來祂無論如何都想消滅我的樣子。雖然姑且是封住了祂的力量，但棘手的程度依舊不變。畢竟要是澈底消滅掉祂，世界就會毀滅。

只能暫時盯著祂了。

「那就繼續上課吧。」

諾司加里亞就像若無其事般開始授課。

是有什麼意圖嗎？或者就只是在遵守自己被賦予的秩序？祂淡然地繼續上著平凡無奇的課程。

儘管有在警戒，不過祂在那之後沒有做出任何可疑的舉動，就這樣響起了不曉得是第幾次的鐘聲。

放學後——

大家聚集到我桌旁。

「完全沒想到神明大人會來學院呢。」

艾蓮歐諾露說道。

「是說那傢伙，為什麼在被阿諾斯打敗後還普通地上課啊？真是莫名其妙耶。」

莎夏說出很合理的疑問。哎，會這麼想也在所難免吧。

「啊～莎夏妹妹不知道啊？神明大人就是這種存在喔。」

不愧是古老的魔法，艾蓮歐諾露也知道神族的樣子。如果是她誕生的時代，神就還勉強會在世上出現吧。而她自己也是借助神之力所誕生的魔法。

「這種存在，是說祂們是笨蛋嗎？」

「價值觀跟我們完全不同喔。因為眾神是秩序，所以會遵照著秩序行動。」

「上課是為了秩序？」

米夏問道。

「我想是這樣。」

「可是，在魔王學院上課，為什麼能維持秩序啊？」

米莎不可思議地問道。

「因為眾神很遵守約定。不論是對人類還是對魔族喔。」

雷伊回答。

「雖然不清楚是基於怎樣的道理，但這似乎也是祂們所說的一種秩序唷。」

「為了使用那個肉體出現在我面前，祂說不定跟某人作了要在魔王學院授課的約定。」

假如是這樣的話，就能將祂暫時束縛在這裡。不過反過來說，這也能認為是祂想把我的魔眼（視線）束縛在這裡啊？

「祂說新的神子就在德魯佐蓋多呢。」

雷伊這麼說完，莎夏就像感到疑問似的歪起頭來。

「這是怎麼回事啊？要是有這種危險的學生在，早就被阿諾斯發現了吧？」

「不過，祂是不是也說了是接下來才會誕生之類的話？」

米莎說道。

「是神子的器皿在這裡，然後接下來才會覺醒的意思吧。」

不論真相為何，讓人無法理解的是，為什麼祂要等到與亞傑希翁的戰爭結束之後？趁著那場混亂下手，對神來說應該也比較方便，但祂為什麼沒這麼做？

「或者祂是為了讓神子覺醒，才會到這所學院授課。」

天父神維持讓神誕生的秩序。如果是基於讓神子覺醒的理由，那麼也就能理解祂如今的行動了。

「沒說謊？」

米夏問道。

「真的在這所學院？」

「就算是謊言也沒什麼好不可思議的。說不定是打算讓我的魔眼（視線）留在這所學院，趁機在其他地方讓神子覺醒。」

「不論真相如何，還是在神子覺醒之前把祂找出來，想辦法處理掉比較好喔。」

艾蓮歐諾露豎起食指。她話一說完，雷伊就接口說：

「諾司加里亞是讓神誕生的秩序，所以不會直接性地襲擊阿諾斯。或者該說沒辦法襲擊會比較正確吧。」

當然，要是祂自己的行動遭到阻礙，就不在此限了。神會毫不留情地消滅掉一切擾亂秩序之人。

「但如果是要消滅阿諾斯的神，就另當別論了。雖然眾神全都一樣，但我想魔力也會相當超乎常規唷。」

「……比阿諾斯大人還超乎常規嗎？」

「……如果是要消滅阿諾斯弟弟的神，就應該會帶著足以消滅他的魔力誕生喔……否則就不是秩序了……」

艾蓮歐諾露的話語，讓眾人當場靜默下來。

「沒什麼，不用因為是神就過度擔心。這世上既沒有殺不死的存在，也沒有無法毀滅的存在。」

畢竟可說是世界常理的祂們，竟為了一名不過是力量強大的魔族拚命起來，像這樣特地降臨到人世。

而且還為了消滅我特地誕生了新的神。

「所以眾神才無法對我置之不理。會不惜誕生新的神也想要消滅我，是因為祂們十分清楚我就連祂們創造的秩序都能毀滅。」

既然如此，要做的事情就只有一件。

找出神子，讓祂明白自己有多少斤兩就好。

「明明在我的魔眼看不到的地方偷偷維持著秩序就好，卻特意跑來挑釁。」

我就像不會留一絲憐憫地冷笑起來，向部下們宣告今後對祂的方針。

「就充分地讓祂感到後悔吧。」

§8【兩千年前的魔族們】

米夏舉起小手。

「找出神子的方法？」

就在這時，艾蓮歐諾露發出「啊」的一聲。

全員的視線集中在她身上。

「啊，抱歉。不是的。剛好收到『意念通訊』，可以接嗎？」

「無妨。」

「我馬上回來喔。」

艾蓮歐諾露稍微遠離了我們圍成的圓圈。

『——久等了。雷多利亞諾同學，怎麼了嗎？』

從艾蓮歐諾露的「意念通訊」中傳來這種對話。應該是勇者學院傳來的聯絡吧，發生了什麼問題嗎？

「阿諾斯的魔眼也找不出神子嗎？」

雷伊問道。

「如果能面對面，直接窺看深淵的話，或許可以吧。但要是對神子連個一鱗半爪的認知都沒有，就沒辦法吧。因為沒有對象可看。」

「這樣的話，或許是在白費功夫，但還是調查一下學生與教師的經歷會比較好吧？如果說神族動了什麼手腳，應該能在哪裡發現到蛛絲馬跡吧？」

「雖然費時，不過是妥當的作法。」

儘管還不確定是否在這所學院裡，但既然沒有線索，就只能進行地毯式搜尋了。

就在這時，我感受到有視線注視過來。

轉頭望去，眼前站著一名黑制服的男學生。校徽是六芒星。儘管壓抑著，但具備著強大魔力。不對，以這個時代的魔族來說，似乎有點太強了啊？

他留著一頭捲髮，一副聰明伶俐的模樣。沒看過他。不是這個班級的學生。

「咒盾之牙。」

米夏喃喃低語。

「杰拉多，混沌世代之一找阿諾斯有什麼事嗎？」

莎夏擋在我前面向他問道。

「要是令妳不悅的話，就先賠罪了。但我要找的人不是他，而是這位小姐。」

被稱為杰拉多的少年在米莎面前恭敬地跪下。

「米莎・伊里歐洛古大人您好，我是侍奉令尊之人，名喚杰拉多・亞茲雷曼。今日是奉主人之命前來。」

「咦…………？」

她驚訝地瞠圓了眼。

「請問我能在這裡繼續說下去嗎？」

米莎雖然不知所措，但也還是頷首應允。

「終於等到這一刻了。令尊派我來迎接您。假如您想見令尊一面的話，就請您跟我一塊前來。」

「請問……是要去哪裡？」

「現在還不能說。我的主人、您的父親有敵對勢力，不能讓人知道您是他的女兒。」

米莎轉頭朝我看來，眼神就像是在尋求我的許可。

「你叫杰拉多是吧？你是何時轉生的？」

聽到這句話，黑制服的學生回以充滿警覺的眼神。他看起來也像是在警戒我的樣子。

「不論再怎麼壓抑，你的魔力都遠超這個時代的魔族水準。你以為能隱瞞得下去嗎？」

「……不愧是暴虐魔王，是我太小看您了……」

杰拉多跪下向我低頭。

「我是在前陣子亞傑希翁與迪魯海德的戰爭結束之後完成轉生的。這個肉體是在那時才總算恢復了記憶與力量。」

原來如此。

「我並不是打算蒙騙魔王大人，還請您大人有大量。」

「你的主人是誰？」

「我不能說。」

「你以為能在我面前保持緘默嗎？」

「……我已有一死的覺悟……」

唔，是值得他如此效忠的主人啊。

「阿諾斯大人……」

米莎以懇求般的眼神看著我。不用問也能明白她的心情。

「我並沒有蠻橫到會將終於要實現心願的部下派去做事的程度。妳就去吧。之後的事我會處理。」

「謝謝阿諾斯大人！」

杰拉多俐落起身，向米莎說道：

「那請跟我來吧。」

他轉身朝教室的入口走去。

「對了，杰拉多，你等等。我可是把部下交給你了。你應該懂吧？」

他轉過身，向我恭敬行禮。

「這是當然。」

「既然如此，就再帶一個人去。既然不肯表明身分，就請你答應這種程度的要求了。」

在短暫的沉默後，杰拉多回答。

「遵命。」

我轉頭與雷伊目光相對。

「我欠你一次。」

「那等回來後，再跟我說說經過吧。」

他在回我一道笑容後，就像要守護米莎似的走上前去。

「我別去打擾會比較好嗎？」

米莎呵呵笑起。

「你來就放心了。我可是緊張得要死呢。」

兩人相視而笑。

「走吧。」

在杰拉多的帶領下，米莎與雷伊走出教室。

「咦？米莎妹妹和加隆去哪裡了？約會嗎？」

代替他們兩個，結束「意念通訊」的艾蓮歐諾露回來了。

「好像是要去見米莎的父親。」

聽我這麼一說，艾蓮歐諾露驚叫起來。

「哇……帶去見父母了……」

「等等，阿諾斯，你這種說法會讓人誤會啦。」

莎夏如此插話。

「要是在意的話，等他們回來後就去問雷伊吧。」

「嗯，就這麼辦。」

我們的對話，讓莎夏投來傻眼的視線。

「然後呢？勇者學院發生了什麼事？」

「啊，嗯。雷多利亞諾同學他們通知我說，他們發現到傑魯凱留下來的棘手魔法具。由於說不定有著跟之前的『聖域(asuku)』類似的效果，所以想處理掉，但是卻辦不到。」

傑魯凱的遺物啊？是為了以防萬一自己被消滅掉時所準備的嗎？

「破壞掉好嗎？」

「我覺得這樣就好。他們好像來到密德海斯了，所以我和潔西雅就先過去看看喔。要是真的沒辦法處理掉，可以拜託阿諾斯弟弟嗎？」

「唔，雖然我想如今的妳很少會有破壞不掉的魔法具，不過到時候別客氣，儘管叫我過去吧。」

「謝謝你。啊～不過，放在神子之後再處理會比較好嗎？」

「沒什麼，最壞的情況，即使神子覺醒了，目標也會是我。就先去把妳那邊的魔法具處理掉吧。」

「啊～說得也是呢。那就這麼辦吧。那我快去快回喔。潔西雅，過來。」

艾蓮歐諾露叫著默默聆聽我們說話的潔西雅。

「……拜拜……我走了……」

潔西雅揮著小手，米夏也朝她揮著手。在目送兩人走後，她抬頭看著我。

「去社團塔？」

今天原定是要去詢問梅魯黑斯戰後處理的詳細狀況，以決定今後的預定事項。如果是這個時間，他應該已經抵達社團塔了。就順便讓他去收集魔王學院所屬的魔族情報，還有詢問耶魯多梅朵成為教師的來龍去脈吧。

「就這麼做吧。」

我與莎夏、米夏並肩離開教室。為了向梅諾通知諾司加里亞的事情，我向她發出「意念通訊」，但是卻連接不上。

「怎麼了嗎？」

「向梅諾發出的『意念通訊』連接不上。」

就連用魔眼朝學院一望，也感受不到梅諾的魔力。不過，倒是發現了一個不自然之處。

那就是梅諾擔任導師的三年級教室，儘管隱藏得很巧妙，但魔力流向有著微小的紊亂。

「伸手出來。」

我一伸出雙手，莎夏與米夏就立刻握住。我施展「轉移(gatomu)」的魔法，來到三年級的教室前。

米夏立刻開門，但裡頭卻空無一人，是間空教室。

「……『次元牢獄(azeishisu)』……」

米夏用魔眼看去。那是在異次元構築、隔離於世的魔法房間，讓人無法從外界進入。

「阿諾斯，這個我破壞掉嘍？」

「准。」

莎夏用「破滅魔眼」狠狠瞪向「次元牢獄」。就彷彿玻璃粉碎般地散落了一地魔力碎片後，「次元牢獄」的魔法開始崩潰。

在異次元的房間無法維持後，教室內出現倒在地上的三年級學生的身影。

「……阿…………阿諾斯…………」

勉強發出聲音的是里貝斯特。我一面施展恢復魔法，一面來到他身旁。

「……梅諾老師被擄走了……」

「是誰做的？」

「一年級生。是混沌世代之一，剛劍琳卡·賽歐烏魯尼斯……」

里貝斯特話說到此，畫起一個魔法陣。

「我對她施展了『追蹤(enoi)』的魔法。她應該還沒發現到……」

「追蹤」是能追蹤施法對象所在位置的魔法。只要用魔眼觀看，就能看出擄走梅諾的魔族正在遠離這裡。她飛在空中，而且速度相當快。

「要逮住人是很簡單，但不太對勁。」

先是米莎父親的使者來訪，然後勇者學院發現傑魯凱遺留的棘手魔法具，接著梅諾被混沌世代之一給擄走。這些事情同時發生，會是偶然嗎？

「……琳卡……不會是神子吧……？」

「佯動……？」

「也就是諾司加里亞打算趁阿諾斯的魔眼離開魔王學院時搞什麼鬼嗎？」

是魔族在協助祂？或是祂用殲死王耶魯多梅朵的肉體巧妙騙取了魔族的信任？

「這不是不可能。」

「那就我們去吧。」

米夏點頭同意她的意見。

「小心點。對方可是能輕易擺平包含里貝斯特在內的三年級學生們，並且擄走梅諾的高手。如果不是神子，恐怕會是兩千年前的魔族。」

「沒問題。」

米夏說道。

「你以為我們是誰鍛鍊的啊？」

莎夏微笑回道。

兩人牽著手，施展「轉移」前往「追蹤」指明的位置。

§ 9 【熾死王的參謀】

我追蹤起諾司加里亞的魔力，確定他人在德魯佐蓋多的教師辦公室。也有其他老師的魔力在，沒什麼可疑之處。

我一面注意魔力動向一面前往社團塔，途中發現在戶外做發聲練習的粉絲社少女們。好像是剛好練完發聲，她們圍成圓陣討論起來。

「關於新歌，有人想到什麼點子嗎？」

「……嗯……」

「……很難想耶……」

她們很難得地不太說話。

「如果只是一般的新歌也就算了，但阿諾斯大人說下一首歌或許會用在魔王再臨的典禮上耶？」

魔王再臨的典禮是為了讓迪魯海德全境知道暴虐魔王已經轉生，進而表明我就是暴虐魔王的活動。儘管如今我不再需要暴虐魔王的地位，但為了消除皇族派與統一派、皇族與混血之間的隔閡，必須讓這個頭銜做完最後一份工作。

雖是沉悶至極的活動，但如果要向民眾傳達事情，有時也必須講究排場。就算說的內容一樣，以至今備受推崇的暴虐魔王之身登臺發言，民眾也比較聽得進去吧。

在典禮上，我要告訴民眾魔族沒有血統之分。不論是混血、半靈半魔，還是皇族，只要是生活在迪魯海德，遵守著這塊土地的法律之人，大家都是平等的。

所有事情或許並不一定都能立刻上軌道。但在這一天之後，迪魯海德將逐漸恢復原本的面貌，變得更加繁榮，取回真正的和平。我會努力讓這件事實現。

坦白講，這似乎會比對付什麼神還是秩序的來得辛苦許多。因為並不是只要毀滅掉什麼就行了。

所以才值得挑戰。

「典禮的歌……為什麼要我們唱那種了不起的歌啊……？」

「要是讓阿諾斯大人丟臉該怎麼辦……？」

「也是呢……居然要我們當聖歌隊……這可是要唱給全迪魯海德的人聽耶……」

「……可是，我們不努力怎麼行呢。這可是阿諾斯大人的重要典禮，我們絕對不能扯他後腿……！」

「……但與其找我們唱，還不如找正式的合唱團，或是吟遊詩人來唱比較好……」

「……這是重要的典禮吧？要是成功的話，迪魯海德就會變得更加美好，像我們這樣的混血也不用再與家人分開了……」

「嗯……」

「而且，這主要也是為了阿諾斯大人。承認自己力有未逮也是很重要的。」

唔，看來她們遇到瓶頸了。

「典禮上的歌，我不打算讓妳們以外的人唱喔。」

在我搭話後，少女們吃驚地轉過頭來。

「啊，阿諾斯大人。」

「那、那個……」

少女們連忙打算跪下。

「站著就好。」

「是、是的！」

她們當場立正站好。

「妳們似乎遇到困難了。」

「……是的。要在阿諾斯大人的典禮上唱歌，對我們來說負擔太沉重了……」

愛蓮吐露不安。

「說什麼傻話。」

聽到我這樣回答，她們驚訝地回望過來。

我一一對上粉絲社少女們的視線之後，開口說道：

「魔王再臨的典禮，代表著皇族與混血攜手同心，開始邁向嶄新的迪魯海德。在這種場合上，需要的不是陳舊的傳統歌曲，也不是講究排場的歌曲。」

面對少女們詢問般的眼神，我明確地說出答案。

「而是需要能將迪魯海德根深蒂固的血統至上主義打破的嶄新風氣。」

就像是要將我的一言一語留在心中般，少女們以認真的神情聆聽。

「這種歌就只有妳們能唱。就將這種無謂的風俗、無聊的習俗，有如病灶般侵蝕這個國家的固定觀念，用妳們的歌一笑置之吧。」

沒有回話，但少女們確實地點頭了。

「不用去想迪魯海德的民眾。將那首歌獻給我吧。是我想聽。想在和平的典禮上，聽妳們唱著令人傻眼的和平曲調。」

就像是把我的話銘記在心似的，少女們齊聲說道：

「「「是的，阿諾斯大人。」」」

「別害怕周遭的閒言閒語。妳們是我所認同的歌姬。妳們的歌曲能直上天際，就連眾神也能擊墜吧？」

只要將想法說出口，臉上就自然地露出微笑。

等注意到時，少女們眼中的迷惘已完全消失。她們很堅強。雖然魔力貧乏，還抱持著普通的煩惱；但正因為是弱得很普通的她們，所唱的歌曲才會比什麼都還要能打動人心吧。

「打擾妳們了。」

我從她們身旁離開，背後傳來少女們恢復精神的聲音。

「好耶——！今天也幹勁十足地開始練習吧。阿諾斯大人啦啦隊歌合唱曲第五號，來唱看看吧！」

在藍天之下，少女們清澈的快樂歌聲響徹萬里。

我一面聽著，一面走向社團塔，推開大門。塔內空無一人。我走上樓梯，前往梅魯黑斯所在的最上層。

唔，不太對勁。

有兩道魔力。一道是梅魯黑斯的，但比平時弱許多。

而另一道魔力的波長雖然沒有印象，卻相當強大。

「被你發現了啊，魔王阿諾斯。」

耳邊響起陌生的聲音。

走到最上層後，那裡站著一名男人。褐色肌膚與金色眼瞳，往後梳理的頭髮在背後綁成一束。還真是個長相精悍的男人。

「不過，看來太遲了。」

梅魯黑斯就站在那名男人面前。不過下一秒鐘，梅魯黑斯的身體就被無數的風刃撕裂，化為烏有。

「是『風滅斬烈盡（riga shureido）』啊？你是兩千年前的魔族吧？」

我割破指尖，拋出血滴，對梅魯黑斯施展「復活」。

結果男人也同樣割破指尖，滴下血滴，對梅魯黑斯施展「反復活（ru ingaru）」。這是阻礙復活的魔法。只要這個魔法效果還在，就算雙方的魔力有差距，「復活」也一樣無法生效。

「喔。」

我施展「時間操作」，將梅魯黑斯的時間停止在死後一秒。

「選吧。是要報上名號後死，還是不發一語地死。」

男人堂堂正正地說道：

「我是熾死王耶魯多梅朵的部下，熾死王軍參謀齊格．奧茲瑪。」

原來如此。

「你知道他被神族奪走肉體的事嗎？」

「當然，此乃吾主的意思。」

唔，果然是這樣啊。很像是熾死王會打的主意。

「吾主為了製造你的敵人，明知危險也還是將肉體交給了神。」

「儘管經過了兩千年，看來熾死王還是一樣喜歡孤注一擲啊。陪那傢伙胡鬧也讓你很辛苦吧？要不要來侍奉我啊？」

齊格一臉認真地回望著我。

「既然是偉大的暴虐魔王所提出的邀請，如果是在我的主君之前承蒙賞識，我想必會虛心接受吧。」

他從佩帶在腰間的劍鞘中拔出魔劍。

「但我無法做出侍奉二君這等無恥之舉。我的主君終生只有一人。」

他用魔劍刺向我展開的「時間操作」魔法陣，破壞掉魔法術式，讓梅魯黑斯的時間再度流動。跟以前雷伊持有的伊尼迪歐相同，是具有破壞術式特性的魔劍啊？

我在魔眼凝視、窺看深淵後，得知了那把劍的名字——反魔劍加布里德。劍上帶有遠比伊尼迪歐還要強大的魔力。

「你以為這樣就能殺死梅魯黑斯嗎？」

我再度對梅魯黑斯施展「時間操作」。儘管被加布里德再度破壞掉術式，但我以更快的速度不間斷地持續施展「時間操作」，讓梅魯黑斯的時間停在死後三秒。

「可以嗎？光顧著梅魯黑斯，你可是會死的喔。」

「的確。不過，魔王阿諾斯，如果你要殺我，『時間操作』在那瞬間的施展就會稍有疏忽。能用我這條命，換取你部下的時間前進〇．一秒。」

這不是在虛張聲勢。他是兩千年前的魔族，而且魔力也很優秀。很遺憾地，他的性命確實能奪走我〇．一秒的時間。

是個相當棘手的強者啊。

「只要死後經過三秒，就有可能無法復活。」

「只慢〇．一秒的程度，是連萬分之一的可能性也沒有。頂多就是重複一億次的話，說不定會有一次復活失敗。」

「然而，就連這種微乎其微的可能性，你應該也不會妥協才對。」

喔，不愧是參謀，把我調查得很清楚。確實無法保證，這次會不會是那一億分之一。用自己的性命換取一億分之一消滅我部下的可能性嗎？

看來是個聰明人。十分清楚這是勝算最高的方法。

而且毫不自傲。不能對他掉以輕心。

「有意思。所以你打算怎麼做？總不會是只要在敵地跟我對峙下去，情勢就會對你有利的結論吧？」

「我在力量上是怎樣也敵不過你，所以想跟你較量智慧。」

齊格施展「遠隔透視（rimuneto）」的魔法，顯示出雷伊與米莎、艾蓮歐諾露與潔西雅，還有米夏與莎夏的影像。

§10【對峙】

有棟大房子。

不知是不是現在沒在使用，看起來無人居住，庭院的草木肆意生長。鐵柵欄鏽蝕，外牆斑剝，窗戶玻璃破了好幾處。

屋內也布滿灰塵，果然是座廢墟的樣子。雷伊等人走在屋內走道上。在來到大廳時，前方的杰拉多停下腳步。

那裡有個臺座，上頭插著只有一半的魔劍。

「妳知道這把劍嗎？」

杰拉多問道。米莎直盯著那把魔劍。

「……是父親給我的魔劍嗎……？」

杰拉多點頭。

「首先，我想證明自己是令尊派來的使者。」

他看向雷伊。

「畢竟我好像被警戒了。」

「但看來是不用擔心了呢。」

雷伊清爽微笑著。杰拉多向前走出幾步，握住一半的魔劍拔起。

「為求慎重，就請您直接確認吧。」

杰拉多帶著劍走到米莎身旁，將那把一半的魔劍遞給她。

「謝謝——」

就在米莎伸手準備接劍的瞬間，杰拉多動作流利地將那把一半的魔劍轉向，將劍尖對準她的胸口刺下去。

「真是非常抱歉，我奉命要殺了妳。」

「哦？」

雷伊毫無動搖地「哦」了一聲。直到數秒前都應該赤手空拳的他，在不知不覺中握著一意劍席格謝斯塔。

「這還真是驚訝呢。」

杰拉多立刻退開，看向手中那把一半的魔劍。看似刺在米莎胸口上的劍尖消失得無影無蹤。一如字面意思，被雷伊目不暇給的速度斬斷了。

「雷伊同學……」

米莎不安地說道。

「沒事的。妳退後一點。」

「……好的……」

雷伊就像要保護米莎似的向前邁步。

「能問你一件事嗎？」

杰拉多一副不覺得有錯的樣子，堂堂正正地回道：

「請問是什麼事？」

「假如你的主君當真是她的父親，為什麼想要殺了她？」

杰拉多畫起魔法陣，從中取出一面小盾。盾的四角鑲著藍寶石。

「很抱歉，那只是個藉口。我的主人，詛王凱希萊姆・姬斯緹的目的只有一個。那就是奪走繼承大精靈蕾諾血脈的米莎・伊里歐洛古的根源。」

米莎驚訝地瞠圓了眼。

「……大精靈……蕾諾……？」

「沒錯。妳是一切精靈之母大精靈蕾諾的親生女兒。與一般的精靈不同，是她親自懷胎生下的孩子。妳的根源有著能讓一切精靈服從的力量。」

米莎驚訝過度，一時之間啞口無言。

「就算這是事實。」

雷伊冷靜說道。

「為什麼那位名叫凱希萊姆·基斯帖的魔族，會持有她父親送給她的另一半魔劍呢？」

雷伊故作不知地問道。

「這把劍是假的唷。」

「你說謊的理由是什麼？」

杰拉多沒有答話。雷伊接著說道：

「雖然我的魔眼（眼睛）不算好，但對劍的事情可是十分清楚。這把魔劍毫無疑問是社團塔那把魔劍的另一半。」

雷伊筆直舉起一意劍。

「就請你吐露實情了。」

＊＊＊

艾蓮歐諾露來到密德海斯城，這裡是治理密德海斯的魔皇艾里奧的城堡。嬌小的潔西雅踏著小巧的步伐，快步跟在她身旁。

「勇者學院的諸位已在宿舍等候了。」

一名管家帶領她們前往與城堡分開的獨棟宿舍。大概是發現到傑魯凱遺留的魔法具，所以雷多利亞諾等人前來拜託很積極投入上次戰爭的戰後處理的魔皇艾里奧協助處理吧。

「就在這間房間裡。」

管家停在一扇奢華的房門前，伸手敲門。

「雷多利亞諾大人，我帶艾蓮歐諾露大人來了。」

儘管發聲通知，門後卻無人回應。

管家訝異地再次敲門。

「雷多利亞諾大人，請問是否能打擾呢？」

依舊無人回應。管家握住門把。

「等等！」

艾蓮歐諾露連忙制止他。

「……裡頭有不認識的人喔……」

「……不認識的人嗎？」

「嗯，你退後一點。說不定會有危險。」

艾蓮歐諾露握住門把，猛烈地將門推開。

裡頭有三個男人。分別是雷多利亞諾、萊歐斯，還有海涅。他們全身發青地倒在地上。

「各位！」

「嘻、嘻！總算是來了啊。」

房間角落傳來令人毛骨悚然的話語聲。艾蓮歐諾露轉頭看去，只見那裡站著一名矮小的少年。

「……你是誰？」

「老夫名喚扎布羅．桂茲。乃是緋碑王基里希利斯．德洛的副官。不過就算這麼說，妳應該也沒聽過吧。」

有別於他的年幼外貌，語調與眼神都散發著一股老奸巨猾感。

「你把大家怎麼了？」

「沒什麼，就只是稍微讓他們嘗了點毒。效果十足呢。」

艾蓮歐諾露戒備起來。

「壞人……嗎……？雷多同學……萊歐同學……海同學……倒下了……」

有別於不流利的話語，潔西雅駕輕就熟地畫起魔法陣。從中出現劍形光芒後，她拔出聖劍焉哈雷。

「……不行……欺負人……」

潔西雅直瞪著扎布羅。艾蓮歐諾露就像在囑咐她「先別動手」似的伸手制止，同時向扎布羅問道：

「你是兩千年前的魔族？」

「沒錯。」

「這麼做有什麼目的？亞傑希翁與迪魯海德好不容易握手言和了。如果是想破壞和平，我可饒不了你喔。」

「嘻、嘻！居然說和平！」

扎布羅揚起令人作噁的笑容。

「這種東西老夫才沒興趣。緋碑王大人的目的就只有魔法研究。瞧瞧這個吧。」

扎布羅所指的位置上有塊碑石，大小約兩個人類這麼大，帶著一眼就能看出這是魔法具的魔力。

「那些傢伙說這是傑魯凱的遺產，但才不是這麼回事。這是老夫研究『魔族斷罪（傑魯凱）』與『聖域（asuku）』所製造出來的魔法具。」

那塊碑石底下浮現魔法陣。

「瞧吧。」

在扎布羅注入魔力的瞬間聽到了聲音。

殺——

跟過往的「聖域」類似的讓人不舒服的聲音。

殺掉艾蓮歐諾露——

依舊全身發青的雷多利亞諾、萊歐斯還有海涅三人，動作遲緩地從地面爬起，以憎惡的眼神看向艾蓮歐諾露。

「如何？跟『聖域』與『魔族斷罪』很像吧？是相當優秀的傑作呢。」

「先說好——」

艾蓮歐諾露畫起四個魔法陣，將碑石覆蓋起來。在施展「四屬結界封」封住魔法具的力量後，雷多利亞諾他們再度當場倒下。

「我可是最討厭那個魔法了。」

扎布羅見狀隨即露出充滿瘋狂的笑容，完全不像是一個少年會有的模樣。

「不愧是『根源母胎』的魔法啊。太有意思了。妳知道自己是為何誕生的嗎？」

艾蓮歐諾露瞪向扎布羅。

「……你想說是為了產下與魔族戰鬥的士兵嗎……？」

「不，妳錯了。那是傑魯凱的想法。然而，『根源母胎』經由神加以修改過。畢竟憑人類之力不可能將根源魔法化，這也是當然的吧。而眾神的目的，是為了製造優秀的器皿。」

「……什麼意思……？」

「不懂嗎？真是愚鈍呢。即使是複製根源，只要製造數萬、數十萬個的話，也會在過程中產生突變。就算出現魔力更強的個體、根源更加強韌的個體，也沒什麼好奇怪的吧？」

艾蓮歐諾露警戒地啟動魔眼。

「這正是神的目的呀。這種足以容納神之力的強韌根源的誕生，已讓眾神等待了一千五百年以上的歲月喔。」

「……等待了？」

「沒錯。瞧，妳仔細想想。有個明顯和其他個體不同的根源誕生了吧？」

艾蓮歐諾露猛然驚覺，就像要保護潔西雅似的擋在前方。

「神所創造的魔法術式與神的器皿。太有意思了。必須解剖成碎塊，仔細瞧瞧裡頭的構造才行呢。」

扎布羅一副發現到優秀白老鼠的模樣，來回品評著艾蓮歐諾露與潔西雅。

「……我很清楚了喔。」

艾蓮歐諾露舉手畫起魔法陣。

「你是不能被原諒的那種人。」

＊＊＊

米夏與莎夏施展「飛行(furesu)」的魔法，追逐著逐漸遠去的魔族。

如果想轉移到對方附近，「轉移」就會遭到反魔法干擾，所以她們轉移到一定距離之外的場所後才開始追蹤，並逐漸追上逃走的魔族。

「被窺看了。」

米夏說道。

「『遠隔透視』。」

該說真不愧是米夏啊。看樣子她注意到自己等人遭到了監視。

「好啊。就算破壞術式也沒完沒了，雖不知道是哪來的傢伙，不過想看就讓他看吧。比起這個，就快追上了唷。」

「嗯。」

她們的視野裡出現了那名魔族的身影。

混沌世代之一，剛劍琳卡．賽歐烏魯尼斯。將黑髮綁成馬尾的那名少女，用單手輕鬆抱著梅諾的身體飛在空中。在與她之間的距離慢慢縮短後，琳卡突然朝地面俯衝。

她著陸的位置是在森林裡。追在她之後，莎夏與米夏也降落地面。

還以為琳卡是想藉由森林的掩蔽甩開兩人，沒想到她卻不躲不藏地與她們正面對峙。

「捉迷藏結束了嗎？還是說，明白自己逃不了了呢？」

面對莎夏的挑釁，琳卡回以犀利的眼神。

「妳要對梅諾老師做什麼？」

米夏問道。

「啊啊，這是為了引妳們過來的道具。已經沒用了。」

琳卡把梅諾當場拋開。大概是暈過去了吧，她沒有醒來的跡象。

「……妳這是什麼意思？」

「我是冥王伊杰司．柯德的部下，雷德亞涅．伊翁。今世的名字叫做琳卡．賽歐烏魯尼斯。我奉吾君之命，要消滅在神的意思下誕生的妳們。」

琳卡畫起魔法陣，把手伸進中心，從中拔出一把大劍。劍的造型很奇特，劍身透明到能清楚看見後方的景象。

「喂，能問妳一件事嗎？」

「什麼事？」

「在神的意思之下是什麼意思啊？我跟米夏可是七魔皇老的直系子孫唷。」

琳卡將透明大劍刺在地面，雙手交疊在劍柄上。

「艾維斯．涅庫羅直到魔王阿諾斯復活為止，都跟勇者加隆的一個根源融合在一起。」

「這我知道。」

「既然如此，那個天真的男人為什麼會讓像妳們這樣悲劇的孩子出生？」

莎夏啞口無言。代替她，米夏開口回答：

「『分離融合轉生』（deino jikusesu）本來就只是將根源分成兩個，人格應該就只有一邊會有。」

應該是在迪魯海德與亞傑希翁的戰爭之後，她直接向雷伊詢問的吧。

「因為自然魔法陣有缺陷，偶然讓分出來的另一個根源帶有人格。」

這雖是理所當然的事，不過在開發新的魔法時，有時也會產生跟當初構築的魔法術式不一樣的結果。儘管只能相信自己的理論進行實驗，但「分離融合轉生」的情況，則是產生了始料未及的意外結果。

「那就是我。」

「一半說對了，但一半說錯了。」

琳卡如此斷言。

「自然魔法陣的缺陷是因為神族的介入。祂們藉由改變月光，在魔法發動的瞬間改寫了魔法陣。而因此誕生的人就是妳。」

米夏依舊面無表情，直直注視著琳卡。

「魔族的世界不需要神的干涉。妳就在覺醒之前讓我收拾掉吧。」

「是這樣啊。哼——」

莎夏微笑起來。

「感謝妳告訴我們這件事。不過，妳說錯了喔。」

米夏點了點頭。莎夏的眼瞳中浮現魔法陣，顯示出「破滅魔眼」。

「給予我們生命的人，才不是什麼神喔。」

§ 11 【詛咒之盾】

廢屋裡，兩個男人對峙著。分別是雷伊・格蘭茲多利與杰拉多・亞茲雷曼。雷伊沒有遲疑，筆直地朝杰拉多踏出一步。他宛如箭矢般加速的身影，在杰拉多面前消失無蹤。

「我在背後唷。」

「很遺憾，我看見了。」

杰拉多轉過身，將盾牌朝向劈下的一意劍。不過就在這瞬間，他的背部被砍了一劍。

「呃……！」

「我應該說過是在背後唷。」

配合杰拉多的轉身，雷伊再度繞到他背後砍了他的背一劍。如果是尋常人物，這一劍應該足以斃命；但不愧是兩千年前的魔族，身體很結實。

「……鍊魔劍聖……有著足以被稱為混沌世代的實力啊。以這個時代的魔族來說，你相當厲害呢。只不過——」

杰拉多的盾牌發出幽暗藍光。隨後，雷伊應該未受到攻擊的背部突然裂開，濺出鮮血。傷口跟方才杰拉多被砍中的位置相同，但傷勢明顯是雷伊比較嚴重。

「雷伊同學！」

「沒事的。」

這麼說完，雷伊看向他的盾牌。

「那個看來是帶有詛咒的魔法具呢。」

杰拉多點頭回應：

「魔盾肯尼亞茲。這是會對傷害持有主的人下詛咒，將痛楚加倍報復回去的魔法具。只要我手持這面盾牌，你應該就會受到比我更嚴重的傷勢。還是收手會比較好喔？」

「我很明白了。」

雷伊從正面衝去，揮下席格謝斯塔。

「呼……！」

杰拉多向後退開，打算用魔盾肯尼亞茲擋住一意劍。只不過，劍刃卻在途中轉了一圈改變軌道。

「就先拿走那面盾吧。」

杰拉多的右手腕被砍斷，啪答一聲落地。一起掉落的肯尼亞茲在地面上轉動著。

「哈！」

雷伊順勢一劍，用席格謝斯塔砍向杰拉多的脖子。

鮮血四濺——

然而，杰拉多的腦袋沒有掉落。代替掉落地面的，反而是雷伊的右手掌與一意劍。

杰拉多一副若無其事的模樣說道：

「方才我說只要手持這面盾牌什麼的，是騙你的。你的劍術本領似乎相當厲害，但有點太過正直了呢。只要沒破壞掉這面盾牌，就算我放手也不會解除詛咒。」

「真傷腦筋，我天生就不擅長跟人爾虞我詐呢。」

雷伊帶著清爽微笑，對自己的手腕施展「總魔完全治癒（eishiearu）」。只不過，傷勢絲毫沒有恢復的跡象。杰拉多撿起的盾牌發出魔力光輝。

「沒用的。在肯尼亞茲的詛咒面前，恢復魔法是沒有效的。」

「我就想會不會是這樣呢。」

雷伊用左手撿起一意劍。

「話說回來，你怎麼不治療你的手還有背上的傷啊？」

「是啊，為什麼呢？」

「肯尼亞茲的詛咒是將自己的傷勢增強後報復給對手。因為是這種詛咒，所以你也無法治療自己的傷勢吧？」

「是嗎？或許我只是故意裝成這樣。說不定也有只有我才能使用恢復魔法的可能性。」

倘若如此，意思就是想說自己壓倒性地有利。

「有勇氣試試看嗎？」

「當然，我會試的唷。」

雷伊毫不迷惘地貼近杰拉多，砍中他的左腳。

魔盾肯尼亞茲纏繞的光芒增強，發動詛咒。雷伊的大腿裂開比杰拉多還要嚴重的傷勢。

儘管如此，雷伊還是不以為意地揮著一意劍。

「呼！」

他以渾身之力朝肩口揮下的劍，被魔盾肯尼亞茲擋了下來。接著發出嘰的聲音，響起奇妙的聲音。

「總算逮到了。」

在杰拉多如此說道的瞬間，雷伊的肩口因為詛咒而裂開。

「……呃……！」

雷伊跨出一步，當場跪下。

「我沒說用盾牌擋下時，詛咒就不會發動。」

杰拉多不改恭敬的態度說道：

「這下你應該明白了吧？你不清楚兩千年前的魔法戰。縱使知道，不擅長魔法的你也毫無勝算。」

「……我覺得很不可思議呢……」

雷伊緩緩站起。

「你知道我嗎？」

「是呀，我十分清楚。鍊魔劍聖雷伊．格蘭茲多利。雖然不擅長魔法，但劍術的本領以及連在戰鬥中都能持續成長的才能，甚至不遜於兩千年前的魔族。只不過──」

杰拉多畫起魔法陣，從中心取出一把魔劍。魔劍就像義手般變形，裝設在被砍斷的右手腕上。

劍上鑲著跟魔盾肯尼亞茲一樣的藍寶石，毫無疑問是把詛咒的魔劍。

「不論你再怎麼成長，對我造成的傷害全都會返回你身上。很遺憾，要跟我們詛王的咒者戰鬥，你還經驗不足的樣子。」

杰拉多一躍衝進攻擊範圍內，使出渾身之力劈下詛咒的魔劍。雷伊在用席格謝斯塔擋下朝頭頂筆直劈來的這一劍後，詛咒的魔劍便輕易地崩口了。

太脆弱了。也許是感到無法理解吧，雷伊的眼神凝重起來。緊接著，他的胸口浮現像是被刺中般的傷口──詛咒發動了。

「……呃……！」

「好了，你要怎麼躲呢？」

朝著畏縮了一下的雷伊，杰拉多將詛咒的魔劍橫掃過來。在他用席格謝斯塔擋下這一劍後，杰拉多就像確信自己獲勝似的笑了。

「太天真了。」

雷伊將詛咒的魔劍砍來的力道澈底卸除，沒讓劍刃崩口就把劍反彈回去。

「……呼……！」

雷伊有如閃光般揮出席格謝斯塔。這彷彿要將人斬首般的一劍，杰拉多在千鈞一髮之際蹲下避開。

「認為只要一招斃命，詛咒就不會發動嗎？」

「值得一試呢。」

雷伊一招掃堂腿，踢倒正要站起的杰拉多。只要沒造成傷害，傷害也不會返回到雷伊身上。不過，卻讓杰拉多倒下了。雷伊就像要將他拋下似的衝出。目標不是杰拉多，而是在他跌倒時脫手掉落的盾牌。

「呃……！」

杰拉多試圖追上，但怎樣也追不上雷伊的速度。魔盾肯尼亞茲已進到他的攻擊範圍內。

「……哈……！」

他以渾身之力刺出席格謝斯塔，讓劍尖確實貫穿了魔盾肯尼亞茲。

「真是遺憾呢。」

在雷伊這麼說後，杰拉多恭敬地笑了。

「是呀，真是遺憾，是你輸了。」

肯尼亞茲上的一顆寶石粉碎。雷伊突然跪地，整個人向前倒下。

「我應該打從一開始就說過，你有點太過正直了。雖然我方才說只要沒有破壞掉肯尼亞茲就無法解除詛咒，但那是個陷阱。」

「……雷伊同學！」

米莎悲痛地喊著他的名字，但他卻沒有回應。杰拉多走到倒下的雷伊身旁，撿起掉在地面上的魔盾肯尼亞茲。

「沒用的。肯尼亞茲只要受到足以讓魔寶石粉碎的傷害，就會發動詛咒消滅對方的根源。雖然身體無傷，但他的根源已經消失，再也無法站起來了。」

杰拉多轉過身，朝著米莎緩緩走去。

「……也就是說──」

「只要破壞掉剩下三顆，那面盾牌就會失效了呢。」

耳邊傳來聲音。那是杰拉多以為再也不會聽到的聲音。

「……什麼……！」

杰拉多轉身的瞬間閃起三道劍光。魔盾肯尼亞茲上的三顆魔寶石在剎那間同時粉碎。詛咒發動，雷伊猛然跪倒。肯尼亞茲失去魔力，纏繞在上頭的朦朧光芒消失了。

「為什麼……傷勢……恢復了……？」

杰拉多一臉驚愕地注視著雷伊。受到詛咒，他原本應該被砍斷的右手、背部，還有腳上的傷勢恢復了。

「你沒試過嗎？大部分的詛咒都是以對方的根源為對象。所以在根源消滅的瞬間，詛咒就會跟著失去效果唷。」

雷伊若無其事似的站起身。代替一意劍，手上改握著散發神聖光芒的聖劍。

「在對付根源有兩個以上的敵人時，最好還是注意一下。」

杰拉多倒抽了一口氣。

「……該……不會是…………………………！」

杰拉多倒退數步，彷彿在畏懼眼前的男人。由於雷伊不再隱藏根源，所以他的魔眼(眼睛)能清楚看到雷伊有多少根源吧。

「……七個根源…………靈神人劍伊凡斯瑪那……」

「我最後一次遇到詛王是在兩千年前呢。他以為我的計畫完全成功了嗎？」

雷伊平靜地舉起伊凡斯瑪那。

前陣子迪魯海德與亞傑希翁之間的戰爭，詛王應該也知道某種程度的內情。但要是太過接近現場，就會有暴露行蹤的風險，所以沒能完全掌握到事情的來龍去脈吧。

「……勇者……加隆，還活著——」

早在杰拉多開口之前，雷伊就已將伊凡斯瑪那刺進他的心臟。

「……呃，咳啊……」

「聽你說我有點太過正直，還真是讓我過意不去。畢竟我活在世上，說過的謊言大概比你還多吧。」

他只要再稍微用力，杰拉多的根源就會消滅吧。靈神人劍對魔族有著極大的威力，即使是兩千年前的魔族也無法抵抗。

「我再問你一次。」

杰拉多以視死如歸的表情看著雷伊。

「那把一半的魔劍，你是從哪裡弄來的？」

杰拉多咬緊牙關，然後開口說道：

「……我無可奉告……」

在這瞬間，他將魔劍刺進自己的喉嚨自盡了。雷伊立刻抽回靈神人劍，對他施展「復活」。然而，他卻沒有復活。

米莎戰戰兢兢地走近倒下的杰拉多。眼見他完全沒有再度起身的跡象後，她喃喃問道：

「……是根源消滅了嗎……？」

雷伊搖了搖頭。

「似乎是轉生了唷。」

§ 12 【緋碑王的碑石】

艾蓮歐諾露畫出地、水、火、風的魔法陣覆蓋住四方牆壁，將整個房間包覆起來化為結界。在「四屬結界封」的內側，魔族會被封住力量導致弱化；然而扎布羅卻毫不動搖。

「沒用的、沒用的。瞧吧。」

扎布羅腳邊浮現魔法陣，在冒出黑光後形成一個圓形結界。

「『暗黑領域』。」

他所創造的暗黑領域抵銷了「四屬結界封」的效果，並且增強了他的魔力。

「人類開發的魔法沒什麼大不了。這種術式，只要沒有聖水就根本派不上用場。」

扎布羅丟下這句話後，將雙手向前推去，讓前方浮現多重魔法陣，層數約四十。雖說讓魔法陣重疊能提升魔法效果，但能在瞬間展開這麼多層的多重魔法陣，可不是尋常術者所能辦到的。該說他不愧是兩千年前的魔族，緋碑王的副官吧。

「瞧。」

扎布羅將雙手高舉過頭後，眼看多重魔法陣就不斷擴大，然後不停地往上升。即使碰觸到天花板也依舊沒停，嘩啦嘩啦地撞破天花板，抵達遙遠的上空。

「就吃老夫這一招吧。」

飄在天空的魔法陣突然冒出緋紅色的碑石，光是大略估算就有不下數百之多。

那些碑石如雨點般落在密德海斯城上，咚、砰砰砰砰砰砰砰砰地響起一陣吵雜巨響。外牆、窗戶、天花板、地板等城堡裡的一切事物，全都在轉眼間被落下的碑石逐一破壞。

不過是數秒間的事，城堡就半毀得慘不忍睹。

「這樣做會害死大家的喔。」

艾蓮歐諾露疊起三層「四屬結界封」，從紛紛落下的碑石中保護著潔西雅與雷多利亞諾他們三人。

「嘻、嘻！真是個蠢丫頭呢。以為老夫會做出殺人這種魔力效率差勁的事嗎？」

扎布羅將敞開的雙手朝地面壓下。

「碑石可是能儲藏魔力，在事前封入魔法的魔法具喔。剛剛落在這座城上的，是注入了緋碑王大人魔力的緋紅色碑石。妳就好好瞧瞧刻在上頭的魔法文字吧。」

艾蓮歐諾露側眼看著插在地板上的碑石，上頭刻著跟魔法陣相同的魔法術式，並浮現「腐死鬼兵隊（goagurumu）」的魔法文字。

「魔族的後裔啊，就活生生地腐爛，成為緋碑王大人忠實的僕人吧。」

碑石發出朦朧紫光，伸出魔法線將所有落在城內的碑石連結起來，描繪出一個巨大的魔法陣。

「好像……聽到了……什麼聲音……」

潔西雅把手放在耳邊後，隨即聽到「唰——」、「唰——」，好像拖著什麼東西在走動的腳步聲。周圍瀰漫起腐臭，四處傳來有如呻吟般的聲音。

「瞧，他們來了喔。」

砰的一聲破門而入的，是方才帶領艾蓮歐諾露來到宿舍的管家。只見他的肌膚腐爛、雙眼染紅，頭上長出兩根令人毛骨悚然的角。最重要的是，還散發著跟方才的他有著天壤之別的強大魔力。

「……嗚呃……」

管家口中發出呻吟，一雙紅眼就像發出敵意似的朝艾蓮歐諾露瞪來，一副明顯失去理性的樣子。

喀啷響起玻璃破碎的聲音。艾蓮歐諾露轉頭看去，發現城堡的士兵們打破窗戶玻璃侵入房內，總共六人。他們跟管家一樣肌膚腐敗，雙眼發紅並長著兩根角。

「……跟腐死者很像，但不是……？」

艾蓮歐諾露喃喃自問。

「嘻、嘻！妳是第一次見識吧？這叫做腐死鬼兵，是老夫將阿諾斯那傢伙創造的溫吞魔法「腐死」加以改良的魔法。這魔法能製造出更加強大，最重要的是還能忠於命令的士兵。不過也因如此，他們就連根源都澈底腐爛了呢。」

艾蓮歐諾露哀傷地看向淪為腐死鬼兵的士兵們。

「……這種魔法，太過分了……」

「這算不了什麼。跟『根源母胎』的魔法相比，老夫對根源的研究還不到家呢。到底要組成什麼樣的術式，才有辦法製造複製根源啊？只要能知道這點，老夫等人就能更加地逼近魔法深淵。」

扎布羅的口氣彷彿在談論魔法研究的成果。

「魔法研究可不是不惜犧牲他人也要去做的事喔。」

「真是個蠢丫頭呢。老夫誰也沒有犧牲，他們的根源全都好好留著。反倒是因為魔力增強了，他們甚至應該要感謝老夫吧。」

面對無法溝通的扎布羅，艾蓮歐諾露咬起下唇。

「……你錯了喔。」

「錯了？老夫嗎？嘻、嘻！看來腦袋不好的蠢丫頭，果然無法理解魔法研究呢。」

扎布羅指著艾蓮歐諾露。

「幹掉她。」

腐死鬼兵們遲緩地踏出步伐。

「……嗚呃呃呃……」

發出令人毛骨悚然的呻吟，手持魔劍襲擊過來。

「……不行……欺負人……」

潔西雅劈下手中的焉哈雷。在這瞬間，劍身發光，讓聖劍增加為六把。

焉哈雷是光之聖劍，其特性是能以原始的一把作為光源，就像發光似的複製聖劍。一萬名的潔西雅能全都持有相同的聖劍，就是基於這種特性。

飄在空中的五把聖劍依照潔西雅的意思，將腐死鬼兵們手上的魔劍打掉。

「……嗚啊啊啊啊……！」

然而腐死鬼兵卻毫無畏懼，依舊赤手空拳地襲擊過來。

「潔西雅，逃到寬敞的地方吧！」

「……我……知道了……當鬼的人……我在這裡唷……」

艾蓮歐諾露與潔西雅拔腿就跑，同時將「四屬結界封」覆蓋在雷多利亞諾、海涅與萊歐斯三人身上。

「抱歉了，各位。我絕對會救你們的，努力撐下去！」

「嘻、嘻！沒用的。他們變成腐死鬼兵只是時間上的問題。誰也逃不過緋碑王大人的『腐死鬼兵隊』。」

衝出房間，艾蓮歐諾露與潔西雅在走道上奔馳。就在她們越過轉角的瞬間——

「「「……嗚呃呃呃……！」」」

「「「……嘎啊啊啊……！」」」

眼前出現多達數十人的腐死鬼兵。他們將走道擠得水洩不通，連隻螞蟻都沒辦法通過。

「要闖過去了喔！在不死人的程度內擺平他們！」

「……串刺……起來……」

艾蓮歐諾露與潔西雅以「四屬結界封」為盾，衝進腐死鬼兵的集團裡。

潔西雅一舉起焉哈雷，她前方就出現無數的光之聖劍。隨著她將焉哈雷向前刺出，飄在空中的無數聖劍也同時衝出，將腐死鬼兵們的胸口串刺起來。

趁著集團因此畏怯的空隙，艾蓮歐諾露與潔西雅以「四屬結界封」為盾撞飛他們，突破腐死鬼兵的人牆。

「在那裡喔。」

艾蓮歐諾露一面避開逼近的腐死鬼兵，一面衝出屋外，朝著密德海斯城的中心跑去。

「……一定在某個地方才對……」

她一面快速移動視線，一面穿過廣大的庭院，然後在那裡發現要找的東西。

「……有了……」

那是一塊格外巨大的緋紅色碑石，大到需要抬頭仰望，儲藏的魔力也很龐大。這塊碑石大概就是產生「腐死鬼兵隊」這個魔法術式的核心吧。

「只要破壞掉它，應該就不會再繼續產生腐死鬼兵了……」

艾蓮歐諾露施展「四屬結界封」的魔法覆蓋住巨大碑石，讓碑石的魔力衰減。

「……破壞……掉……」

潔西雅在焉哈雷上注入魔力。劍身閃耀，光芒膨脹開來形成一把巨大聖劍。

「……看招……！」

啪鏗一聲巨響。聖劍與碑石激烈碰撞，迸發的魔力粒子不斷颳走周遭一切物體。

然而沒能破壞掉。碑石毫髮無傷。

「嘻、嘻！沒用的、沒用的。那可是緋碑王大人在長達兩千年期間，不斷注入魔力的碑石，可不是兩個腦袋不好的蠢丫頭就能破壞掉的東西啊。」

聲音在空中響徹開來，扎布羅緩緩地從天而降。

「瞧。妳們已無路可逃了。」

伴隨著呻吟聲，腐死鬼兵集團出現，大略看來超過五百多人。艾蓮歐諾露她們被澈底包圍了。

艾蓮歐諾露朝集團中的一人看去。

「……嗚呃呃……」

那人是雷多利亞諾。他已完全失去理性，淪為腐死鬼兵。

「……雷多利亞諾同學……」

「……萊歐同學……海同學……也在。」

萊歐斯與海涅也出現在集團裡，同樣淪為腐死鬼兵，用一雙紅眼瞪著艾蓮歐諾露。

「真是遺憾呢。但妳們無須在意。老夫會立刻將妳們解剖成碎塊，變成感受不到悲傷的身體喔。」

扎布羅高舉雙手。

「首先，就將那礙事的魔力封住吧。」

附近的碑石亮起黑光，並射出魔法線將散布在城內的碑石連結起來，形成一個魔法陣。

儘管還是白日當空，城內卻立刻籠罩起淡淡黑暗。他發動的魔法是「吸魔暗黑領域」。

潔西雅手中焉哈雷的光芒黯淡下來，覆蓋住碑石的「四屬結界封」消失無蹤。

「……魔力被吸走了……」

「嘻、嘻！『吸魔暗黑領域』的滋味如何？這個魔法的效果是吸收在暗黑領域之中的敵人魔力。要吸乾妳的魔力，老夫想想喔，哎，大約一分鐘吧。」

「……絕……」

艾蓮歐諾露喃喃低語。

「嗯？什麼？老夫聽不見喔。已經連講話的力氣都沒有了嗎？」

艾蓮歐諾露抬起頭，狠狠地瞪向扎布羅。

「我是說，就算你道歉，我也絕對不會原諒你喔！」

艾蓮歐諾露與潔西雅身上纏繞起「聖域」的光芒。

「嘻、嘻！妳一點也不懂魔法啊。仔細窺看深淵吧。魔法之力無法達到『吸魔暗黑領域』的外側。就算施展了『聖域』的魔法，要是無法收集到最重要的意念也只是在白費功夫啊。妳大概是想向一萬名的潔西雅借取力量吧，還真是遺憾呢。」

「意念的話，就在這裡喔。」

「妳在說什麼蠢——」

艾蓮歐諾露的周圍出現魔法文字，就這樣圍繞在她身旁飄浮著。從魔法文字之中湧出的聖水化為球狀，將她包覆進去。

「『根源母胎』。」

「什麼……唔，咦…………！」

扎布羅彷彿看到難以置信的景象，露出驚愕的表情。

「……怎麼……可能……？『根源母胎』的魔法居然自行施展了魔法……？這不可能啊……到底是用怎樣的術式結構……？」

然而，就像要打消扎布羅的疑問般，更加強烈的驚愕向他襲來。「聖域」的光芒膨脹了數十倍。

「……這、這是怎麼回事……！『聖域』的魔法為什麼……！妳到底是從哪裡聚集到魔力的……！」

「意念是存在於根源之中的喔。我是『根源母胎』。是產生根源的魔法。」

「別胡亂扯謊了！妳根本就沒有產生任何根源吧！這裡就只有妳們、腐死鬼兵，以及老夫啊！」

「要是產生根源的話，事後可就麻煩了。所以，我就只有產生根源之中的意念。」

扎布羅啞口無言。他睜大魔眼，一副難以置信的樣子窺看艾蓮歐諾露的深淵。

「……怎麼會……這怎麼可能……居然說用『根源母胎』的魔法，只將意念……產生出來……！不對，這種事怎麼可能辦得到……！」

艾蓮歐諾露把手舉起。一道魔法陣浮現，有如砲門般變形。

「聖域」的光芒聚集起來。

「這是懲罰。」

光之砲彈——「聖域熾光砲（teo toraiasu）」發射出去，拖曳著流星般的閃耀尾巴貫穿了那塊巨大碑石。

光芒彷彿爆炸般迸發開來。

「呀啊、呃啊啊啊啊——」

在啪嚓地響起物體碎裂的聲音後，光芒隨即平復下來。巨大碑石粉碎一地，消失得無影無蹤。

「吸魔暗黑領域」的效果立刻消失，黑暗倏地散去使天空放晴。

黑暗中浮現趴伏在地上，全身遍體鱗傷的扎布羅。由於「聖域熾光砲」的餘波，因此被波及到。

「……唔呃……不、不可能的……只用一發魔法……就打破了老夫的反魔法……這種事……怎麼可能……」

他在反魔法上耗盡魔力，似乎就連站都站不起來的樣子。

「……結界……消失……了……」

聽到潔西雅這麼說，艾蓮歐諾露點了點頭。

「那就把大家治好吧。」

「聖域」的光芒傳到地面擴展開來，在密德海斯城的城內畫出一道巨大魔法陣。

「『聖域復活（teo ingaru）』。」

溫暖柔和的光芒照遍城內。緊接著，腐死鬼兵們的角漸漸退去，腐爛的肌膚恢復原狀，扭曲的根源眼看著被治療回來。

不久後完全恢復原狀的他們，就像失去意識似的當場倒下。

「……不可能！不可能不可能不可能！」

扎布羅瞠大眼睛不斷高喊。看到自己無法理解的事態，似乎讓他失去冷靜。

「……怎麼可能有這種事！為什麼……？用緋碑王大人的碑石製造的腐死鬼兵……為什麼會被區區的人型魔法……這是怎樣的術式理論……？」

「你最好再多學一下魔法的基礎喔。」

「……妳……說什麼！」

扎布羅氣急敗壞地拖著用盡魔力的身體瞪著她。

「妳要老夫從頭學習基礎？妳這腦袋不好的蠢丫頭，是在侮辱老夫扎布羅．桂茲嗎！妳說老夫究竟有哪裡不懂魔法的基礎啊！」

「畢竟你想想嘛，術者不同，魔法的效果會一樣嗎？」

扎布羅蹙起眉頭，就像不屑似的說：

「效果當然是依照術者的魔力來決定。正因為如此，像妳這樣的蠢丫頭，為什麼破壞得了緋碑王大人的碑石──」

說到這裡，他就像恍然大悟似的倒抽了一口氣。

「嗯~緋碑王大人的碑石說不定很厲害啦。」

艾蓮歐諾露帶著悠哉微笑豎起食指。

「但我可是魔王大人的魔法喔。」

§13 【剛劍與柔劍】

森林裡──

米夏與莎夏正在與兩千年前的魔族──冥王伊杰司．柯德的部下琳卡．賽歐烏魯尼斯展開對峙。

「就堂堂正正地——」

琳卡從地面拔起透明大劍，就像扛在背上似的舉起。只見她奮力踏地，在堅硬的大地上留下足跡後，以噴射般的速度朝她們兩人逼近。

「——一較高下吧！」

莎夏用「破滅魔眼」看向琳卡手中的魔劍。即便是神話時代的產物，憑她現在的力量，應該也有辦法消滅劍上的魔力。

但是下一瞬間，莎夏不禁懷疑起自己的眼睛。透明劍身變得更加透明，緊接著忽然消失不見。

不論再怎麼用魔眼（眼睛）凝視，在她眼中都看不到那把魔劍。琳卡將只剩劍柄的大劍朝莎夏橫揮過去。

「冰盾。」

米夏倏地伸出指尖，施展「創造建築（airisu）」的魔法。立刻創造出來的冰盾被無形大劍一刀斬斷。儘管米夏不斷構築新的冰盾，但琳卡的劍速太快了。劍刃突破冰盾的阻擋，砍在急忙躲開的莎夏身上。

她的胸口噴出鮮血，當場癱跪在地上。

「太淺了啊。」

琳卡喃喃說道。莎夏透過被斬斷的冰盾，預測到無形之劍的軌道，於是瞬間退開，避免了致命傷。「不死鳥法衣」化為火焰纏繞在莎夏身上，使得傷勢在轉眼間逐漸恢復。

「退後。」

聽到米夏的聲音，莎夏施展「飛行」向後退開。在充分遠離劍的攻擊範圍後，兩人同時用魔眼看向琳卡。

「……那把魔劍是怎樣啦。連魔力都完全看不見耶。」

「破滅魔眼」要是看不見對象的魔力或魔法術式，就沒辦法加以破壞，因此沒辦法對付看不見的魔劍。

「不是魔劍的力量。是『隱匿魔力』的魔法。」

米夏的魔眼能看到琳卡那把隱藏住魔力與模樣的魔劍。

「讓劍透明化是魔劍的力量。然後琳卡另外施展了『隱匿魔力』的魔法，隱藏住魔劍的魔力。」

「……原來是這樣啊。剛劍還真是個有夠狡猾的別名呢。」

琳卡沒有掉以輕心，慎重地縮短距離。

緊接著，莎夏用「破滅魔眼」瞪向琳卡本身。她瞬間蹙了一下眉，但不以為意地繼續往前進。

「破滅魔眼」是究極的反魔法。破壞物體與人體的作用只不過是副產品。魔力低劣的對象只要瞪一眼或許就能打倒；但對琳卡這個兩千年前的魔族來說，儘管能造成傷害，卻無法成為致勝的一擊。

米夏與莎夏持續後退保持距離。在劍的攻擊範圍內對兩人不利。

「不好意思——」

琳卡停步，將大劍就像扛在背上似的舉起。

「剛劍是我完成轉生之前被冠上的別名。我在兩千年前被冠上的別名，是柔劍。」

琳卡的位置遠在劍的攻擊範圍之外，但她卻不以為意地高高舉起那把透明魔劍。

「別小看我的攻擊距離啊！」

她以大上段的架式劈下魔劍。

「莎夏。」

「我知道！」

米夏創造冰盾，然後莎夏在冰盾上展開魔法屏障與反魔法。兩人牽起手，同時說道：

「「『反魔創造建築（jieaizeo）』。」」

以融合魔法強化數倍的冰盾擋下琳卡的魔劍。但她再踏出一步，以渾身之力將劍劈下。

「喔喔喔喔喔喔喔喔喔喔喔喔喔！」

冰盾出現龜裂，然後粉碎散落。在米夏與莎夏兩人施展「飛行」左右散開的瞬間，地面被劈成了兩半。

要是被這劍迎頭劈中，肯定會受到重創吧。

「自在劍賈門斯特。不論形狀、材質和顏色，全都能隨心所欲。」

不知這次是變成怎樣的形狀，琳卡改用單手拿著原本是用雙手握著的大劍。

「這種威力居然叫做柔劍，兩千年前的魔族還是一樣腦子有問題耶……」

「別太看得起我。我在兩千年前並沒有現在這麼強——至少在臂力方面上是這樣。」

琳卡一面回話，一面一步步地縮短距離。

「這是什麼意思？」

莎夏警戒著琳卡握有魔劍的手，一面估算距離一面問道。

「轉生很順利。這具繼承魔王阿諾斯之血的肉體很強韌。就連在力量完全覺醒之前，都足以讓我被稱為混沌世代。這要是再讓我的根源覺醒，就算變得比以前還強也沒什麼好不可思議的。」

琳卡蹬地衝出。不過先發制人的是米夏，用冰柵欄擋住了她的去路。

「冰牢。」

然後圍住她的四方，構築起一個冰牢。莎夏則是在冰牢上展開反魔法與魔法屏障。

「『反魔創造建築』。」

「太嫩了！」

琳卡旋轉身體，揮動大劍。砰咚與轟隆聲響起，冰牢被攔腰斬斷。只不過，米夏早已打出下一步棋了。

「冰城。」

以琳卡為中心在東西南北建造魔王城，並在城堡前方展開魔法陣，各顯現出一道砲門。

「看招！」

漆黑太陽自東西南北的魔王城同時發射。

「『獄炎殲滅砲』！」

從四方發射的漆黑太陽將周遭染成一片黑暗。毫無避開的餘地，「獄炎殲滅砲」將琳卡吞噬了下去。

轟隆隆隆隆隆隆隆──附近一帶燃燒起漆黑火焰，魔力的餘波將周圍的樹木轟飛。要是被直接擊中，將會屍骨無存吧。

「以這個時代的魔族來說，是相當不錯的魔法。」

琳卡在熊熊燃燒的漆黑火焰之中奔馳。她將自在劍賈門斯特變成球狀盾牌，再同時疊上反魔法，藉此擋住了「獄炎殲滅砲」。

「然而──」

逼近到莎夏身旁的琳卡劈下無形大劍。莎夏在周圍展開球狀的魔法屏障，再透過被斬斷的屏障預測劍的軌道，在千鈞一髮之際避開攻擊。

「真是抱歉，只要知道看不見，就多得是辦法應付！」

她施展「飛行」向後退開。就在這瞬間，米夏猛然驚覺地大喊：

「莎夏，停下來！」

莎夏口中溢出鮮血。

「……咦…………？」

她的腹部滲著血液，讓透明的魔劍暴露出形狀。

「自在劍賈門斯特就連數量也自由自在。我早在妳會逃往的位置上設置好劍了。」

「不死鳥法衣」再度燃燒，治療著莎夏的傷勢。不過早在這之前，琳卡就已逼近到莎夏身旁，再刺上一把自在劍。

「啊……唔……」

「到此為止了。那個魔法具的再生速度追不上傷勢的擴大。」

莎夏當場倒下。正如同琳卡所言，要是再繼續插著那兩把魔劍，死亡就只是時間上的問題吧。

「緩緩地步向死亡很痛苦吧？我現在就讓妳解脫。」

就像是要給予她最後一擊，琳卡高舉起自在劍賈門斯特；而就像是要阻止她這麼做，無數的鎖鏈綁在琳卡身上。

「冰鎖。」

「嘖！」

琳卡用賈門斯特揮出一道劍光，瞬間將鎖鏈全部斬斷。

米夏朝莎夏看去。也許是想去救她吧，但琳卡卻阻擋在前。

「麻煩的『破滅魔眼』已經封住。這樣一來，就只剩妳一個了。」

儘管以無形之劍玩弄著莎夏，但「破滅魔眼」對琳卡來說大概依舊是個威脅。一直被莎夏盯著，即使無法成為致勝的一擊，魔力與身體也會不斷削減，使得行動受到限制。

但如今，她已不再受到限制了。

「…………」

米夏直盯著琳卡。

「讓我過去。」

這是淡然的語調。不過，卻有哪裡異於往常。

「放心吧。」

琳卡的身影晃動。下一瞬間，她已逼近到米夏眼前。米夏的魔眼（眼睛）大概清楚看見她的身影，但身體能力相差太大，她甚至無暇後退，琳卡就將自在劍刺進了她的腹部。

「我會把妳送往同一個地方去的。」

在她拔出魔劍後，米夏隨即倒下。

「結束了。」

自在劍賈門斯特現出原形。琳卡將劍尖朝向倒地的米夏，對準她的頭部注入魔力。

「……讓開……」

一道淡漠的聲音響起。

「連這種時候都還在擔心姊姊的安危，真是個好妹妹。至少要讓妳走得毫無痛苦。」

琳卡反手握住賈門斯特，就這樣使勁刺下去。劍尖刺破米夏的皮膚，切開血肉，然後碰到頭蓋骨。鏘的一聲，劍身斷成兩截。

「……什麼…………？」

琳卡注視著斷掉的自在劍，愣了一會。

「……讓開……」

耳邊傳來米夏的聲音。

充滿她冷漠、淡然，且怒不可遏的聲音。

「……是在碰觸的瞬間，將自在劍重造了嗎……？重造成脆弱的物質……」

看著失去魔力後粉碎風化的自在劍賈門斯特，琳卡喃喃自語。下一瞬間，她猛然驚覺地朝頭上看去。魔眼之中滿是驚愕。

「……妳創造了什麼……？」

琳卡顫聲問道。她的眼前，正構築著一個令人難以置信的東西。

「……妳這傢伙，知道妳在創造什麼嗎！」

無法接受眼前的景象，琳卡放聲叫喊。其聲音就彷彿是在慘叫一般。

米夏建造出來的是一座冰城。只要是兩千年前的魔族，不論是誰都曾仰望過無數次，魔王阿諾斯・波魯迪戈烏多所持有的最強魔法具——魔王城德魯佐蓋多。

「……不可能創造得出來……那個……那座城，可是神啊！不過是一介魔族，怎麼可能做得到這種事……………！」

她就像是在祈禱般，嘴裡不斷喃喃唸道：「不可能創造得出來。」彷彿這就只是一場惡夢。因為她已經知道了。因為米夏已經讓她見識過了，那個足以將神話時代的魔劍——賈門斯特重造成脆弱物質的魔法。

米夏緩緩站起，琳卡就像嚇破膽似的退開。

「…………覺醒了嗎…………？」

米夏忙不迭地搖頭。

「我就是我。」

魔王城化為立體魔法陣，無數的魔法文字飄浮在城堡周圍。魔力粒子升起，米夏的眼瞳浮現魔法陣。

以「創造建築」創造出來的德魯佐蓋多，不論是所保有的魔力，還是作為破壞神的秩序，都比原本的德魯佐蓋多差了好幾個層級。

只不過，那座冰城確實有著可稱為仿神的力量。

「冰結晶。」

琳卡竭盡自身的所有魔力，在全身上下展開反魔法。然而，米夏就只是用魔眼一瞪，琳卡的身體就束手無策地消滅了。

留在原地的只有一塊冰結晶。她的身體被整個重造了。

「莎夏。」

米夏立刻將視線移到倒下的莎夏身上。在這瞬間，刺在她身上的兩把魔劍就化為冰結晶消失了。在自在劍消滅後，「不死鳥法衣」就治療起莎夏的傷勢，讓她微微睜開眼睛。

「趕上了。」

米夏開心地笑著，隨後就像精疲力盡般當場癱跪在地。背後的德魯佐蓋多化為無數的冰結晶，絢爛地隨風消散。

§14 【較量智慧】

魔王學院，社團塔最上層——

「遠隔透視」顯示著雷伊與米莎、艾蓮歐諾露與潔西雅，以及米夏與莎夏各自打倒敵人的畫面。

「唔，四邪王族組成同盟了嗎？」

在兩千年前的魔界，詛王、熾死王、緋碑王以及冥王有著僅次於暴虐魔王的勢力。為了對他們的實力表達敬畏之意，魔族們就稱他們為四邪王族。

他們的自尊心高，並與其他陣營勢不兩立，除了在大戰期間，從來就不曾攜手合作過。然而如今在迎來和平之後，卻做出這種彷彿是在共同作戰的行徑，所以才讓人感到不可思議。如果是他們感情變好的話，確實很值得高興，但這是不可能的事。

「所以？說要跟我較量智慧，但等到那些傢伙被打倒之後好嗎？」

在我詢問後，齊格笑了一下。就像在說四邪王族的部下被打倒是預料中的事。

「你正在尋找神子。而聰明的魔王阿諾斯，應該注意到你的部下之中，有誰可能會是那個神子了吧。」

原來是這麼一回事啊。

兩千年前，諾司加里亞意圖讓大精靈蕾諾產下神子。要是我沒有及時趕到，或是祂在我轉生之後再度對蕾諾伸出魔爪的話，她就會懷上神子吧。

如果米莎真是大精靈蕾諾的孩子，那她就有可能是神子。

此外諾司加里亞還協助傑魯凱的魔法化。就算祂利用憎惡魔族的「魔族斷罪」作為幌子，而真正的目的是要用「根源母胎」產下神子的器皿，也沒有什麼好不可思議的。

也就是說，潔西雅說不定是神子。

而關於「分離融合轉生」也是一樣，要是米夏是因為神的介入才誕生的話，應該就會有讓她誕生的目的。說不定「分離融合轉生」原本是為了在我轉生之後產下神子的魔法。

這樣一來，也能認為米夏與莎夏合為一體的姿態正是神子吧。

她們在之前的戰爭中，曾一度施展過「分離融合轉生」進行融合，藉此提高了神格。因此，以根源瀕死時的魔力提升為契機，讓米夏開始覺醒了神之力。

她能施展模擬性地創造德魯佐蓋多這種近乎於神的驚人創造魔法，說不定就是因為這個原因。

「齊格，確實就跟你說的一樣。但要是熾死王與諾司加里亞是合作關係，特意把情報交給我也很奇怪。哪怕我注意到這一點就只是時間上的問題。」

光是揭露神子的情報也毫無意義。考慮到齊格方才的發言，他的目的就只有一個吧。

「也就是這麼一回事吧？你要將帶來的情報作為賭注，跟我較量智慧。」

齊格露出笑容，彷彿這一切都跟他計畫好的一樣。

「不愧是魔王阿諾斯。不光只是強大而已。」

齊格就在這時畫起「契約」的魔法陣。

「讓我來說明規則吧。由你提問，而我要老實回答你的問題。只不過，我能指定一件事情，並對有關這件事情的回答說謊。」

「比方說，關於神子的真實身分嗎？」

我稍微出言試探。

「沒錯。當我指定對神子的真實身分說謊時，那麼我就只能對有關神子真實身分的問題說謊。」

唔，毫無動搖啊。膽子還挺大的。哎，雖說這樣就動搖，也挺讓人掃興的。

「只不過，關於我指定說謊的事情，相反地我也無法回答真正的答案。」

也就是說，倘若一定得說謊，就能根據詢問的方式看穿他是對哪一件事情說謊的一種遊戲啊？

「提問的次數為十六次。只要能在這十六次之中猜出我是對哪一件事情說謊，那麼就是你贏。到時候，我會封住魔力五秒。當然，魔劍也是。」

就算要復活梅魯黑斯，並且消滅他，只要有五秒就綽綽有餘。

「反過來說，要是你到最後都無法看穿我的謊言，由我勝利的話，我就能獲得你五秒的時間。在這五秒內，你無法使用魔力。」

即使我在五秒內無法使用魔力，他也不可能消滅我吧。說不定有辦法讓我受傷，但頂多就是趁機消滅掉梅魯黑斯吧。

還是說，他藏著什麼致勝王牌嗎？認為沒有還比較不自然吧。

「你能指出謊言的次數有八次。」

「契約」上規定，在我指出謊言時，不能回答錯誤的答案。除此之外，對於齊格方才所說的概要，也規定成讓人無法用奇怪的方式鑽漏洞的樣子。

「指出謊言的時機？」

「隨時都行。只要在知道謊言的時候提出就好。」

這要說的話，是很妥當的規則。雖然覺得稍微對我有利，但這是認為不這樣的話，我會不願意較量智慧吧。

「意下如何？魔王阿諾斯。即使就這樣強行消滅掉我，梅魯黑斯無法復活的可能性也只有一億分之一。不論怎麼想，你都能毫無損失地獲勝。就常理來看，不以身犯險才是明智之舉喔？」

齊格努力保持冷靜地說道。這大概也是他的策略之一吧。

「唔。齊格，你錯判了一件事。如果你這是想挑釁的話，就別白費功夫了。不論是要較量智慧還是力量都一樣。別以為能從我手中奪走一億分之一的勝利。」

我毫不遲疑地在「契約」上簽字。

或許是確信勝利了吧，齊格微微笑了笑。

「那就開始遊戲吧，魔王阿諾斯。」

就像是在制止他這句話，我伸手指著「契約」。

「在這之前，我想變更規則。」

他一臉凝重地看著我。

「……想怎麼改？」

「提問的次數減為八次，能指出謊言的次數三次就夠了。」

齊格訝異地蹙起眉頭，一副出乎意料的模樣。

「相對地，要把魔劍交給我。要在持續施展『時間操作』的情況下較量智慧，可是很麻煩的。」

「這份『契約』上本來就已經記載，禁止在較量智慧的途中以反魔劍破壞『時間操作』的術式。」

「如果懷著自滅的覺悟，就能撕毀『契約』。」

「憑你的魔眼，應該能在事前察覺，並且加以阻止。這種條件只會對你不利吧？」

「你要是這麼想的話，我就欣然接受你的讚賞。但你要挑戰的人是我。不論讓步再多都不夠喔。」

齊格就像在揣摩我的用意似的，直盯著我不放。

過了一會，他說道：

「好吧。就請你賜教了。」

齊格更改「契約」的條件。

他盡全力睜大魔眼，一面凝視著我的一舉一動，不放過任何一絲魔力的變化，一面將反魔劍加布里德交出來。

大概是不知道我會如何出招，所以在警戒我吧。我隨手接下加布里德，向他說道：

「契約成立。」

我在更改條件的「契約」上簽字，把加布里德移到旁邊，插在地板上。

齊格輕輕呼了口氣，一副安心下來的模樣。

「那就開始吧。最初的提問。」

首先得要確認一件事。

「關於神子，你知道多少？」

停頓一秒後，齊格答道：

「有三人可能是神子。分別是米莎・伊里歐洛古、潔西雅・碧安卡，以及米夏・涅庫羅與莎夏・涅庫羅。關於涅庫羅姊妹，是指她們融合之後的姿態有這個可能性。」

也就是將米夏與莎夏兩個人視為一個人啊？

「十五年前，大精靈蕾諾與魔王的右臂辛・雷谷利亞生下一子，那個孩子就是米莎・伊里歐洛古。然而，這卻是由天父神諾司加里亞所設計的。米莎作為精靈的傳承，即是消滅魔王的秩序。而這個傳承並不是在人類或魔族之間傳開，而是在眾神之間傳開。」

米莎儘管身為半靈半魔，卻有著與精靈病無緣的強大根源，正是因為這個原因啊？

只不過，沒想到會在這裡聽到辛的名字。我在兩千年前，曾派他擔任大精靈蕾諾的護衛。

儘管兩人之間有接點，但難以想像那個男人會談戀愛。

這若是事實，和平果然很美好。

「魔王阿諾斯，如今在你完成轉生之後，長大成人的米莎．伊里歐洛古將遵從這個秩序，總算是要覺醒了。」

覺醒是指展現出精靈真體的意思嗎？要是神有干涉就不在此限，但可能性很高吧。

「兩千年前，天父神諾司加里亞與亞傑希翁的勇者傑魯凱作了一個約定。那就是答應將傑魯凱化為魔法，成為僅次於神的秩序。然而，諾司加里亞是讓神誕生的神，祂無法違反這個秩序。於是祂向傑魯凱提出交換條件，要將他一部分的根源化為『根源母胎』，用來製造神的器皿。」

只要目的是為了製造神，祂就能答應傑魯凱的要求吧。這是說得通的。

「契約就在傑魯凱的承諾之下成立了。然後在耗費漫長的歲月，持續讓『根源母胎』量產潔西雅後，總算是在這個時代讓神的器皿誕生了。就是前來魔王學院進行學院交流的那個小潔西雅。」

只要持續製造複製根源，有時也會突變產生優秀的個體嗎？複製根源之間確實是有著微小的差異，所以這個說法並沒有不自然之處。

而且，至少那個潔西雅確實是不同於其他個體。也就是說她雖然年紀尚幼，或許還尚未覺醒，但所擁有的素質可能足以成為神的器皿。

「在魔法時代，勇者加隆與艾維斯．涅庫羅融合的根源研究起『分離融合轉生』的魔法。

結合擅長根源魔法的勇者與擅長融合魔法的七魔皇老二人的力量與智慧，研究進行得十分順利。加隆的根源是為了在迪魯海德與亞傑希翁的戰爭之中盡可能不讓人民傷亡，所以決定授予魔族力量。」

雖說自己打算以身殉道，不過戰爭一旦爆發，就怎樣也無法保證不會對他人造成損害。這點即便是他授予一名魔族力量，大概也無濟於事，但儘管如此，他也還是想盡可能地拯救人民吧。

「經由『分離融合轉生』，莎夏．涅庫羅的根源與肉體被一分為二。本來的話，應該就只會有她的人格；但在神的介入之下，月光出現偏差，讓自然魔法陣被改寫了。這讓原本應該不會誕生的人格——米夏．涅庫羅誕生了。」

至少，誕生了原本應該不會誕生的人格這點是事實。難以想像雷伊會帶頭去製造悲劇。

「要是置之不理，米夏．涅庫羅就會消失，讓加隆心急如焚。這是連勇者之力也束手無策的事態，不過他有一個唯一能拯救這對姊妹的頭緒。那就是即將轉生的暴虐魔王，加隆認為如果是他，應該就能拯救她們兩人。」

但是卻不能被我注意到真實身分，所以事情才會演變成那樣啊？

「於是，暴虐魔王拯救了那對姊妹。背負著偉大的神之宿命，應該要帶著強大魔力誕生的孩子，就作為尋常的兩名魔族誕生了——直到現在。」

這段說明也是非常有可能的事。米夏方才所展現的魔法並不尋常。只不過，雖是格外困難的魔法，但就算不是神子，只要擁有足以匹敵神子的魔力就不足為奇了。

實際上我就是這樣。

「這些內容是諾司加里亞親口所說，祂保證絕無虛言。」

神會遵守約定。

如果齊格沒有說謊，這些就全都是事實。情報會處處曖昧不清，也只要認為這些知識是為了跟我較量智慧，諾司加里亞故意這樣告訴他的話就能理解了。

那麼，就一面確認情報的真偽，一面結束掉這場比試吧。

「我要使用一次指出謊言的權利。你對關於神子的事情說謊了。」

當然，就目前的階段還無從得知他是否說謊。我這麼做的目的，是要確認一個事實。

「很遺憾，你猜錯了。」

「契約」的魔法陣發出亮光。契約有在正常運作。也就是說，他沒有對關於神子的事情說謊。

§ 15 【魔王的智慧】

齊格也很清楚我會指出他在關於神子的事情上說謊吧。畢竟這是我最想知道的事情，同時應該也是他最必須要隱瞞的事情。

所以他故意將能說謊的事情，指定為神子以外的事情，這麼想會比較妥當。要不然，他現在就輸掉比試了。

只不過，就算不惜用神子的情報換取這場比試的勝利，他也得不到多少好處。頂多就是趁機消滅掉梅魯黑斯。

也就是說，能毫無疑問地認為他真正想隱瞞的事情尚未曝光。

齊格沒有指定對關於神子的事情說謊。但就算是這樣，也不能完全盡信他方才的回答。因為就算不指定對關於神子的事情說謊，也有辦法隱瞞神子的情報。

比方說，他指定對關於大精靈蕾諾的事情說謊吧。

由於他為了暗示米莎可能就是神子而向我展示了「遠隔透視」的畫面，所以對於我方才的提問，他當然不得不回答米莎與大精靈蕾諾是否與神子有關。

因為要是沒關係，他就必須要回答沒關係。然後，他可以對關於大精靈蕾諾的事情說謊。所以大精靈蕾諾懷了神子這件事說不定是個謊言。

要是這樣的話，就有可能是他為了隱瞞真正的神子，而打算讓我把米莎誤認為神子。

「唔，那麼下一個提問。」

剩下的提問次數為七次；指出謊言的次數為兩次。

能夠揭穿齊格謊言的提問是──

「神子只有一人嗎？」

問題愈是限定，就愈是沒辦法說謊。如果只是要回答人數的話，無論如何都不會跟神子以外的事情扯上關係。而我已經確認過齊格沒有對關於神子的事情說謊。

要是他說謊，那他就是指定對關於人數的事情說謊吧，但可能性相當低。

對於這個提問，他只能回答事實。

「沒錯。消滅魔王的神子只有一人。諾司加里亞是這樣對我說的，並保證這是事實。」

由於說米夏與莎夏是在融合之後成為神子，所以她們姊妹算作一人。

這樣在米莎、潔西雅，還有米夏與莎夏之中，至少能確定有兩個人不是神子。或是認為全員都不是神子。也就是說，齊格有可能為了讓我將她們誤認為神子而說謊了。

問題就是要指定對什麼事情說謊，才能作出彷彿她們有可能是神子的回答。最簡單的方法，就是指定對關於我部下的事情說謊吧。

這樣一來，他就能對關於米莎、潔西雅，還有米夏與莎夏的提問說謊了。

總之，只要用下一個提問確認就好。

「那我要提問。米夏與莎夏的年齡相同嗎？」

我故意問一個不論是對我還是對他來說答案都一清二楚的提問。

要是齊格指定對我的熟人或部下說謊，他就無法正確回答這個提問，無論如何都必須說謊才行。

「因為是同一天出生，所以年齡相同。」

齊格說出正確答案。

這樣就很清楚了，不論是關於我的部下或熟人這個大範圍，還是關於米夏與莎夏這個小範圍，都沒有被他指定為要說謊的事情。

那麼他是怎樣說出彷彿米夏與莎夏是神子的謊言？

齊格在最初的回答中說道，這些內容是諾司加里亞親口所說，而祂保證絕無虛言。所以只要指定對關於諾司加里亞的事情說謊，就能在最初的提問時作出彷彿全員都是神子的回答。比方說，那些內容雖然是諾司加里亞親口所說，但實際上祂說不定表示這些全是謊言。

「提問。諾司加里亞與耶魯多梅朵同化了嗎？」

「沒錯。」

諾司加里亞與耶魯多梅朵同化這件事，對齊格來說也是顯而易見的。也就是說，他沒有對關於諾司加里亞的事情說謊。外加上諾司加里亞是神族，所以能清楚明白他也沒有對神族這個大範圍說謊。

能確定神子只有一人。

只不過在最初的提問時，齊格把神子說得好像有三個人一樣。也能認為他是對關於其中的兩人，或是關於三人全員的事情說謊了，但不論怎麼指定其他的事情說謊，都很難說出這種謊言。

也就是說他沒有說謊。

至少在最初的回答時，就只有暗示她們是神子，並沒有斷定她們就是神子。只是在說有個可能性而已。

米莎是大精靈蕾諾親自懷胎生下的孩子，作為精靈的傳承是消滅暴虐魔王之人。

艾蓮歐諾露是天父神在與傑魯凱交涉之後，為了製造神的器皿所產生的魔法，而那個器皿就是小潔西雅。

而米夏與莎夏要是我沒有阻止的話，兩人應該就會合為一體，背負起偉大的神之宿命，帶著強大的魔力誕生。

這當中至少有兩項是正確的，並且那兩個人都不是神子。

更正確來講，就是她們不是消滅暴虐魔王的秩序。

因為在這場比試中提到的「神子」，是指諾司加里亞所說的消滅暴虐魔王的秩序。「契約」上也是這樣規定的。

而那個神子，就跟方才確認過的一樣只有一人。

比方說，如果她們是跟消滅暴虐魔王的神子無關的秩序，就算是神的器皿，或是背負著偉大的神之宿命，也沒什麼好奇怪的。

如果假設她們全員都跟神有著某種關聯，問題就在於誰是消滅暴虐魔王的神子，不過只要循線問下去，要確認也並非難事。

「提問。神子是誰？」

這樣提問次數就剩三次了。

「有三人可能是神子。分別是米莎．伊里歐洛古、潔西雅．碧安卡，以及米夏．涅庫羅與莎夏．涅庫羅。關於涅庫羅姊妹，是指她們融合之後的姿態有這個可能性。」

他沒有對關於神子的事情說謊。所以要是他對方才的提問說謊了，那應該就是指定對關於詢問真實身分的提問說謊了。

這樣的話，不只神子是誰，就連暴虐魔王是誰、熾死王是誰之類的提問，他都得說謊。

還有一種可能，就是比方說他指定對大精靈蕾諾的孩子的事情說謊的情況。

大精靈蕾諾是一切精靈的母親，有著許許多多的孩子。而當中也包含米莎。

假設米莎是神子，方才提問的正確答案就會是米莎。

但由於他一定得對關於大精靈蕾諾的孩子的事情說謊，所以沒辦法回答米莎這個答案。

也就是說，神子其實是米莎，他卻說了我的三名部下都有可能是神子的謊言也說不定。

先來確認第一點。

「那麼，我要提問。暴虐魔王是誰？」

剩下的提問次數為兩次。

齊格回答：

「吾主，耶魯多梅朵大人。」

唔，這樣就幾乎確定了。

「我要使用指出謊言的權利。你對關於詢問真實身分的事情說謊了。」

齊格平靜地開口回答：

「很遺憾，你猜錯了。」

「……喔。」

他沒有對詢問真實身分的提問說謊。

既然是在這種條件下對暴虐魔王是誰的提問說謊，那他說謊的對象，就是指定跟我有關的事情了啊？

既然如此，他就沒有對神子是誰的提問說謊了。

這樣的話，神子就必然會是米莎、潔西雅、米夏與莎夏當中的其中一人。而這裡重要的是，齊格也不知道更多的內情。

「…………」

有點不太對勁。

剩下的提問次數為兩次；指出謊言的次數為一次。

我的勝利條件是猜出齊格指定對什麼事情說謊。

而他指定對跟我有關的事情說謊。

可是，他為什麼要指定對這種事情說謊？

就算對跟我有關的事、對關於暴虐魔王的事情說謊，也完全不能隱瞞神子的真實身分。

即使齊格贏了這場比試，他能得到的頂多就是消滅梅魯黑斯的權利。不惜用神子的情報作為交換也要消滅掉我的一名部下，這對他來說有什麼好處嗎？

不對，這實在是難以想像。

他應該是不論如何都得一面隱瞞神子的情報，一面贏得這場比試才對。

既然如此，齊格應該知道誰是神子吧？如果他是在隱瞞這件事的話就能理解了。可是，他是怎麼說謊的？

還是對他來說，消滅梅魯黑斯有著足以匹敵神子情報的好處嗎？不對，就算假設消滅梅魯黑斯有著足以匹敵神子情報的好處，他也不會指定對有關暴虐魔王的事情說謊，而應該會選擇能贏得更加確實的方法。

這也就是說……

「你注意到了啊，魔王阿諾斯。」

齊格露出狂妄的笑容說道：

「不過，已經太遲了。當你答應跟我較量智慧時，你就已經輸掉這場比試了！」

齊格在前方展開反魔法與魔法屏障。

喀啷響起玻璃窗的碎裂聲。四名魔族撞破社團塔的窗戶闖入室內，其中兩名魔族手上拿著反魔劍加布里德。

而另外兩名魔族手上則是拿著陌生的魔劍。

我啟動魔眼，得知劍名是死突劍基德雷斯特。就形狀上來講是一把只能突刺的劍，不過散發著殺害根源特有的不祥魔力。

我看出齊格的目的了。只要我想擊退這四名魔族，就不得不干涉齊格展開的魔法屏障或反魔法。

但是根據「契約」，我在這場比試結束之前都不能攻擊齊格。

所以就算想施放魔法，魔法也會在接觸到他的反魔法與魔法屏障時被強制消除掉。

哎，要說的話，這是預料中的事，讓人有點失望啊。還是他察覺到我就快發現真正的答案，所以才故意裝作採取了愚策嗎？

「我廢棄一切提問與指出謊言的權利。」

這樣比試就結束了。

依照「契約」的懲罰，我在五秒內無法使用魔力。

「你誤判局勢了，魔王阿諾斯！這用不到五秒！」

兩名魔族用反魔劍加布里德消除掉我對梅魯黑斯施展的「時間操作」，其餘兩名魔族則是投出死突劍基德雷斯特，貫穿了位在那裡的根源。

「這樣就結束了。」

齊格從收納魔法陣中拔出死突劍基德雷斯特，就像要給予最後一擊似的刺出，在那個根源上挖出一個洞。

「很好，還有兩秒！下一道命令，將魔王阿諾斯——」

齊格轉頭過來，在視野捕捉到我的身影後，笑容就垮掉了。

他的額頭冒出汗水。

「下一道命令啊？你打算怎麼做？」

被我赤手空拳打倒的魔族們，不是被我踩在地上、抓住後頸拎著，就是被我貫穿心臟。

四人都早已斃命。

齊格以勉強擠出的聲音說道：

「……怎麼、可能……就連在我軍之中也是數一數二的精銳被……」

「難道你以為只要封住魔力，就能夠打贏我嗎？」

我將魔族們踢飛，當場拋開。

「不過你完全上鉤了啊，齊格。儘管認為只要封住我的魔力就有勝算，但你卻毫不遲疑地去消滅梅魯黑斯的根源。這就像是在告訴我，殺害梅魯黑斯是你最主要的目的喔。」

為了看他會怎麼做，我特意廢棄提問與指出謊言的權利接受懲罰，結果他選擇這麼做。這就叫不打自招吧。

「對熾死王與天父神來說，梅魯黑斯是微不足道的存在吧？目的是什麼？」

「……你以為我會說嗎……？」

「哎，是不會說吧。」

我向他走近一步。

「……就消滅我吧。雖說是較量智慧，但能在死前贏過暴虐魔王，我無怨無悔……」

「唔，熾死王的參謀是這麼說的喔？」

在我這麼說後，樓梯就傳來聲音。

「哪怕只是遊戲，竟敢妄稱勝過吾君，這就連妄想都乃是大不敬之舉。」

走上樓梯的是一個留著白色長鬍子的老人，七魔皇老梅魯黑斯·博藍。

「你不這麼覺得嗎？熾死王的參謀齊格·奧茲瑪大人。」

面對他的質問，齊格一時之間啞口無言。帶著難以置信的表情，直盯著梅魯黑斯的臉與根源。

「……我確實是消滅了……死突劍基德雷斯特是在你轉生之後打造的魔劍……應該就連『根源再生』都沒辦法用啊……」

「你方才消滅掉的，是被我暗中換掉的假貨。」

「……暗中換掉……？不對，那應該是梅魯黑斯的根源沒錯……我的魔眼確實是……」

就像是無法理解眼前的狀況，齊格喃喃自語。

「我最近剛學會了一個魔法。你方才也透過『遠隔透視』看到了吧？」

我說到這裡，齊格才總算恍然大悟。

「難道是『根源母胎』……！不對，可是，你居然會用新的生命代替部下送死……？」

「這樣我到底是於心不忍。所以我應用『根源母胎』創造了不帶有意識與意思的仿真根源。儘管沒有生命，但看起來就跟根源一樣。」

「……怎麼、可能……足以騙過我的魔眼的仿真根源……？上次戰爭才結束沒多久……你應該還沒空研究『根源母胎』……」

「沒什麼，就只是臨時想到就試著做做看。這種程度不需要研究。」

齊格的魔眼蒙上一層陰影。

「……這種程度的根源魔法……剛學會的魔法……就連研究都不用……！」

「如果你調查過我，就應該要認為這種程度是理所當然的吧？」

齊格咬緊牙關，拚命地動腦思考。他一面等待逃走的機會，一面就像在爭取時間似的向我問道：

「你究竟是在何時把梅魯黑斯的根源暗中換成仿真根源的……？」

「在你將加布里德交給我的時候。那時你全神貫注地在警戒兩件事。一件是我會不會發現到死在那裡的四名魔族；一件是我會不會用加布里德斬斷『契約』的魔法術式。你太過警戒這兩件事，所以沒能注意到我施展『根源母胎』的魔法將梅魯黑斯的根源暗中調換成仿真根源。」

哎，他就連魔法的存在都不知道，所以是個盲點吧。然後等到五秒無法使用魔力的懲罰結束後再施展復活。

「當你向我挑戰智慧時你就已經輸了——我不會這麼說。」

我緩緩踏出步伐，告訴他一個事實。

「而是當你打算和我戰鬥時，你就已經輸了。」

或許是領悟到早已無路可逃了吧，齊格臉上透露著悔恨之情。他就像個斷了線的人偶般突然癱跪在地上。他自盡並施展了「轉生（shirika）」的魔法。

「你以為我會讓你逃嗎？」

我干涉「轉生」的魔法，改寫掉一部分的術式。

「你是在這個和平盛世特地向我挑戰，並且落敗的。應該有相應的覺悟了吧？」

我在地上畫起魔法陣，隨後從中冒出魔力粒子，出現了一隻貓頭鷹。這是「魔族鍊成（azuhebu）」的魔法。

「這是相當不錯的器皿吧？因為我還有事想問你。」

齊格臉上透露著悔恨之情。

「……唔……！就連反擊都做不到……請原諒我，熾死王大人……」

齊格向前倒下。我施展「火炎(gurega)」將那副軀體火葬。

「來吧，齊格。」

轉生後的貓頭鷹有如一隻忠實的使魔，停在我的手臂上。

§ 16 【臣下的傳話】

社團塔的最上層——

救回梅諾歸來的莎夏問道：

「——所以，那隻變成使魔、叫做齊格的傢伙，什麼也不知道？」

我點了點頭，向貓頭鷹問道：

「齊格，說出你來此的目的。」

貓頭鷹隨即順從地開口說：

「我的目的是要盡可能削減暴虐魔王的戰力。為此向他挑戰智慧，吸引他的注意力，並趁機殺害梅魯黑斯。」

「他是這麼說的。」

「哦──那麼，他是從諾司加里亞口中得知不完整的情報，然後被當成便利的棋子利用了嗎？」

「天知道，也不一定是這樣。」

如果是只告訴他不完整的情報，將他當成便利的棋子利用的話，手段也太過粗糙。以熾死王的參謀來說也太過愚蠢了吧。

「可是，因為被變成使魔了，所以他沒辦法說謊吧？」

「是啊。我也查過一遍記憶了。」

「過去的記憶被竄改了？」

米夏說道。

「或許吧。就像靈神人劍將艾維斯的記憶從過去完全消除掉一樣，如果是神之力，應該也能消除掉過去吧。」

應該可以想成轉生就是發動的條件吧。不過這樣一來，他當時意圖殺害梅魯黑斯的理由就依舊是個謎。

「哎，也有可能是他真的什麼都不知道。」

就在這時，艾蓮歐諾露與潔西雅回到社團塔的最上層。由於雷伊與米莎也早已歸來，所以這樣就全員到齊了。

「哇！我們是最後耶。大家好快喔。」

「遲……到了……」

兩人加入我們圍成的圓圈之中。

四邪王族發動攻擊與大致上的狀況，方才已經用「意念通訊」通知過眾人。所以大家決定先集合，一起討論今後的方針。

「那麼，梅魯黑斯，就先按照預定，說明戰後處理的狀況吧。」

「遵命。」

梅魯黑斯恭敬地行禮。

「說不定會跟以前說過的內容重覆，不過老身就大略說明一下。首先是關於亞傑希翁，率領蓋拉帝提魔王討伐軍的總司令迪耶哥在軍事行動中的舉動，被視為嚴重違反軍法，看情況應該免不了受到懲處。」

因為他在確認到暴虐魔王死亡，迪魯海德軍開始撤軍的狀況下，不惜斬斷副官的手臂也要繼續戰爭。既然有好幾名士兵目擊到這一幕，他就無從推卸責任。

「外加上『魔族斷罪』的魔法，以及他很早就在企圖組成蓋拉帝提魔王討伐軍等事情陸續浮上檯面，所以亞傑希翁方決定將迪耶哥作為這次戰爭的戰犯，想用這種方式讓這件事到此結束的樣子。」

「關於勇者加隆的事情變得怎麼樣了？」

雷伊提出疑問。

「既然手持靈神人劍，從暴虐魔王手中挺身保護人們的真加隆出現了，所以判斷至今以來的轉生者全是冒牌貨的樣子。由於他們之中誰也拔不起靈神人劍，所以本來就連在學院內部都有傳出質疑聲的樣子。」

這也是當然的事。而這份不信就在那場戰爭中，因為加隆的出現一口氣表面化了吧。

「勇者學院好像會保留下來，但恐怕很難再度獲得像過去那樣的龐大預算吧。」

「沒錯、沒錯。所以潔西雅與雷多利亞諾同學他們，把名字中作為轉生名的加隆給拿掉了喔。」

艾蓮歐諾露豎起食指說道。

「潔西雅變得跟妳同姓了吧？」

在雷伊詢問後，艾蓮歐諾露點了點頭。

「要是跟迪耶哥同姓氏，我想會有許多困擾，所以就請他們幫我改掉了。」

「因為……是媽媽。」

潔西雅說道。艾蓮歐諾露一面「嗯、嗯」地點頭，一面輕撫著她。

「話說回來，剩下的潔西雅怎麼了？有一萬人左右吧？」

聽到莎夏的提問，艾蓮歐諾露回答說：

「現在就在這座城堡地下喔。」

「咦？」

莎夏發出怪叫。

「地下是指地城嗎？待在那種地方是要怎麼生活啊？」

「嗯～？可是，那裡相當舒適的樣子喔？」

「……這是什麼意思？」

莎夏一副要求說明的樣子朝我瞪來。

「當然就是進行了擴建和改裝。關於最下層，我弄成方便潔西雅她們生活的城市了。要說到面積，大概就跟這座密德海斯一樣吧。」

「啥！」

莎夏驚叫道：

「……為什麼要在地下造一個跟地上一樣大的城市啊……？」

「讓一萬人全都在外頭生活，未免太過引人注目。但是生活在地下，什麼也沒有也很不方便吧？我就適當地弄成能愉快生活的環境了。」

「阿諾斯很溫柔。」

米夏說道。

「也要適可而止啊……」

「近期內，我想找時間帶她們去大精靈之森阿哈魯特海倫。」

在我這麼說後，米夏歪頭不解。

「有好處？」

「人類與魔族會對一萬名的潔西雅起疑心，但精靈們並不會特別在意。再說人類與精靈相處起來也不壞，只要有精靈願意收留，在那裡生活也很不錯。」

雖然也要潔西雅們喜歡才行。

「哎，這件事以後再談吧。繼續說下去。」

「亞傑希翁方希望我方能提供關於勇者加隆的情報，不知兩位意下如何？由於目前就只在托拉之森遭遇過一次，所以亞傑希翁好像沒注意到關於加隆的任何事情。」

梅魯黑斯看向我與雷伊。

「就連長相也不記得嗎？」

「有人可能會記得，但不會廣為人知吧。但說不定會傳到國家高層那邊。」

「可以的話，要是能當作下落不明就太好了。」

即使他表明自己是勇者加隆，感覺也沒有多大的好處。也能想像得到亞傑希翁會藉故把麻煩事推到他身上去。

「老身明白了。那老身就這樣回答。」

「戰爭之後，亞傑希翁的民眾狀況如何？」

「『魔族斷罪』與『聖域』的魔法似乎沒有留下太大的後遺症。九成的人類都在阿諾斯大人與雷伊大人施展的『聖域』反轉魔法之下，分到由魔力轉換成的希望，所以幾乎恢復原狀了。剩下約一成的人類也沒有生命危險。」

唔，姑且是趕上了啊。

「只不過，他們好像無法遺忘被強迫吸收希望，在黑暗中不斷徘徊的體驗。深邃黑暗的口傳果然確有其事的認知，已深植在亞傑希翁的民眾之間。他們好像認為這是暴虐魔王所為，而不是『魔族斷罪』所害的樣子。」

畢竟他們作夢也沒想過勇者們的「聖域」居然會加害自己吧。這說起來也是當然的事。

「說到暴虐魔王，那邊的認知也還是阿伯斯・迪魯黑比亞嗎？」

「誠如您所言。在先前的戰爭中，勇者加隆擊敗了阿伯斯・迪魯黑比亞。不過他總有一天會再度復活，為人類世界帶來深邃黑暗吧——這種不安也在亞傑希翁蔓延開來的樣子。」

要是碰到這麼恐怖的事，就算忘不了恐懼也是在所難免。儘管不會立刻掀起動盪，但很可能會成為人類憎恨魔族的契機。

「因此魔王再臨的典禮上，不知吾王是否也能提及阿伯斯・迪魯黑比亞的事情，在與亞傑希翁的友好關係上盡一份力。」

「也就是說要對外宣稱，是我與加隆一起協力消滅掉虛假的暴虐魔王阿伯斯・迪魯黑比亞啊？」

「誠如您所言。況且就某種意思上，這也是事實吧？」

「這樣的話，也讓加隆出席魔王再臨的典禮會比較好吧？」

我看向雷伊。

「我不太想引人注目呢。」

「穿鎧甲？」

米夏這樣提議。

「好像不錯呢。就用鎧甲與頭盔遮住長相吧。反正只要有靈神人劍，就足以作為勇者加隆的證明了吧。」

「那麼，老身就朝這個方向去辦。」

梅魯黑斯說道：

「以上是大致上的情況，敢問有何在意之處嗎？」

「不，今天就先這樣了。進入主題吧。」

「是關於熾死王耶魯多梅朵的事嗎？」

「是啊。他的肉體與根源看來是被諾司加里亞奪走了，但他是在何時與你接觸的？」

像是在回想似的，梅魯黑斯沉默了一會後說道：

「就是數日前的事。熾死王親自蒞臨這所魔王學院，並表示他想成為教師。他在接受為了補充缺員所舉辦的求職考試後，順利合格了。」

「有親自見面嗎？」

「是的。由於是知曉阿諾斯大人的人物，故老身有親自會見談話。話雖如此，但也沒談什麼大事。當時熾死王是這樣對老身說的，說他想在嶄新的時代裡培育後進。」

大概是因為我曾交代過，當兩千年前的魔族正式拜訪時要鄭重地招待對方。只不過，會等到我覺醒之後才出面，怎麼看都不是為了要建立友好關係啊。

「證明阿諾斯是暴虐魔王的『契約』與七魔皇老的簽字，是每位教師都有嗎？」

莎夏問道。

「對於值得信賴的教師是早已作出通知，也將簽字過的「契約」交過去了。熾死王由於早就知曉阿諾斯大人的內情，故也交給他一份。」

畢竟事到如今，就算證明我是暴虐魔王也不會有任何不妥。

「你在與織死王會面時，他就已經被諾司加里亞奪走肉體了嗎？」

「……很遺憾，老身不知。真是非常抱歉……」

梅魯黑斯並不認識織死王，這也是沒辦法的事。

「老身當時曾想知會阿諾斯大人織死王之事，但考慮到『意念通訊』有被監聽的可能性，故想親面告知，不過卻遍尋不著您的身影與魔力。」

「啊，抱歉。我那時迷上改建地城了。這事也還沒通知艾里奧。要是被人誤會是有宵小入侵，可是會引發大騷動，所以我就偷偷躲起來建造了。」

「……不要偷偷躲起來建造這麼誇張的東西啦……」

莎夏低聲嘀咕。

「還有件事或許跟諾司加里亞無關，但老身想稟報給吾王知曉。」

「什麼事？」

「由於老身很快就通知了統一派阿諾斯大人是暴虐魔王之事，所以就在方才，收到統一派的首領，創建者傳來的聯絡。」

記得是個梅魯黑斯從未見過，身分不明的魔族。

「怎麼了？」

「對方自稱是兩千年前的魔族。」

原來如此。所以之前才沒有現身啊。

「名字是？」

「自稱是暴虐魔王的親信，辛．雷谷利亞。」

是辛啊。是轉生得很順利吧，看來還保有記憶的樣子。

「據說目前正在大精靈之森阿哈魯特海倫。而您過去的親信與部下們，好像也全都在那裡等待您的轉生。」

也就是活到這個時代，或是轉生到這個時代的部下們，為了避免被我察覺到而遠離了迪魯海德。

只不過，阿伯斯．迪魯黑比亞的事情已經解決了。

「為何不現身？」

「說是有無法離開的事由。對方要老身幫忙傳話，說他會在阿哈魯特海倫等您。」

辛要我自己過去見他，這可是前所未有的事。那個男人哪怕是有神阻擋在他面前，即便要弒神也會親自趕到我身旁。

也就是說，發生了相當嚴重的事情啊。

「……阿哈魯特海倫……」

米莎喃喃說道。大概是很在意大精靈蕾諾的事吧，她一副愁眉苦臉的表情。

「關於詛王部下帶著的那把一半的魔劍。」

神情凝重的雷伊，拿出一把沒有劍尖且只有一半的魔劍。這把劍原本應該是由米莎的父親所持有。

「我在窺看深淵後，得知這把劍原本的模樣了。」

我用魔眼窺看起雷伊手上那把魔劍的深淵。

「唔，原來是這麼一回事啊。儘管在分成一半後無從辨別，不過只要兩邊湊齊，就能看出這把劍的真正模樣。只不過，也得要以前見過這把劍才行。」

雷伊走向臺座。

那裡插著原本就在這座社團塔裡的那把一半的魔劍。他將其拔起，與從詛王部下手中搶來的一半的魔劍疊合。隨後，黑光包覆住兩把魔劍。

魔劍合而為一，輪廓在扭曲後改變形狀。

那把劍的真正模樣並不是直劍，而是一把曲劍。

「是掠奪劍基里翁諾傑司啊。」

辛所使用過，這世上獨一無二的魔劍。

§17 【阿哈魯特海倫的所在】

「我只有在兩千年前見過幾次，但這是辛．雷谷利亞的劍吧？」

我點頭回應雷伊的詢問。

「那麼，那個叫辛．雷谷利亞的魔族就是創立統一派的人，同時也是米莎的父親嗎？」

莎夏一臉沉思的表情問道。

「……父親是皇族，統治著迪魯海德的某地……」

米莎喃喃說道。她至今都是這樣被告知的。

「兩千年前的魔族們不能在轉生之後的我面前現身。要是說出真相，就有可能會被我輾轉得知。但只要說自己是統治迪魯海德某地的魔皇，就能作為無法與妳見面的藉口。」

「那麼，那個曾是阿諾斯大人親信的人，就是我的……」

「還不清楚。」

「可是，米莎父親送給她的魔劍，是那個叫辛什麼的人持有的劍吧？而且還是統一派的首領，這不就是為了米莎嗎？」

莎夏提出疑問。米莎是混血。為了能讓女兒在社會上盡可能過著更好的生活，所以即使無法出面也還是組成了統一派。會這麼想也很自然吧。

「另一半在詛王手上。」

米夏說道。

「啊……說得也是呢……這樣的話，那個叫辛的人現在就是詛王的部下，而且還打算殺掉米莎——」

話說到一半，莎夏就像驚覺自己說錯話似的閉上嘴巴。

「不過，也有可能是被搶走的喔。」

艾蓮歐諾露指出這一點。

「你們看嘛，辛不是離不開阿哈魯特海倫嗎？這也能認為是他正在與四邪王族交戰所以抽不開身吧？然後被詛王趁機搶走那把一半的魔劍，利用在這次的事件上。這個說法你們覺得怎麼樣？」

「沒有矛盾。」

米夏說道。

「是沒有矛盾，但難以置信呢。」

雷伊這樣回答。

「我也有同感。」

「那個，是哪裡難以置信啊？」

艾蓮歐諾露一臉疑惑的表情。

「辛・雷谷利亞在兩千年前，可是人稱魔族最強的劍士，甚至還被譽為是魔王的右臂，有點難以想像他會被敵人搶走魔劍呢。更何況，這還是會讓自己的女兒深陷危機的這麼重要的劍。」

雷伊的意見遭到莎夏反駁。

「可是，四邪王族的勢力就僅次於魔王吧？就目前的狀況來看，他們可能已經聯手了，所以就算是阿諾斯的親信，被人奪走一把魔劍也沒什麼好不可思議的吧？」

「我也曾與四邪王族交手過。哪怕是他們四人一起圍攻，我也不覺得他們能贏過辛・雷谷利亞唷。」

「啥！」

莎夏驚叫道。

「可是，四邪王族就是因為實力驚人，所以才會被稱為四邪王族吧？然而就算他們四個人一起圍攻也打不贏是怎樣啦？」

「妳難道以為我的右臂會不如我以外的魔族嗎？」

莎夏聽得目瞪口呆。

「……乾脆讓那個人去當四邪王族算了。」

「哎，他是個沒有野心的男人。崇拜強者，為劍而生。和雷伊很合得來吧。」

跟這傢伙一樣呢──莎夏用這種表情看著雷伊。

而他就只是爽朗微笑著。

「……那麼，到底是怎麼一回事啊……？」

米莎不安地問道。

「我不認為辛會與我為敵。假設萬一發生了會讓他被奪走魔劍的事，可能性有兩種。一種是遇到比四邪王族更強大的敵人。」

「神族？」

米夏問道。

「熾死王的肉體被諾司加里亞奪走了。這次四邪王族會同時發動襲擊，就算是祂在背後下指導棋也沒什麼好不可思議的。」

就連四邪王族的三名手下之所以會特意暗示神子就在我的部下之中，也只要認為是他們已經聯手的話就能理解了。倒不如說，要是他們沒有聯手，與齊格較量智慧的比試就無法成立了。

「另一種是？」

「辛在轉生之後，說不定還尚未完全取回過去的力量。」

要是這樣的話，就姑且能說明他為什麼會被人奪走魔劍。只不過，辛也不是笨蛋。要是知道自己還力有未逮，就會採取相應的行動吧。或許認為是發生了什麼連辛也出乎意料的事會比較妥當。

「我先跟大家說一件事。」

我向在場的全員說道：

「據熾死王的參謀表示，神子似乎就在我的部下之中。」

艾蓮歐諾露、米夏與莎夏一副心裡有底的表情。

「緋碑王的部下說，這孩子是在神的意圖之下所製造出來的器皿。」

艾蓮歐諾露就像要保護潔西雅似的，將她擁入懷中。

「我……不知道……什麼神……潔西雅是……媽媽的孩子。」

大概是覺得母親在傷腦筋吧，潔西雅說著「別怕、別怕」，輕撫艾蓮歐諾露的頭。

「冥王的部下說，神族干涉了『分離融合轉生』，藉此讓米夏誕生。而且——」

莎夏一臉苦悶地止住話語，米夏代替她把話說下去。

「……我用創造魔法創造了德魯佐蓋多……」

「那是『創造魔眼』。光是注視就能將腦海中浮現的事物創造出來。如果是讓魔眼（眼睛）留下深刻印象的事物，就連複製也輕而易舉。」

米夏面無表情地直盯著我看。總覺得她的眼神中帶著不安。

「別擔心。光是這樣也不一定就是神子。我也曾消滅過神。那麼擅長創造魔法的妳，就算創造出具有神之力的城堡也毫無問題。」

米夏直眨著眼。

「而且那座德魯佐蓋多的破壞神之力還太弱，是虛假的神。妳要更加地窺看深淵，從頭創造出秩序。」

「……為什麼會變成在上魔法課啦……」

莎夏嘀咕起來，不過米夏就像安心似的笑了。

「我會加油。」

不過只看力量的話，米夏是現在最接近神子的人吧。暫時不能將魔眼（目光）從她身上移開了。

「還有在兩千年前，諾司加里亞意圖讓大精靈蕾諾成為產下神子的母胎。」

「咦……？」

米莎瞠圓了眼，茫然地注視著我。大概是從未想過自己也有可能是神子吧。

「當然，這些說不定全是謊言。也能認為這是想讓我將魔眼（注意力）放在妳們身上，趁機在其他地方，讓完全不同的某人作為神子覺醒。」

在那場較量智慧的比試之中，最終能斷定的事，就只有他們想殺害梅魯黑斯。雖然得到了某種程度的情報，但應該要謹慎處理。畢竟這可是敵人特地送上門的東西。

「那麼，吾王打算怎麼做？」

對於梅魯黑斯的詢問，我回答道：

「我要去阿哈魯特海倫一趟。大精靈蕾諾應該也在那裡。要知道米莎是不是神子，向她確認是最快的方法。」

外加上辛的通知，不去這一趟不行。

「……這樣的話，似乎有點棘手呢。」

雷伊這麼說完，米夏歪頭不解。

「為什麼？」

「首先要找到大精靈之森就是一件難事了。」

「不過，反正阿諾斯曾去過吧？用『轉移』過去不就行了？」

莎夏朝我看來。

「阿哈魯特海倫雖說是精靈的國度，但本身也是個精靈。」

「精靈？明明是森林耶？」

「大精靈所棲息的不可思議森林，大精靈之森阿哈魯特海倫是根據這個傳聞與傳承所創造出來的。那座森林是活的，而且隨時都在移動。由於沒有魔力，所以魔眼無法看見，就連肉眼也不太能看到。」

「是一座會移動的森林，但是肉眼卻看不到，這是為什麼啊？」

「就跟我方才說的一樣，阿哈魯特海倫是根據不可思議森林的傳承所創造出來的，是一座名副其實的不可思議森林。會隨霧而現，並隨霧消失到某處。要進入那座森林是有條件的，但條件會隨著當時的傳聞改變。我最後一次進入時的傳聞是：在月色朦朧的深夜裡，聖明湖畔會瀰漫起白霧。這時只要將淺藍色的糖果投入湖中，喜歡惡作劇的妖精就會現身，帶領你前往森林之中。」

「哇～好有童話風格喔。」

艾蓮歐諾露欣喜地說道。

「不過，這是兩千年前的傳聞吧？」

「是啊，現在已經變了吧。」

「所以要先去找傳聞？真是麻煩耶……」

莎夏微微嘆氣。

「『四界牆壁（beno iebun）』是怎麼建的？」

米夏問道。

「是借助大精靈蕾諾之力，直接建在阿哈魯特海倫的內部。即使發現森林，也不得其門而入。」

除了阿哈魯特海倫之外，其他地方也會根據傳聞或傳承形成精靈的住所。所以是借助蕾諾的力量，在這些地方的內側建造牆壁，將世界分隔開來的。

「要找出阿哈魯特海倫的所在是得費上不少工夫，但也不能將注意力從諾司加里亞身上移開吧？」

在雷伊指出這一點後，梅魯黑斯接著說道：

「此外也不希望米莎大人、潔西雅大人、米夏大人和莎夏大人與吾君分頭行動。萬一在座某位是神子，對方也可能會為了讓神子覺醒而盯上各位。」

「就算我跟艾蓮歐諾露留下來，魔眼也沒有阿諾斯那麼好。要完全盯住諾司加里亞的一舉一動會很困難吧。而且就算是阿諾斯，要從阿哈魯特海倫監視德魯佐蓋多的話，也無法完全掌握到一切的狀況吧？」

「你說得沒錯。」

距離愈是遙遠，魔眼的精度就愈是下降。相對地，也會讓諾司加里亞有可趁之機吧。

「或許他們會暗示神子就在吾君的部下之中，就是為了要讓我們難以分頭行動。」

「真正的目的是要趁機殺害在阿哈魯特海倫的辛嗎？」

「有此可能。」

唔。哎，確實是變得難以行動了。

「呃……那該怎麼辦啊？讓我跟加隆去阿哈魯特海倫會是最好的方法？」

「不。」

雷伊與艾蓮歐諾露或許能成為戰力，但如果是辛會苦戰的狀況，就無法樂觀看待了。

「只能全員一起去了。」

「可是這樣的話，諾司加里亞要由誰來監視啊？」

莎夏問道。我朝她咧嘴一笑。

「我應該說了是要全員一起去了。畢竟機會難得，就讓那傢伙帶我們去阿哈魯特海倫一趟吧。」

不只莎夏，在場全員都朝我投來疑惑的眼神。

「要怎麼做啊？」

「沒什麼，這很簡單。神會遵守與人的約定。因為諾司加里亞做了會擔任魔王學院教師的約定，所以祂無法違抗行政命令。」

莎夏恍然大悟地「啊」了一聲。

「接下來的課程，就決定是前往阿哈魯特海倫的遠征測驗了。」

§ 18 【阿哈魯特海倫遠征測驗】

隔天，魔王城德魯佐蓋多，第二訓練場——

「那就開始上課吧。」

上課鐘聲響起後，站在講臺上的天父神諾司加里亞說道：

「我想昨天貓頭鷹已經通知過了，今天要臨時舉辦阿哈魯特海倫遠征測驗。測驗監督由我親自擔任。神可是難得參與這種俗事，各位要心存感謝，獻上崇敬之心。」

就像正常發揮似的，諾司加里亞擺出一臉傲慢的表情。學生們的反應是可想而知。

「……或是說，為什麼會臨時舉辦遠征測驗啊……也太隨便了吧……」

就像是在宣洩不滿，皇族派的學生碎碎念著。應該是因為昨天才剛吃到苦頭吧，沒有勇氣堂堂正正地抱怨，只敢用沒人聽得見的低語說著。

話雖如此，卻傳到我這邊來。他說不定是想靠這種方式勉強保住自尊，但實在是太不小心了。

「那邊的男人，有何不滿嗎？」

諾司加里亞厲聲指責他。驚訝於自言自語被祂聽見，學生畏縮起來。

「……沒……沒有啊……」

「哈哈。」

諾司加里亞嘲笑起那名學生。

「神的耳朵乃是絕對的。在我面前，你以為這麼隨便的謊言行得通嗎？」

被祂一瞪，學生嚇得膽顫心驚地縮成一團。

「就算是在暴虐魔王的庇護之下，不把教師放在眼裡也很讓人不以為然。不傷到你一根寒毛就能使你苦不堪言的方法，可是要多少有多少。」

學生以畏懼的眼神回看諾司加里亞。

「我以神之名宣告。要是在上課時私語，你的成績就會愈來愈低喔。」

「……什麼……！」

「要是不想留級，就老老實實地崇敬我吧。」

學生不敢再隨便開口，喃喃回道：「我知道了。」

「……話說，那傢伙這麼強調自己是神，但懲罰的規模是不是變得非常小啊？」

莎夏喃喃低語著。

我忍不住咯咯笑起。

「是判斷只要在授課範圍內的話，就不會被我阻擾吧。哎呀，祂這不是挺認真地在當一名教師嗎？」

「沒聽到我說話嗎？暴虐魔王。要是上課私語，你的成績可是會變得很難看喔。」

祂從講臺上投來嚴厲的眼神。

「唔，這是我不對。我今後就注意一下吧。」

諾司加里亞很輕易地就放過我，將視線從我身上移開。既然祂得認真當一名教師，只要我道歉，就不太可能讓我的成績下降。畢竟待遇倘若與方才的學生有所差別，就不算是名好老師了。

「那麼，我就對蒙昧的你們授予知識。考慮到你們的水準，我早就知道阿哈魯特海倫遠征測驗對你們來說還太早了。只不過，這是學校高層提出的授課內容。也就是所謂對現場提出的無理要求。你們無視魔王學院的組織缺陷，反而將責任怪罪到一名教師身上的膚淺，只能說是讓人傻眼。」

諾司加里亞很乾脆地表示責任不在自己身上。要想守住神的尊嚴，祂就只能這麼做了。

「憑你們的力量與智慧，除了阿諾斯組之外無人能抵達阿哈魯特海倫。這種測驗就只能說是有瑕疵吧。只不過，神是絕對的存在。就算學校高層下達蠻橫的指示，我也不會讓這堂課失敗。」

諾司加里亞在誇張地斷言後，敞開雙手。

「就賜予你們神的祝福吧。」

閃亮亮的光芒包覆住教室內的學生身體，然後倏地消失在胸口。

「要抵達阿哈魯特海倫，需要的是力量、智慧，還有幸運。既然你們缺乏力量與智慧，我就先授予你們神的幸運。這是讓你們與阿哈魯特海倫連結起來的命運。這樣就算是蒙昧的你們，也能具備前往大精靈之森的資格了。」

我試著用魔眼確認，但這不是什麼有問題的魔法。跟祂說的一樣，看來確實是用來讓我們的運勢提升的魔法。

只不過，不惜做到這種地步也要維持授課的形式，確實是很有神族的風格。祂們會守護秩序。而神的尊嚴也包含在這之中。總覺得天父神在這方面的傾向上格外顯著。

「想必大家已經收到貓頭鷹的通知，阿哈魯特海倫是個精靈。是根據大精靈所棲息的不可思議森林這個傳聞與傳承所創造出來，隨時都在這個世界的某處移動著。這座森林會隨霧而現，並隨霧消失到某處。如今會在哪裡出沒，是根據世人對阿哈魯特海倫的傳聞總數來決定的。」

諾司加里亞朗朗說明著。

「只不過，要你們查明指示位置的傳聞，就算花上一百年也不夠。因此，我就授予你們更進一步的智慧吧。」

祂以莊嚴的語調說道：

「在密德海斯的西北方，圍繞著賽汗布魯克都的廣大草原——里夏林斯草原上。當不可思議之霧瀰漫起來時，喜歡惡作劇的精靈就會潛藏於霧中。只要能逗笑她們，精靈們就會立刻現身，帶領你前往阿哈魯特海倫。」

喜歡惡作劇的精靈啊？恐怕是指妖精蒂蒂吧。

「那麼，我就先到里夏林斯草原等候了。期限為十天。要是來不及抵達，就無法參加遠征測驗之後的授課。你們就好好努力吧。」

諾司加里亞腳邊浮現魔法陣，然後他的身影就倏地消失無蹤，施展「轉移」離開了。

「沒想到天父神會說得這麼詳細呢。」

雷伊如此說道。

「神族還真是讓人搞不懂耶。明明是打算在這所學校裡搞什麼鬼才特地當上教師的，卻這麼老實地舉辦遠征測驗。」

莎夏一臉傻眼的表情。

「不過，這樣一來，在測驗期間，就能讓諾司加里亞遠離德魯佐蓋多了喔。」

艾蓮歐諾露豎起食指說道：

「而且還會待在阿諾斯弟弟身邊呢。」

就跟她說得一樣，不論那傢伙有何企圖，在阿哈魯特海倫的期間內，祂人都會待在我的魔眼（眼皮）底下。

「去里夏林斯草原？」

就在米夏詢問時——

「——他媽的混帳！」

一張桌子被人砰地踹飛。是方才那個被諾司加里亞問住的皇族派學生做的。

「說什麼，說什麼——在暴虐魔王的庇護之下啊！誰被那傢伙保護啦！我才不承認！誰會承認那傢伙啊！誰會啊！」

白制服的學生們一副不想跟他扯上關係的模樣，看著那名胡鬧的男人。

「真可憐……」

有人喃喃說出這句話。

「誰——！」

皇族派的學生就像情緒失控般地喊道。

「喂！是誰，剛剛說話的？那是在可憐我嗎？一點也不尊貴的你們在可憐我嗎！該不會還在相信他們的隨口胡謅吧！暴虐魔王是阿伯斯．迪魯黑比亞大人啊！戰爭的時候，他不是確實出現了嗎！」

學生們從到處亂吼的男人身上別開視線。

「……走吧。」

「……嗯。」

白制服的學生們無視男人離開教室，出發進行遠征測驗。

「……喂……阿諾斯，你看屁啊……」

一副要來找碴的樣子，那個男人朝我逼近。

莎夏想把他擋下來，也被我說了聲「不用」婉拒了。莎夏有點不服地退到我身後。

「怎樣啊？你或許是順利巴結上了七魔皇老啦，但憑你也想假冒魔王大人嗎？不過就是個不適任者！別笑死人啦！」

「我應該說過了，要不要承認是你的自由。」

「我就是看你這樣子不爽啊。竟敢瞧不起我！假如你是暴虐魔王，就殺了我啊！喂！我要你殺了我啊！辦不到嗎？喂？說話啊！」

我冷眼注視著這個虛張聲勢的男人。他就像在警戒似的立刻綳緊全身。

「你難道以為自己值得我親自下手嗎？」

皇族派的學生愣愣地看著我，不甘心似的咬起下唇。

「你打算耍脾氣，向我撒嬌到什麼時候？可不會有人照顧你喔。暴虐魔王不會給你特別待遇。你不會成為英雄，也不會被殘忍殺害。你就只是隨處可見的尋常魔族。是不值得一提的存在。」

他露出絕望的表情，甚至就快哭出來似的。

「真的想死的話，就自己去死吧。好歹最後憑自己的意志作出決斷吧。連這都做不到，自暴自棄地把性命交到別人手上，是在給人找麻煩啊。」

「……我…………」

被看穿內心的一切，讓他啞口無言了吧。男人就只是低頭不語。

「暴虐魔王的事情，很快就會在迪魯海德各地傳開。」

這句話讓男人抖了一下。

「我沒溫柔到會去拯救只懂得撒嬌的小孩子。你就儘管痛苦吧。直到你注意到，這份痛苦全是過去的你所造成的。」

我丟下垂頭喪氣的男人，朝教室的角落走去。

途中——

「……確實……存在啊…………阿伯斯．迪魯黑比亞……確實……」

背後傳來無法接受現實的喃喃自語。我沒放在心上，朝粉絲社的少女們看去。

「嗯……走哪一條路會比較近啊……？」

「不像亞傑希翁那麼遠，路上也沒有太過危險的地方，要過去大概很簡單吧……？」

「可是，既然會作為遠征測驗，不就表示會有什麼困難嗎？」

少女們把地圖攤了開來。看樣子是在調查前往里夏林斯草原的方法。

「不需要地圖。妳們就跟我一起去里夏林斯草原吧。」

我這麼說完，少女們嚇了一跳地轉頭過來。

「咦，那個……？」

「可是……」

「可以嗎！」

她們以滿懷期待與驚訝的眼神看著我。

「這趟說不定會需要妳們的力量。」

我一伸手，少女們就像是忽然想到了什麼，朝彼此投去牽制的眼神。不知為何瀰漫起一觸即發的氛圍。

「……懂嗎？八等分，是八等分喔？」

「我知道啦……！」

「不過，至少可以選擇要握哪裡吧？」

嘴上說著莫名其妙的事。

少女們逐漸逼近地拖著腳步估算距離，同時打量彼此的下一步。數秒後，一個人突然向前衝出。

「好、好的！我選拇指！」

「那、那麼，小指！」

「我選食指！」

「我要中指！」

「無名指——！」

「手、手心我收下了！」

「我選手背！不太有人會摸這裡，所以絕對很珍貴啊！」

「大家都忘了迷人的手腕喔！」

八個人爭先恐後地一擁而上，只見她們分別占據了絕佳的位置，漂亮地讓全員一起握住了我的一隻手。

「你們還在做什麼？」

我朝目瞪口呆地看著這裡的莎夏他們問道。

「問我們在做什麼，該說是看傻眼了吧……」

莎夏邊說邊走過來牽起我的手。米夏牽起她的另一隻手，然後大家依照潔西雅、艾蓮歐諾露、米莎與雷伊的順序把手牽起來。

「我們走吧。」

我施展「轉移」，讓全員一起轉移。

§ 19 【情報販子的少女】

當染成純白一片的風景取回色彩後，眼前能看到櫛比鱗次的赤土色住家——磚造房。不知是風土人情還是當地文化，這座城市有著用磚塊蓋房子的習慣吧。

「咦？這裡不是草原喔？」

艾蓮歐諾露不可思議地環顧四周。

「這裡……是哪裡……？」

潔西雅往上看著我問道。

「是賽汗布魯克都。」

「阿哈魯特海倫的入口不是在里夏林斯草原上嗎？」

大概是第一次到這座城市吧，莎夏一面好奇地東張西望，一面向我問道。

「還記得諾司加里亞說的傳聞內容嗎？」

「我想想喔，是當圍繞著賽汗布魯克都的廣大草原——里夏林斯草原上瀰漫起不可思議之霧時，喜歡惡作劇的精靈就會潛藏於霧中。只要能逗笑她們，精靈們就會立刻現身，帶領你前往阿哈魯特海倫，對吧？」

我點了點頭，然後說道：

「只靠這些情報，是到不了阿哈魯特海倫的。」

「沒有起霧的條件？」

米夏用淡然的眼神看過來。

「要是全說出來就算不上測驗了，所以是故意省略的吧。」

「要找關於起霧的傳聞？」

「是啊。如果是里夏林斯草原瀰漫起不可思議之霧的傳聞，認為會在距離最近的這座賽汗布魯克都傳開是很自然的想法。只要四處探聽，應該就會遇到知情的人吧。」

而且也有著什麼神的幸運在身，應該不會找得太辛苦。

「那麼大家分頭打聽會比較好吧？」

雖然不希望分頭行動，但只在這座城市裡的話就沒問題。就魔眼所見，諾司加里亞一直待在里夏林斯草原上。即使出現其他敵人，也有辦法輕易對應。

「就分成四組吧。雷伊與米莎去城市北側。艾蓮歐諾露與潔西雅去東側，粉絲社負責西側。哎，但也不需要太過拘泥於負責區域。米夏與莎夏跟我來。」

我施展「魔王軍」的魔法，讓我看得到全員的視野。

「那我們出發嘍。」

雷伊與米莎揮了揮手離開。

「潔西雅，要去打聽消息嘍。是要去打聽不可思議之霧的傳聞喔。懂嗎？」

「……請問……一下。你知道……不可思議之霧嗎？」

「嗯嗯，沒錯、沒錯。妳很了不起喔。」

艾蓮歐諾露也一面讓潔西雅練習怎麼問人一面離開了。

「阿諾斯大人，我們也出發了喔！」

「我記得這座城市應該也有統一派的支部，就去那邊看一下吧。」

「他們之前在通訊會議上有說過想要阿諾斯大人的照片，所以只要拿這個當交換條件，應該什麼情報都能換到。」

「要是連這樣都還不行，就用這本寫著阿諾斯大人英勇事蹟的書……」

「那不是被妳過度加油添醋的書嗎？沒問題吧？」

「這本是初學者用的，不論拿去給誰看都不會丟臉啦。」

「那就拿來讓我瞧一下吧？」

「呀——色狼！」

「誰是色狼啊，等等，妳到底寫了什麼？這哪裡是初學者用的啊。再讓我多看一下！」

粉絲社們也一面打打鬧鬧地離開了。

「阿諾斯的書？」

米夏微歪著頭。

「是米夏一輩子都不需要知道的東西。」

莎夏與米夏一面這樣聊著，一面來到我的兩側。

「喂，之所以要我們跟你一起走，是因為我們是神子的可能性最高？」

「差異不大。米夏模擬性地創造了神之力。妳的『破滅魔眼』也隱藏著窺看比現在更深的深淵的可能性。」

我邊走邊說道。莎夏一副若有所思的模樣，但是沒有多說什麼。

「如果我是神子。」

米夏低著頭，心不在焉地注視著地面說道：

「如果我是消滅阿諾斯的秩序。」

她就像理所當然似的說道：

「我作好覺悟了。」

接著莎夏也轉頭過來對我說道：

「米夏跟我都不會立刻放棄唷。不過，要是知道無論如何都束手無策的話，你給我們的命，到時就還給你吧。」

我咯哈哈地笑了出來。

「先說好，我是認真的唷？」

「我知道，所以我才笑。」

莎夏有點不服氣地噘起嘴巴。

「為什麼啦？」

「妳們在那一天說出的願望，難道以為我會忘記嗎？」

這句話讓米夏與莎夏一起沉默下來。

「假設米夏是在神的意圖之下，為了消滅我而誕生，導致妳們被捲入不講理的命運之中吧。米夏被當成不存在的孩子養大，莎夏則對此一直感到心痛。而如今，妳們總算取回了笑容。在這三個月內，妳們總算能開懷大笑了。才只有三個月。」

我停下腳步，向兩人明確說道：

「要我消滅妳們的笑容？別笑死人了。該消滅的是誰連想都不用去想。」

我敞開雙手，向兩人伸出。

「我應該說過了。阻擋在妳們面前的一切不講理，會由我來毀滅。如果是神為妳們帶來悲劇，我就毀滅那個神；如果這個世界的秩序是悲劇的元凶，我就會毀滅那個秩序。」

米夏與莎夏直盯著我伸出的手。

「要是妳們相信我更勝於神，就握住這雙手。」

兩人毫不遲疑地握住我的手。

「絕不要自己放開。只要妳們還握著這雙手，不論發生什麼樣的事情，我都絕對會拯救妳們。」

米夏點了點頭。

「絕對不放開。」

莎夏直直注視著我。

「我也是，就這麼約好了。」

我笑了一下。

「回答得不錯。別忘記了啊。」

我靜靜地放開她們的手，三個人再度邁步向前。就在我們逛著這座城市，找尋有沒有人群會聚集的場所時，突然傳來一道怒吼。

「區區的小丫頭！我是不知道妳是情報販子還是什麼東西，竟敢到處說我壞話，妨礙我做生意！」

轉頭望去，就見一個看似商人的矮男人帶著數名彪形大漢在圍毆一名少女。少女戴著的兜帽底下，露出透明般的淺藍色秀髮。

「……你會惡名昭彰是自作自受。誰教你老是用跟詐欺沒兩樣的手法欺騙旅客……！」

少女儘管趴在地上，也依舊毅然回話。聽到她這麼說，商人當場氣得怒目橫眉。

「妳說什麼！喂，給我教訓她一頓！把她的臉打到再也沒辦法在街上走。」

往來的行人就算好奇這是在吵什麼而朝他們看一眼，也會像是不想扯上關係似的別開視線，慌慌張張地立刻離開。看來是一群頗負惡名的傢伙。

哎，姑且不論這個，是情報販子啊？

「說不定幸運這麼早就降臨了。」

「咦……？」

無視一臉愣然的莎夏，我朝著商人他們走去。

「到此為止吧。既然是商人就用買賣來一較高下。就算圍毆沒有戰鬥意志的人，你也賺不到任何錢。」

我擋在少女前面後，商人就一臉不悅地看著我。

「你誰啊，是這個情報販子的朋友嗎？」

「我不認識她，就只是你的行為讓我看不下去罷了。」

「哈哈哈，既然不認識我，想必你是外地人吧？先說好，那個小丫頭才是騙子喔。那傢伙可是堅稱世界上有著不存在的森林，逢人說著這種彌天大謊的詐欺師啊。我是不知道什麼阿哈魯特海倫啦，但根本就沒有人看過那種森林啊。」

聞言，少女惡狠狠地瞪向商人。

「阿哈魯特海倫當然存在！就只是你不相信罷了！」

看來是中獎了。

「喂，聽到了吧？就算幫這種愛吹牛的女人撐腰，也沒什麼好處吧？我這麼說也是在為你好，還是趕快離開吧。」

「抱歉，我有事找這個女人。你可以滾了。」

我這句話，讓商人愣了一下。

「怎麼了？要是立刻離開的話，我可以放你一馬喔。」

「……嘖，外地人就是這樣才討厭……麻煩死了。喂，去教教他這座城市的規矩吧。」

「「「遵命。」」」

彪形大漢們將我團團圍住。

「抱歉啦，你就作好會斷兩三根骨頭的覺悟吧。」

「這座城市有著這座城市的規矩啊。」

「別擔心，我們不會殺了你。只要你不抵抗的話呢！」

彪形大漢們大聲威嚇著。

「咯……」

咯咯、咯咯咯、咯哈哈哈哈。這些傢伙是怎樣，比我轉生之後交手過的任何對手都還要弱喔。這種跟垃圾沒兩樣的魔力是在囂張什麼啊？

「你這傢伙！是在笑什麼——」

「咯哈哈！」

「咯啊啊！」

帶著魔力的笑聲震動大氣，颳起旋風將三名男人吹到一百公尺之外。

「嗚……嗚……耶、耶耶耶耶耶耶耶！」

商人瞠大眼睛，鼻孔擴大，彷彿下巴脫臼般地張大嘴巴，擺出一張真的很驚愕的表情看過來。

「啊，抱歉。他們說的話太好笑了，一不小心就一笑置之了。」

「……一笑……置之、了……不對，這可是連人都……」

商人驚訝過度，就連話也說不好的樣子。

「……你、你、你你你你你你、你們這些傢伙，還躺在那邊幹什麼……！快站起來……把這傢伙幹掉啊……！」

即使商人顫抖地大喊，倒在地上的他們還是一動也不動。看這個樣子，得躺個兩三天才會醒來吧。

「對了，你不是要教教我這座城市的規矩嗎？」

我這麼說完後，商人就向後退開，顫抖地縮起身子。

「……今、今天的事……就請這樣，饒了我吧……」

商人以壓倒性的速度改變態度，從懷中取出十幾枚金幣。

「喔，好吧。」

語畢，商人就立刻堆出諂媚的笑容。

「嘿嘿，有道是有錢能使鬼推磨。這世上只要有錢就無所不能。這位大爺，假、假如您願意的話，要不要來當我的保鏢啊？憑大爺您的本事，這點錢您不論要多少，我都能幫您準備喔。」

「你在誤會什麼？」

「咦？」

我對一臉蠢相的商人畫出魔法陣，並倏地吸入那傢伙的體內。緊接著，商人手中的金幣就開始鏽蝕粉碎。

「……噫……噫！這是怎麼回事……！」

「是詛咒。你再也無法觸碰貨幣了。」

「……怎、怎麼……怎麼、怎麼可能會有這種蠢事……！」

商人臉色大變，從懷中取出金幣。不過，就連這些金幣也早就生鏽了。男人連忙把金幣拿在手中，結果鏽蝕速度加快，讓金幣碎成粉末。

「……爛、爛掉了……我的錢……騙人……騙人，我的錢……爛掉了……！」

等到所有的金幣都鏽蝕後，男人就慘白著一張臉。大概是因為在考慮今後的人生該怎麼辦吧。

「別這麼沮喪，我就告訴你一件好事吧。」

感到些許希望，商人朝我看來。

「在這世上，錢不是一切喔。」

§ 20 【日食】

商人彷彿夢囈般地喃喃自語，臉上滿是絕望的表情。

「……詛、詛咒算什麼啊……這點程度，能解咒的傢伙要多少有多少……沒錯，肯定是這樣沒錯的……」

儘管雙腳抖得不停，商人也還是向後退開，然後一溜煙地落荒而逃。

「唔，當他知道無法解咒時的反應一定很精彩。」

我從喉嚨發出咯咯笑聲。

「你一臉就像魔王的表情喔。」

莎夏說著多餘的話。

「要說的話，妳才是一臉很愉快的表情吧。」

在我指出這一點後，她露出一抹特意的微笑。

「爽快多了。我討厭那種認為金錢就是一切的傢伙。」

「別在意，他與金錢已經再也無緣。今後就只能洗心革面做人了。」

「你這話是認真的？」

她一副怎樣都不覺得那名商人會洗心革面的語氣。

「要是不洗心革面，他就只會緩緩步入死亡。也有些人是除非面臨生死關頭，否則就不會正視自己。這是個微小的契機。在兩千年前，也有著在經歷過這種體驗後，成長到足以被人稱為聖人的人物。」

莎夏傻眼地看著我，然後把視線移到妹妹身上。

「米夏，妳怎麼想？」

米夏想了一會後，說出一句：

「……似乎會死……」

「如果他始終貫徹自己的信念，為金錢殉身的話，這也是他的生存之道啊。」

莎夏一副目瞪口呆的樣子。

「我可不覺得他會選擇這麼帥氣的死法……絕對會落得悲慘淒涼的下場喔。」

「很像阿諾斯會做的事。」

米夏淡然說道。

「……那個……」

在被人搭話後，我轉過頭去，看到方才那名戴著兜帽的少女。

「謝謝你，讓我得救了。」

她露出安心的笑容。

「這沒什麼，妳用不著道謝。我會這麼做，是因為我有件事想要問妳。」

她愣然地回看著我。

「什麼事啊？」

「妳知道前往大精靈之森阿哈魯特海倫的方法嗎？」

語罷，那名少女就用雙手緊握住我的手。

「你願意相信我嗎？」

唔，出乎意料的反應啊。

「說什麼相不相信，我知道阿哈魯特海倫實際存在。」

「咦……？」

少女瞠圓了眼。

「你該不會去過吧？」

「沒錯。」

在我這麼說後，少女繼續追問起來。

「真的嗎？什麼時候？」

「最後一趟去是在兩千年前。」

「兩千年前……？」

少女像是又嚇了一跳地瞠大眼睛。

「哎，妳不信也無所謂。要前往阿哈魯特海倫，就必須知道相關的傳聞。如果妳知道前往阿哈魯特海倫的方法，能請妳告訴我嗎？」

語畢，少女就像在思考似的低下頭。

「當然，我不會要妳白白告知。會準備妳想要的東西作為謝禮。」

她抬起頭，用堅定的視線看著我。

「那麼，我會告訴你前往阿哈魯特海倫的方法；相對地，你能帶我一塊去嗎？」

真是意外的要求。

「哎，要帶妳過去是很容易，但妳去阿哈魯特海倫要做什麼？」

少女沉默不語。也許是心理作用，她的表情看起來很消沉。

「如果不能說，我也不會強逼妳說。」

少女低著頭，靜靜地開口說道：

「……我也不清楚……」

「這還真是奇妙的說法啊。」

在沉默片刻後，少女接著說：

「……這麼說或許很奇怪……」

「我保證絕對不會笑妳。」

少女抬頭注視起我的眼睛，接著嫣然一笑。

「你是個好人呢。」

「是嗎？」

少女點了點頭，再度露出凝重的表情。

「我喪失記憶了……」

「喔，這還真是傷腦筋啊。」

「當我注意到時，人就在這座城市裡了……覺得自己必須要去做一件事，卻又想不起來那是什麼事……」

她結結巴巴地說著。

「不過，當我在這座城市裡走動時，聽到了大精靈之森阿哈魯特海倫的傳聞，然後我就想起來了。知道自己必須去阿哈魯特海倫。雖然不記得是為什麼，但總覺得那裡有著非常重要的事物。」

「妳想恢復記憶？」

米夏詢問後，少女點頭回應。

「我覺得自己遺忘了不能遺忘的事。線索一定就在阿哈魯特海倫，這就是我的理由。」

唔，似乎沒有惡意。看起來也感受不到多少魔力。儘管不能掉以輕心，但就算帶她過去也沒有害處。

「要怎麼做？」

莎夏向我問道。

「好吧。我就帶妳去阿哈魯特海倫。」

「真的嗎！謝謝你！」

少女天真爛漫地笑著，再度握住我的手用力地上下搖著。

「那麼最重要的部分，前往阿哈魯特海倫的方法是什麼？」

「好的。不過話雖如此，但我也無法完全確定這就是正確答案，我就依序說明吧。首先精靈是根據傳聞與傳承所誕生的生物，而阿哈魯特海倫是大精靈之森這個傳承的精靈唷。」

「我能問一件事嗎？」

少女一臉不可思議地注視著我。

「精靈是根據傳聞與傳承所誕生的這件事，妳是聽誰說的？」

「啊，這不是我從別人那邊聽來的唷。好像是在喪失記憶之前就知道了。所以我才覺得自己一定跟精靈或是阿哈魯特海倫有著什麼關係。」

魔族與精靈的關係薄弱。而且在世界建起牆壁之後，關係應該變得更加疏遠才是。既然知道精靈是根據傳聞與傳承所誕生的，就表示她不是這個時代的魔族。

不對──或是她根本就不是魔族嗎？

「抱歉打斷妳的說明。請繼續。」

「啊，好的。那我就繼續說了。阿哈魯特海倫會根據傳聞，讓前往的方式變來變去。所以我才會當起情報販子，收集各式各樣的傳聞唷。而在這些傳聞之中，最常聽到的就是阿哈魯特海倫位在里夏林斯草原的傳聞。此外，也曾聽過是位在杰奴斯礦山的傳聞。所以我想應該是在這兩地的其中一處。」

「地點我已經知道是在里夏林斯草原了。有沒有關於起霧的傳聞？」

「嗯，有喔。當月亮遮住太陽、白晝化為黑夜時，里夏林斯草原會瀰漫起不可思議之霧的傳聞是最常聽到的吧。」

「唔，那麼起霧的條件就很有可能是這個了。」

「那個，給我等一下。」

莎夏扶著額頭說道：

「當月亮遮住太陽，是要怎麼做啊？」

「日食？」

米夏喃喃說道。

「這沒這麼常發生吧？就這樣等下去嗎？」

「啊，這我也調查過了唷。下次日食據說是九天後的十二點二十七分開始，大約會維持三分鐘左右。」

里夏林斯草原離德魯佐蓋多並沒有很遠。諾司加里亞之所以會將遠征測驗的期限訂為十天，原來是基於這個理由啊？

「這樣啊，那姑且可以試試看呢。」

「在三分鐘內逗笑妖精？」

米夏問道。

「這是個問題呢。要怎麼做才能逗笑她們？」

莎夏朝少女看去後，她就接著說道：

「是指逗笑喜歡惡作劇的精靈這件事吧？我想那個妖精大概是指一種名為蒂蒂的精靈，那些孩子喜歡新事物，所以只要讓她們看新奇的事物就能逗笑她們的傳聞是最有力的唷。」

「就算妳說要新奇的事物……」

問題就是對妖精蒂蒂來說，怎麼樣的事物才算新奇了。

「哎，只要去試一遍就知道了。走吧。米夏，幫我通知雷伊他們。」

「嗯。」

我向她們伸出雙手。

「是要走去哪裡……你沒聽到剛才的話嗎？下次日食是在九天後唷？就算現在過去也一點用也沒有吧？」

「沒問題。」

「就算你說沒問題……」

我把手掌翻過來，集中魔力。展開由大約一百道魔法陣所疊成的多重魔法陣，將指尖從中間穿過去。

「『森羅萬掌』。」

右手纏繞上蒼白光輝。這是能超越距離，將森羅萬象納入手中加以掌握的魔法。

我用「森羅萬掌」的手用力往天空一抓，然後緩緩地移動手臂。

「……騙人……的吧…………？」

眼前的景象讓莎夏倒抽了一口氣。

太陽缺了一角。

「……月亮動了……」

米夏直盯著天空的月亮。如果是她的魔眼，應該能看出是施展「森羅萬掌」的手一把抓住了月亮吧。

「唔，到底是不輕啊。」

我在腳上灌注魔力，使勁踏在大地上，同時一點一點地移動手臂，不久後，太陽就完全隱藏在月亮背面了。大街上往來的行人全都訝異著到底發生了什麼事，一齊仰望著天空。

白晝化為黑夜了。

「理解了嗎？」

我朝一直茫然仰望著天空的莎夏重新伸出手。

「不過是一顆星球，我怎麼會動不了？走吧。」

§ 21 【逗笑妖精的方法】

當轉移到里夏林斯草原時，周遭已經起霧了。

視野因為日食的關係看不清楚，白霧幾乎覆蓋住整片廣大草原。情報販子的少女有哪裡很懷念地注視著眼前的景象。

「我想阿哈魯特海倫大概就在這片霧的對面。」

她以莫名確信的語氣說道。

「……妳沒被嚇到呢。」

莎夏這句話讓少女歪頭不解。

「嚇到？被什麼嚇到？」

「『轉移』可是失傳的魔法喔。一瞬間就從市區轉移到里夏林斯草原來，一般來說都會被嚇到吧……？」

「啊，是這樣啊？也是呢。剛剛的魔法很厲害唷。」

少女邊說邊擺出在想事情的神情，好像回想起什麼。

「不過，總覺得我好像早就知道了。想說就算有這種魔法，也不會覺得不可思議。」

「……喂，話說回來，還沒問妳叫什麼名字呢？」

「我叫莉娜唷。雖然我也不確定就是了。」

「就連名字也不記得了？」

「嗯，沒很清楚呢。因為沒有名字會很不方便，所以就姑且決定叫做莉娜了。雖然原本的名字好像也是這種感覺……？」

「……這樣啊。抱歉，問了不該問的事。」

「不會，這也沒辦法嘛。大概很快就會想起來了。」

莎夏一臉半是傻眼半是佩服的表情看著莉娜。

「明明喪失了記憶，妳卻很開朗呢。」

「就算消沉情況也不會改變。所以與其消沉，還不如去做該做的事。」

當莎夏與莉娜在聊著這些事時，米夏則在窺看周遭白霧的深淵。

「明白嗎？」

「有許多。」

唔，不愧是米夏。看來這片霧確實就是通往阿哈魯特海倫的入口。只要用魔眼（眼睛）凝視，就能明白裡頭潛藏著許多精靈。

「向大家聯絡了。」

既然如此，他們馬上就會趕到了吧。

「那就趕快來試吧。莎夏。」

「什麼事？」

「妳就試試看吧。」

莎夏愣了一下。

「試什麼？」

「要是無法逗笑妖精蒂蒂，就沒辦法前往阿哈魯特海倫。」

「啊啊，也是呢。等等……為什麼是我試啊？」

「我從以前就在想了。」

莎夏「嗯」了一聲應和著。

「妳相當具有扮小丑的才能。」

「你從以前就在想什麼東西啦！」

莎夏語氣尖銳地叫道。我指著這樣的她的臉。

「就是這個。」

「什麼啦？」

「這種就像是煙火一口氣點燃炸開般的個性，其他人可是挺難模仿的。」

「等等，誰是煙火啊！」

「很好，莎夏，就是這樣。好，上吧。在那片天空上綻放盛大的煙火之花。」

「……那個啊……就算你突然這麼說……」

莎夏遲遲下不了決心的樣子。

「沒辦法。米夏，去幫她。」

米夏點了點頭。

「試試看。」

「妳說試試看，是要怎麼試啊？」

米夏與莎夏面對面。

「我有作戰計畫。」

米夏神情認真地淡淡說道，看來很有自信的樣子。

「怎樣的作戰計畫？」

「我說好笑的事。」

「嗯。」

莎夏認真聽著。

「莎夏吐槽。」

莎夏「嗯嗯」地點了點頭。

「然後呢？」

「大爆笑。」

「妳根本就沒在想吧！」

莎夏以無比驚人的氣勢吐槽。

「順利嗎？」

米夏環顧起四周。

不過，白霧毫無變化。妖精蒂蒂應該在偷看這裡的情形，但感受不到任何反應。

「沒有戳到蒂蒂的笑點啊？她們還挺能撐的，剛剛的搞笑居然沒笑出來。」

「……這是當然的吧……」

莎夏發起牢騷。

「大家——！」

米莎與雷伊揮著手過來了。

「不知為何已經起霧了呢～剛剛突然就發生日食了，讓我嚇了一跳呢。」

「已經能去阿哈魯特海倫了嗎？」

雷伊問道。

「還不行。目前正在煩惱該怎麼逗笑妖精。不過，你們來得正好。雷伊、米莎，是時候披露你們的壓箱絕技了。去讓她們笑破肚皮吧。」

在我這麼說後，雷伊與米莎就面面相覷起來。

「啊、啊哈哈……雖然阿諾斯大人這麼說，但要怎麼做？」

「凡事都得試試看才知道呢。就試著逗她們笑吧。」

「……也是呢。就剛剛從米夏小姐那邊聽來的內容，是只要做出新奇的事情，妖精們就會笑了嗎？」

我點了點頭。

「似乎是這樣。」

「那麼，雷伊同學，我想試試看。」

「想到什麼了嗎？」

「是的。那個……不過，能拜託你一件事嗎……？」

「什麼事？」

米莎害羞地低頭說道：

「我、我要做的事很怪，能不要看嗎？那個，說、說不定會讓你看到不好意思見人的一面，要是被你討厭的話……啊哈哈……」

「放心吧。」

雷伊一臉認真地溫柔說道：

「妳做出再好笑的事情，我一定也只會覺得妳很可愛吧。」

「雷伊同學……」

在瞬間建立起來的兩人世界裡，雷伊與米莎深情對望。

「那我上場嘍。請幫我收屍……！」

雷伊帶著些許苦笑地點頭。米莎朝著白霧走開幾步。一停下腳步，她就擺出作好覺悟的表情。然後，深吸了一口氣。

「問、問題來了！心裡總是惦記著雷伊同學的我，最喜歡的數字是什麼！」

「……為什麼是問答啊……？」

「唔，答案是什麼啊？」

莎夏嘀咕似的吐槽。

米夏微歪著頭回答：

「零和三？」

「原來如此，是零三（雷伊同學）（註：日文發音相近）啊。」

「……隨便啦……」

莎夏傻眼地嘀咕說著。

白霧沒有任何變化，也沒有聽到妖精們的笑聲。

「……啊、啊哈哈……果然不行啊……」

「好像也不是這樣唷。」

雷伊說道。

「咦，可是……？」

他吟吟微笑著。

「讓我變得最喜歡六了喔。」

「啊……啊哈哈……」

深情對望的兩人，再度建立起與他人隔絕的兩人世界。

「唔，只要除以二，就會是三三（米莎）（註：日文發音相近）啊。」

「話說，他們兩個就只是在秀恩愛吧……」

只不過，就連雷伊和米莎都不行啊？那麼，這下該怎麼辦才好——就在這時，看到艾蓮歐諾露與潔西雅朝這裡跑了過來。

「大家久等了！我沒想到會花這麼久的時間。」

「……對不……起……」

潔西雅低頭道歉。

「別在意，這裡也稍微陷入了苦戰。雖然起霧了，卻相當難以將妖精逗笑。有什麼好主意嗎？」

「那個，只要做有趣的事就好了？」

「據說最好是新奇的事。」

艾蓮歐諾露「嗯——」地煩惱起來。

「總之，我就先試試看喔。」

艾蓮歐諾露與潔西雅面向白霧。

「那麼，潔西雅，就試試看我們平時在玩的那個吧？」

「……我……知道了……」

艾蓮歐諾露豎起食指，悠悠哉哉地說道：

「阿諾斯弟弟的模仿。」

「……唔……雖說是魔王……難道你以為就不溫柔嗎……？」

潔西雅口齒不清地說道。

「雷伊同學的模仿。」

「……哼……我喜歡……米莎……米莎也喜歡我唷……」

不知為何，一旁的雷伊與米莎大受打擊。

「莎夏妹妹的模仿。」

「……我的魔王大人……愛死你了……」

「妳們是笨蛋嗎！」

莎夏以煙火炸開般的氣勢叫道。

「米夏妹妹的模仿。」

「……人家很努力耶……」

「這誰啊！」

莎夏再度吐槽。米夏微歪著頭，指著自己。

「我？」

「嗯——已經沒有哏了喔。」

艾蓮歐諾露傷腦筋地說道。白霧依舊沒有任何變化，妖精們連要現身的跡象都沒有。

「……模仿……不像嗎……？」

「不如說，艾蓮歐諾露還有潔西雅，妳們平常都在玩什麼啦？」

在莎夏的詢問下，艾蓮歐諾露輕鬆地回道：

「就跟妳看到的一樣，是在模仿大家喔。是藉此讓潔西雅盡量說話的練習。」

「要訓練是很好，但不要教她奇怪的事情啦。」

「這不是我教她的，好像是看在潔西雅眼中，莎夏妹妹就是這種感覺的樣子喔？」

被她這麼一說，莎夏當場啞口無言。只見她背過身藏起那張羞紅的臉蛋，意志消沉地遠離這裡。

「不過，真傷腦筋呢。雖說要逗笑妖精，但等到真的做時，卻怎麼樣也想不到該怎麼辦才好耶……」

米莎邊說邊苦惱起來。

「唔，還有誰要挑戰的嗎？」

即使我這樣問，大家也都一副想不出好法子的樣子。要是無法逗笑妖精蒂蒂，就沒辦法前往阿哈魯特海倫。話雖如此，卻完全想不到能逗笑她們的方法。

雖然我也能披露自己的壓箱笑話，但無奈這個時代的笑點怎樣都跟兩千年前不同。而且說到底，兩千年前的笑話也稱不上是新奇了。

既然如此，就試著當場創造一個爆笑魔法的術式吧。只是用魔法強迫她們笑，真的能讓蒂蒂現身嗎？

「──啊！阿諾斯大人！不好意思，我們來遲了！」

在聽到語帶愧歉的呼喊後，轉頭就看到粉絲社的少女們。不知為何，八人手上都拿著一根棍棒。

「……那是怎麼了？」

「啊，這、這是……那個，在賽汗布魯克都看到的。對吧？」

「是、是啊。那個，因、因為名字很吉祥，所以在打聽傳聞的途中，抗拒不了誘惑就買下來了。」

「喔，是叫什麼名字啊？」

愛蓮露出有點尷尬的表情說道：

「……是、是叫做……阿諾斯棒棒……」

「呀、呀——！愛蓮好色喔，居然在阿諾斯大人面前說什麼阿諾斯棒棒。嘿！」

潔西卡用阿諾斯棒棒敲著愛蓮。

「啊，不准用阿諾斯棒棒做猥褻的事啦！」

「嘴巴上這麼說，卻一臉高興的樣子！看招、看招，懷孕、懷孕！」

潔西卡用阿諾斯棒棒啪啪地敲著愛蓮。

「等、等等，阿諾斯大人在看，別鬧了啦！」

愛蓮用手上的武器擋下潔西卡的攻擊。阿諾斯棒棒與阿諾斯棒棒，緊密地交疊在一起。

剎那間，粉絲社全員就像茅塞頓開似的倒抽了一口氣。隨後她們就一面如獲天啟地發出「呀啊——」的興奮尖叫聲，一面用彼此的阿諾斯棒棒開始啪啪地對打起來。

明明怎麼看都是在用棍棒互打，她們卻不知為何地胡亂喊著：「鬥劍！鬥劍！」

「看不懂。莎夏，那個看起來像是劍嗎？」

「我、我不知道啦，笨蛋！」

「妳在興奮什麼？」

「誰、誰興奮了……！」

就在這時，愛蓮在棍棒推擠中輸了，踉蹌地撞到莎夏身上。

「對、對不起。莎夏大人，您沒事吧？」

「我沒事。妳才是還好——」

就在愛蓮起身的瞬間，她手中的阿諾斯棒棒輕輕碰觸到莎夏的額頭。

「呀、呀啊啊！」

莎夏以非常驚人的速度，在轉眼間跑得不見蹤影。愛蓮嚇了一跳，把阿諾斯棒棒掉落在地面上。

「啊……」

我把棍棒撿起，交還給愛蓮。

「既然是吉祥物，就別輕易落在地上。」

「是、是的……」

愛蓮緊握著阿諾斯棒棒，不知為何地朝著粉絲社的少女們猛烈衝去。

她大聲喊道：

「這是真貨唷唷唷唷唷唷唷唷唷！」

她們在發出一陣「呀——」的興奮尖叫聲後，接連喊著「間接鬥劍，八根、八根！」這種神祕的臺詞，一個接著一個地讓棍棒互敲。剛好就在這時——

——嘻嘻。

白霧對面傳來竊笑聲。

是有如小女孩般的尖細笑聲。

——嘻嘻、嘻嘻。

——間接鬥劍、間接鬥劍。

——阿諾斯棒棒、阿諾斯棒棒，八根、八根。

——嘻嘻、嘻嘻。

接著，眼前朦朧浮現出一群長著翅膀的小妖精。

是喜歡惡作劇的精靈——蒂蒂。

§ 22 【精靈學舍】

「咦？」

「咦咦？」

「我知道這個人。」

「我知道唷。」

蒂蒂們在我的周圍飛來飛去，你一言我一語地說著。

「是魔王。」

「暴虐魔王。」

「很強的人。」

「比神還強的人。」

唔，看來認識我的樣子。

「好久不見了。我想去阿哈魯特海倫，能幫我帶路嗎？」

蒂蒂們聚在一起，偷偷摸摸地說起悄悄話。不久後大概是談好了吧，她們一齊朝我看了過來。

「她們也會來嗎？」

「有趣的女孩子們。」

「間接鬥劍。」

「八根、八根！」

看樣子她們很中意粉絲社的少女們。

「當然會去。她們可是我的部下。」

妖精蒂蒂們一面高舉萬歲，一面欣喜地在周圍飛來飛去。

「好耶～」

「會來耶，間接鬥劍的女孩子～」

「魔王的部下，和兩千年前不同～」

「完全不同～」

儘管認為粉絲社的少女們和妖精蒂蒂會意氣相投，但沒想到她們會這麼中意，反應比預期中的還要好。

「那麼作為帶路的謝禮，就送妳們一樣好東西吧。」

我施展「創造建築」的魔法，配合妖精蒂蒂的體型創造出小型的阿諾斯棒棒，送到她們手中。

「好耶～阿諾斯棒棒、阿諾斯棒棒。」

「嘿！嘿！」

「懷孕、懷孕！」

「呀——」

唔，就像是小了一號的粉絲社呢。真是熱鬧。

「幫你們帶路喔～」

「往這邊走唷。跟我來。」

「跟我來、跟我來。」

「大精靈之森在等著你們唷。」

妖精們一面撒著磷光，一面往白霧的深處飛去。

「走吧。」

我踏出一步後，雷伊向我問道：

「諾司加里亞那邊沒問題吧？」

「唔，目前看來是在這座草原上——」

話說到中途，我突然住口轉身。諾司加里亞出現在眼前。
「嗨，看來你們順利逗笑蒂蒂了呢。」
「有什麼事？」
「來帶隊的。只有學生先到的話，就沒辦法打成績了。而這樣對你也比較方便吧？」
唔，讓他待在身邊確實是比較方便注意他。
「隨你高興。」
我留下這句話邁步向前後，諾司加里亞就稍微隔了點距離地跟在我們後面。我們走在蒂蒂們用磷光鋪成的道路上，在霧裡前進了一會。就在不知道走了多久時，白霧對面的景色開始有了變化。
周遭應該是一望無際的草原，卻能在附近看到樹叢。有著形狀奇特，不曾在迪魯海德看過的蘑菇、發出朦朧光芒的花朵，以及表面的凹陷看起來就像人臉一樣的岩石等。再繼續往前進後，白霧就逐漸散去，不久後完全散開。
眼前是如夢似幻的精靈們的森林——阿哈魯特海倫。
「到了～」
「到了唷～」
「大精靈之森。」
「阿哈魯特海倫。」
蒂蒂們一面揮舞著阿諾斯棒棒對打，一面欣喜地到處飛來飛去。

「蒂蒂。名叫辛・雷谷利亞的魔族應該在這裡，妳們知道他嗎？」

蒂蒂們聚在一起，再度討論起來。

「辛・雷谷利亞？」

「妳知道嗎？」

「不知道。」

「不知道吧～」

如果辛有來到阿哈魯特海倫，蒂蒂們要是不認識他就奇怪了，哎，不過她們既善變又隨便，很可能等一下就說自己想起來了。

「那麼，我兩千年前的部下應該在這裡，妳們知道嗎？」

在我這樣詢問後，蒂蒂們就異口同聲地喊道：

「我知道～」

「兩千年前的魔族。」

「有喔～好多人。」

「就在精靈學舍～」

精靈學舍？唔，不曾聽過的地方。只不過，關於精靈我也還有許多不清楚的事。

「那麼，能請妳們帶我過去嗎？」

「好唷～畢竟你給了我們阿諾斯棒棒。」

「感謝、感謝～」

「感謝鬥劍。」

「八根、八根！」

蒂蒂們就像要帶路似的飛走，我們緊追而上。

「喂～喂～」

「那邊的人～」

「名字～」

「名字是什麼～？」

妖精們向莉娜搭話。

「我叫莉娜唷。」

她這樣回答後，蒂蒂們就像要讓翅膀休息似的坐在她的肩膀與頭頂上。

「莉娜？」

「是這個名字嗎？」

「總覺得不是耶～」

「真的叫莉娜？」

莉娜愣了一下，接著笑道：

「因為我喪失記憶了。蒂蒂知道什麼關於我的事情嗎？」

妖精們「嗯～」地低吟起來，就像在回想似的用手托著下巴。

「好像知道。」

「知道呢～」

「可是……」

「想不起來～」

蒂蒂們再度飛到空中，在莉娜的周圍快樂地飛來飛去。米夏直盯著莉娜的樣子。

「阿諾斯。」

「怎麼了？」

米夏注視著莉娜說道：

「不是魔族。」

「看來是這樣。」

「精靈？」

「是啊。」

儘管因為魔力微弱所以難以分辨，但她有著精靈的根源。這樣也就能理解，莉娜為什麼覺得自己必須去阿哈魯特海倫了。

「難怪我覺得她有點奇怪呢。」

莎夏說道：

「不過，精靈會喪失記憶嗎？」

「天知道。她說不定是根據喪失記憶的少女這種傳聞與傳承所誕生的精靈。」

「啊，也是呢……」

莉娜一臉就像是很懷念的表情注視著森林的模樣。

「啊。」

「我知道了。」

「莉娜很像那個人。」

「有很像的人～」

蒂蒂們大聲嚷嚷起來。

「是怎樣的人……？」

莉娜詢問後，蒂蒂們就在她的周圍繞著飛舞。

「是蕾諾。」

「很像蕾諾。」

「大精靈。」

「精靈們的母親～」

經她們這麼一說，給人的感覺確實很像啊。不過從兜帽底下就只能窺看到她的眼睛、嘴巴，還有一束頭髮，隱藏在後面的長相，就連我的魔眼都看不清楚。所以我覺得那不是普通的兜帽，而是因為她就是這種精靈。

然而在蕾諾的傳承之中，她應該沒有戴著會遮掩長相的兜帽。

「可是，蕾諾已經不在了。」

「死掉了。」

「好傷心。」

「再也見不到她了。」

米莎瞬間停下腳步。雷伊輕碰她的背後，她強顏歡笑地說了一句：「……我沒事。」便再次邁開步伐。

大精靈蕾諾死了嗎？假如齊格所言確實，米莎就是大精靈蕾諾的親生女兒。那麼她至少在十五年前應該都還活著。

那麼在這個和平的時代，她為什麼會死？正因為她的傳聞與傳承深植人心，所以她才會被稱為大精靈。在經過兩千年後，確實有些傳聞與傳承會因此斷絕；但既然直到十五年前都還活著，就表示她的傳聞與傳承有確實流傳到這個時代。

「她是什麼時候死的？」

聽我這樣問，蒂蒂們一齊歪頭苦思。

「什麼時候啊？」

「幾年前？」

「或許更久。」

「兩千年前？」

「忘記了～」

幾年前和兩千年前可是天差地遠啊。畢竟是蒂蒂的回答，只聽一半會比較好吧。

「咦？」

「咦咦？」

「蕾諾的味道。」

「有蕾諾的味道～」

蒂蒂們邊說邊飛到米莎身旁。

「名字是什麼？」

「妳的名字是什麼～？」

「蕾諾？」

「蕾諾復活了？」

米莎困擾地笑著。

「那、那個呢，我叫做米莎。不是蕾諾唷？」

隨後，蒂蒂們就欣喜地揮舞著阿諾斯棒棒，開始在米莎的周圍繞著飛舞。

「該不會，是蕾諾的孩子？」

「親生的孩子。親女兒、親女兒～」

「蕾諾的孩子，名叫米莎～」

「應該是叫米莎～」

米莎被這些話引起注意，連忙靠向蒂蒂她們。

「這是真的嗎！」

然而，蒂蒂們就像在裝傻似的看著沒有人的方向。

「是叫米莎嗎？」

「或許是莎米？」

「還是彌莎？」

「不過，大概沒錯喔～」

就像感到失望似的，米莎垂頭喪氣起來。不過她很快就甩了甩頭，像是重新振作起來似的問道：

「那個，那妳們知道父親是誰嗎？大精靈蕾諾的孩子的父親。」

數名蒂蒂飛到米莎面前，直盯著她的臉。

「父親是祕密～」

「被交代不能說喔。」

「精靈王交代的～」

「保護大家的好王。」

「蒂蒂喜歡王～」

「精靈全都喜歡王～」

蒂蒂一點都沒有想告訴她的意思。米莎就像放棄似的退開。

「精靈王是何人？」

我向蒂蒂們問道。

「咦～？」

蒂蒂們突然一哄而散。

「精靈王是何人？」

「何人是什麼～？」

「王就是王喔！」

「了不起的人～」

蒂蒂們一面這樣喊著，一面逐漸遠去。她們所前往的方向上，有著一棵巨大到難以置信的大樹。

「哇！又大又粗耶。」

「……嚇了……一跳……」

艾蓮歐諾露與潔西雅抬頭仰望著大樹。整棵樹高得不見盡頭，穿過雲層直達高空。樹幹也粗得非比尋常，寬度至少跟整座德魯佐蓋多的面積差不多吧。難以認為這是普通的樹木。

「到了唷～」

「到了～」

「精靈學舍。」

「艾尼悠尼安大樹。」

蒂蒂們撒落著鱗粉與磷光，飛往艾尼悠尼安大樹的正面。

大樹正面開著一個洞口，上頭垂掛著藤蔓。尾隨在她們身後，我們穿過藤蔓，踏入洞中。

大樹裡頭彷彿是由木頭形成的洞窟。在這個宛如迷宮般的場所裡依循著妖精們的引導走下去，不久後就看到一個寬廣空間。

那裡有著一座不見盡頭的漫長階梯，有著好幾個轉角處，永無止盡地不斷往上延伸。

蒂蒂們沒有上樓梯，而是飛到在空間後方所能見到的門之中最大的一扇門前。

「是這裡唷～」

「大家待的教室。」

「總是在這裡學習。」

「魔王的部下也在這裡？」

「在唷～」

「兩千年前的魔族們。」

我們推開門，走進教室裡。

裡頭乍看之下就像是座中庭，在花草茂盛的地面上排列著像是樹樁的椅子，講臺的位置上長著一棵大樹。

只不過——

「咦？」

「不見了？」

「大家不見了？」

「神隱了～」

到處都看不見兩千年前的魔族身影。

§23 【神隱的精靈】

妖精們驚慌失措地在教室裡飛來飛去。

「既然說是神隱，那就是精靈搞的鬼嗎？」

在我詢問後，蒂蒂們飛到我的臉旁。

「嗯，神隱的精靈。」

「狼。」

「有翅膀唷～」

「什麼都藏得起來。」

「名字叫隱狼杰奴盧。」

是根據神隱的傳聞與傳承誕生的精靈啊？只不過，為什麼要將我的部下藏起來？

「真的是遭遇神隱了嗎？」

艾蓮歐諾露不可思議地說道：

「你們看嘛，這顆艾尼悠尼安大樹的內部看起來超大的，說不定他們就只是到其他地方去了喔？」

語畢，蒂蒂們就一齊忙不迭地搖頭。

「沒說謊。」

「蒂蒂不會說謊。」

「偶爾會說？」

「現在沒有說唷～」

唔，有點欠缺信用的說法啊。

「去找？」

米夏用淡然的眼睛直看著我。

「也是呢。」

我在這棵大樹裡頭感受到了幾道魔力。即便神隱是事實，也不是所有人都消失了。

「糟了……」

「糟糕了！」

「來了唷。」

「來了。」

蒂蒂們一齊渾身發抖，朝著入口看去。像是在害怕什麼的樣子。

「什麼東西來了？」

「壞孩子。」

「不良。」

「不良學生。」

「四邪王族！」

蒂蒂們就像落荒而逃似的遠離教室門，躲到教室角落縮成一團。

「這還真是稀奇啊。」

教室門後傳來聲音。

「正想說難得看蒂蒂們吵成這樣，原來是來了個稀客啊。」

走進教室的是一名身穿奢華法衣、戴著大帽子的男人。正確來說，光靠外表無從判別他是不是男人。他的身體呈現凝膠狀，臉孔也幾乎是平的。

真是令人懷念的傢伙啊。

「緋碑王，沒想到你會在這種地方。」

緋碑王基里希利斯．德洛呵呵呵地笑著。

「吾輩也沒料到會在此處遇見汝啊。來此何用，魔王？」

明知故問。

「哎，我是沒事找你。只不過，都對我的部下出手了，還說沒料到會遇見我？你還是一樣很會睜眼說瞎話啊。」

我朝基里希利斯狠狠瞪去，他那張平臉就像改變表情似的扭曲了起來，彷彿就是在嘲笑一樣。

「啊啊——啊啊——」

緋碑王就像剛剛才想起來似的連點了好幾下頭。

「是指扎布羅啊？關於這件事也並非吾輩本意唷。是因為上頭太煩人了呢。」

他這句話讓艾蓮歐諾露聽得一臉不滿。

「你的副官做了很過分的事喔。居然說要把我和潔西雅抓去研究。」

「過分是指哪一件事啊？因為上頭的命令去做不想做的工作，會至少想要取得研究材料回來，這不是人之常情嗎？」

「我可不知道這種人之常情喔！把人當作研究材料，害得雷多利亞諾同學他們遇到這麼痛苦的事情。」

「雷多同學……萊歐同學……海同學……臉……都綠了。」

潔西雅就像在支援艾蓮歐諾露似的，用稚嫩小臉瞪著緋碑王。

「魔法研究總是伴隨著犧牲啊。一切的生命都會滅亡消逝。既然如此，讓他們成為魔法的基石，才是最有意義的作法吧？」

「……我完全聽不懂你說的意思喔。」

緋碑王基里希利斯呵呵地發出令人毛骨悚然的笑聲。

「哎呀哎呀，真是愚鈍呢。看來吾輩和汝是水火不容啊。不愧是魔王的魔法。」

緋碑王完全不想理會艾蓮歐諾露的樣子，用這句話將她打發掉。

「唔，我可不認為你會屈就在其他魔族之下啊？」

「都經過兩千年了，沒有事情是不會變的唷，魔王。就因為你浪費了兩千年慢條斯理地轉生，才會跟不上時代潮流啊。」

基里希利斯如此諷刺著。我當成馬耳東風，開口問道：

「你的上頭是誰？」

「自己去調查。兩千年前就說過了，吾輩不喜歡汝。儘管身懷如此強大的魔性，卻絲毫不想對魔法進步作出貢獻的怠惰之人。光是看到汝之臉，就讓吾輩作噁。」

「咯哈哈，嘴上說著沒有事情不會改變，但你卻一點也沒變啊，緋碑王。如果你還在覬覦我的根源，要不現在就來搶搶看啊？你應該有充分的時間作好準備了吧？」

「這樣也不錯呢。」

經我這樣挑釁，緋碑王沒有表情的臉孔上浮現魔法陣形狀的眼瞳。那是他的魔眼。

在基里希利斯這麼說的瞬間，他的全身發出黑光。那具凝膠狀的身體是他為了讓根源發出的魔力容易流通，自行用魔法改造而成的。讓魔力粒子在體內循環，藉此提高魔力效率，讓魔法變得更加容易施展。

「放馬過來吧，魔王阿諾斯。在這兩千年間，吾輩已遠遠超越汝了。就讓吾輩來告訴汝，汝的魔法早就是跟不上時代的骨董了。」

他的身體變得更加烏亮，進入戰鬥態勢。只不過——他嘴巴上雖然喊得很威猛，但別說是殺氣，甚至完全沒有要出手攻擊的跡象。

「怎麼啦？人稱暴虐魔王的汝，難不成是怕了嗎？」

「你在打什麼主意，緋碑王？」

緋碑王基里希利斯的臉孔扭曲起來。

「你不是那種會正面挑釁的個性。而是那種與其浪費時間在那喊放馬過來，還不如對我施放魔法的人吧？」

只能認為是特意想讓我先對他動手。也就是說，他早就設好陷阱了。

「還算有點小聰明呢。」

就像要收手似的，基里希利斯的全身恢復成原本的顏色。他停止施行魔力了。

「唔，你這是什麼意思？」

「無論如何，汝馬上就會知道了吧。吾輩就告訴汝吧。在艾尼悠尼安大樹裡頭，必須遵守學舍的規矩行動。踏入這個場所，就代表入學的意思。而且，直到畢業為止，都無法離開這裡。」

「也就是說，要是不遵守這間學舍的規矩加害他人，就會受到懲罰嗎？」

不肯定也不否定，基里希利斯說道：

「無法奪取汝之根源儘管讓人氣惱，不過機會隨時都有。還真是教人期待那個時候的到來啊。」

「緋碑王，雖然這麼說像是在你開心的時候潑你冷水；不過這樣一來，意思就是連你也無法離開這裡，只會讓人覺得你很蠢喔？」

基里希利斯呵呵地笑了。

「畢竟艾尼悠尼安大樹可是個很適合進行魔法研究的場所啊。吾輩是特意留在這裡的，別跟輕率的汝相提並論。」

基里希利斯邊說邊從我身旁經過，坐在教室最前排的位置上。

「阿諾斯。」

雷伊來到我身旁。

「……這該不會就是諾司加里亞的目的吧？」

雷伊一面注意著在我們身後的諾司加里亞，一面說道。

「要把我關在精靈學舍裡嗎？」

「祂說不定打算趁這段期間搞什麼鬼。」

「不過要是這樣的話，那傢伙現在不也被關起來了？」

莎夏提出反駁。

「哎，雷伊說得也有道理。說不定是為了讓我們掉以輕心，所以才故意裝成是被一起關起來的。」

我邊說邊窺看著緋碑王基里希利斯的樣子。他沒有理會諾司加里亞，但考慮到之前那件事，就不覺得他們毫無關聯。

而且說到底，諾司加里亞現在用的可是四邪王族熾死王耶魯多梅朵的肉體，要是完全沒反應的話也很不自然。

只不過，他說不定只是沒表現出來，其實正在心裡打著某種盤算，但是他跟諾司加里亞私下串通的可能性十分之大吧。話雖如此，但諾司加里亞與基里希利斯同時待在這裡，對我來說也比較方便。至於不畢業就無法離開這件事，哎，反正都進來了。況且要是真想離開的話，也不是沒辦法離開吧。

目前的當務之急是要找出我的部下，遭到神隱的兩千年前的魔族。尤其是辛。雖然也很在意蕾諾的事情，但去詢問那個叫精靈王的就能知道嗎？

「該怎麼辦？」

米夏往上看著我。

「先找一下其他房間吧。說不定會遇到沒有遭到神隱的我的部下。」

我邊說邊打算離開教室，卻在出入口前停下腳步。

「怎麼啦——咦……？」

莎夏瞠圓了眼，盯著那裡。

直到剛才都應該還是門的位置，變成了樹木形成的牆壁。

§ 24 【精靈教師】

鐘聲響起，並傳來一陣鈴、鈴的鈴聲。

「上課了～」

「開始上課了唷。」

「上課時是出不去的唷。」

「禁止翹課～」

蒂蒂們在教室裡飛來飛去，你一言我一語地說著。

「唔，所以出口才會消失啊？」

「不過，現在不是上課的時候吧？」

莎夏說道。雷伊站在變成牆壁的出入口前。

「就試試看吧。」

他畫起魔法陣，從中拔出一意劍席格謝斯塔，然後就這樣筆直地朝牆壁踏出一步。

「——喝……！」

一意劍有如閃光般地亮起。其劍刃在一次呼吸間劃出四道劍跡。雷伊直直注視著眼前的牆壁。

「斬是斬得斷啦。」

雷伊用一意劍的劍尖推著方才斬斷的地方。大樹牆壁被挖出一塊四角形，然後就這樣掉下去。

「……等等，這是怎樣啦？」

莎夏驚叫起來。教室外頭是一片空白。本來應該要有一座不斷往上延伸的階梯，如今卻消失得無影無蹤。不論上下都看不到盡頭，是個一望無盡的空白空間。

「魔法空間？」

米夏喃喃低語。

「看來是這樣沒錯。是在上課時將教室隔離開來，讓裡頭的人無法回去吧。」

不過，還是有辦法離開。我將魔眼朝向魔法空間，就在這時，空白的空間出現龜裂。

鏘地響起斬斷空間的聲音，一把紅槍突然出現。雷伊連忙後退，避開從空間之中刺穿出來的紅槍。

「……這是？」

雷伊直直注視著停在眼前的紅色槍尖。

「……紅血魔槍迪西多亞提姆。」

被長槍刺穿的空間持續裂開，伴隨著「嘰——」的一聲，龜裂在轉眼間擴大開來，讓魔法空間開始碎裂。彷彿揭開了純白面紗，教室外頭恢復成原本那個由木頭形成的室內空間。

那裡站著一名刺出紅色魔槍的男人。容貌粗曠，留著短髮，臉上戴著幾乎遮住半張臉的眼罩。

唔，又是個熟面孔。不覺得這只是偶然。

「想不到連你也在這種地方，冥王伊杰司。該不會四邪王族全都在這間精靈學舍裡和樂融融地當同學吧？」

伊杰司抽回長槍，收入魔法陣之中。他的獨眼以犀利的眼神看向我。

「即使轉生你也毫無改變啊，魔王阿諾斯。」

「什麼意思？」

「是在說你過於輕視神族。不了解太過相信自己的力量，是會大意失足的。」

伊杰司彷彿在對我提出忠告，以嚴肅的語調說道。

「你才是老樣子，還是這麼囉唆。你的意思是，既然神子在我的部下之中，就要趕快將她們全都收拾掉吧？」

「這是不得已的選擇。置之不理可是會讓犧牲增加的喔。」

我咯哈哈地將冥王的話一笑置之。

「很抱歉，哪怕對手是神，我也不打算付出犧牲。」

「你這是傲慢。難道不懂嗎？要是不願犧牲，就只會付出更多的犧牲。」

冥王伊杰司用獨眼看向米夏與莎夏，兩人立刻警戒起來。

「余不打算在上課時惹事。畢竟這裡麻煩的規矩有點多呢。」

伊杰司這麼說完，走向樹椿的座位。

「冥王，你是何時跟緋碑王與詛王聯手的？」

「要是你看起來像是這樣，那是精靈在搞鬼啊。」

說出不著邊際的回答後，伊杰司坐到位置上。

「那裡。」

米夏指著沒人坐的樹椿。隨後，那個樹椿上冒出黑霧，出現了一名男子。他是個頭上長著六隻角的魔族，身材纖細，有著中性的容貌。那個人對我們毫無興趣，只是心不在焉地注視著前方。

「該不會，他也是四邪王族……？」

莎夏問道。

「是啊，他是詛王凱希萊姆．姬斯緹。」

持有一半的魔劍的人，就是他的部下。關於辛的事情，他很可能是最清楚的人。話雖如此，以詛王的情況來講，就算想強行逼他吐露實話，也有點累人啊。

好啦，現在是哪一邊呢？

「不去跟他搭話嗎？」

「也是呢。哎，我就去打聲招呼吧。」

我走到詛王身旁。

「凱希萊姆，好久不見了。」

向他搭話後，詛王心不在焉地朝我看來。不過，他一句話也沒說。

「原來如此，現在是姬斯緹嗎？」

語罷，他——不對，是「她」吟吟笑起。

「還以為是誰呢，原來是魔王阿諾斯大人呀。對了，已經過了兩千年了呢。」

詛王以不帶一絲敵意的語調說道。雖是女性般的口吻，不過他的心現在確確實實是名女性沒錯。

「凱希萊姆怎麼了？」

「又不曉得跑去哪裡，完全沒有回來呢。居然丟著戀人不管，凱希萊姆大人的流浪癖還真是讓人傷腦筋。」

「這樣啊。話說回來，妳在這裡做什麼？」

「學習唷。畢竟在凱希萊姆大人回來之前我也很閒嘛。阿諾斯大人呢？」

「在稍微找人。有看到辛，或是我的部下嗎？」

「啊～他們不久之前都還在呢。雖然曾一起上過課，不過都遭到神隱了喔。緋碑王大人與冥王大人的部下也都不見了呢。」

喔，這還真是意外。

「神隱和在這裡上課有關係嗎？」

「要是小考不及格就會遭到神隱的樣子唷。想要取回被神隱的人，好像就只能到這棵大樹的頂端去拜託精靈王的樣子。」

「頂端是能輕易去的地方嗎？」

姬斯緹搖了搖頭。

「聽說必須認真上課，在精靈試煉中合格才有辦法去喔。啊，對了、對了。話說回來，凱希萊姆大人的部下也遭到神隱了呢，他交代我要在他回來之前把部下們救出來唷。真傷腦筋呢。」

唔，也就是部下被當成人質，所以緋碑王與冥王才會在這間精靈學舍認真上課嗎？不覺得內情就只有這樣。

「精靈王是何人？」

「不就是精靈的王嗎？我也沒見過，所以不清楚呢。」

只能在什麼精靈試煉中合格，直接去找他確認了吧。只要見到精靈王，就能取回我的部下，不過，這到底是怎麼一回事?不論如何，現在能問的就只有這些吧。

「打擾妳了。」

「不會唷。再見了，魔王大人。」

在我轉身離開後，莎夏靠過來低聲問道：

「……喂，這是怎麼回事?」

「我想妳也隱約察覺到了，詛王是雙重人格。擁有主人格的詛王凱希萊姆，還有其戀人的姬斯緹兩種人格。」

「真是莫名其妙……」

莎夏瞥了一眼詛王。雖有著中性的容貌，但凱希萊姆．姬斯緹的身體完全是名男性。

「雙重人格是不怎麼需要去在意，但麻煩的是他一旦轉換人格，就連記憶與根源也會完全替換。在處於姬斯緹的人格時，就算調查凱希萊姆的記憶也只會一無所獲。」

「不可思議。」

米夏喃喃說道。

「根源應該確實只有一個。就連凱希萊姆自己都無法自由切換人格的樣子。或許是他太過接近詛咒的深淵，就連自身也遭到詛咒了。」

想要詢問詛王的事情，就只能等他的人格出現了。

「哈哈！」

響起一道笑聲。是諾司加里亞發出來的。

「還真是滑稽的景象啊。兩千年前支配迪魯海德的暴虐魔王，還有僅次於他的四邪王族，居然齊聚一堂上課啊。」

「你才沒有立場說別人吧？」

諾司加里亞邊笑邊走向一張樹椿椅子。

「神的計畫是絕對的。我的行動如今也伴隨著秩序。暴虐魔王，你或許以為自己很順利地將身為神的我帶來這裡，不過這樣並不會對世界的秩序造成任何差錯。即使我在這裡上課也一樣。」

諾司加里亞從容不迫地說道，接著坐到位置上。這時鐘聲與鈴聲正好響起。

「上課鈴！」

「上課鈴響了唷～」

「來了唷！」

「老師來了～」

蒂蒂們在教室裡吵鬧地飛來飛去。

「那個，現在該怎麼辦？」

艾蓮歐諾露問道。

「就只能乖乖上課了吧。」

雷伊答道。

「總之就先這樣吧。我也很在意精靈王究竟是誰。就去見他一面，讓辛他們從神隱中獲得解放，這就目前來說是最快的方法。」

語罷，我就坐在附近的一張樹椿椅子上。米夏他們也分別就座。

——上課的時間到了——

不知從何處傳來聲音。

——今天有新同學的樣子，就請各位自我介紹吧——

生長在教室講臺位置上的大樹，長出了眼睛、鼻子和嘴巴。

「老朽名為艾尼悠尼安大樹，乃是這間精靈學舍。」

聲音在教室內響起。

§ 25 【艾尼悠尼安大樹】

「首先，為了新來的同學們，老朽就來介紹一下這間精靈學舍吧。」

艾尼悠尼安大樹發出老人般的沙啞嗓音。只不過，聲音並不是從那棵長著人臉的大樹發出，聽起來就像是整間教室一起響起的。大概是因為那棵在講臺位置上的大樹不是本體吧。

他就一如其名，是這棵大樹所形成的建築物——精靈學舍本身。也就是說，我們現在正處於艾尼悠尼安大樹這個精靈的體內。

「在這裡，老朽會教導你們各式各樣關於精靈以及其歷史的知識。當然，除此之外還開了許多課程，內容應有盡有，不過精靈的課程屬於必修科目。」

艾尼悠尼安以穩重的語調說道：

「一旦踏入這棵艾尼悠尼安大樹，各位就算是在這間精靈學舍入學了。接著要在這裡就讀精靈的課程，直到畢業為止都無法離開。因為學習最重要的就是要持之以恆，食衣住方面這裡一應俱全，所以還請不用擔心。」

只不過，還真是會給人找麻煩的傳聞與傳承啊。一旦不小心踏入精靈學舍，直到畢業都無法離開，這種內容最初到底是誰想到，並作為傳聞宣傳開來的啊？

「此外也嚴禁以暴力傷害或限制他人。要是違反規定，作為懲罰，老朽想想喔。現在的話，就讓犯規者挑戰走完長蛇艾比提歐背部的試煉吧。」

所以緋碑王方才是想激我攻擊，讓我接受這種懲罰啊？只不過，是個沒聽過的精靈呢。

「長蛇艾比提歐是什麼？」

在我提問後，艾尼悠尼安大樹就「呵、呵、呵」地笑了起來。

「這是個好問題。」

明明沒問什麼大不了的問題，艾尼悠尼安的聲音卻顯得很興奮。一副很高興被人詢問的樣子。

「既然這樣，就請各位同學回答吧。關於長蛇艾比提歐，有同學答得出來嗎？」

緋碑王、冥王與姬斯緹就像競爭似的舉手。

「最快的同學是緋碑王啊？就請試著回答吧。」

緋碑王倏地起身。

「長蛇艾比提歐是根據世界上最長的蛇這個傳聞與傳承所誕生的精靈。誕生當時的尺寸約能繞世界一周，但隨著傳聞愈傳愈誇張，現在的體長已約可繞世界三百三十三周。由於體長太長，所以就只能棲息在這間精靈學舍的魔法沼澤之中。據說有時會經由魔法沼澤，在七大洋上把頭探出來。」

「嗯，正確答案。」

艾尼悠尼安大樹以低沉的聲音說道。所以要是在這間精靈學舍動用暴力，就必須走完體長足以繞世界三百三十三周的蛇背啊？

由於他是說「現在的話」，所以懲罰的內容會隨著時間改變吧。但不論內容為何，肯定都跟走完艾比提歐差不多困難。還真是麻煩。

「好啦，老朽就像這樣，會不時提出關於精靈的問題。要是能出色地回答出來，老朽就會在各位的成績上加分。當然，除此之外還會安排小考與精靈試煉，作為打成績的依據。而取得優秀成績的同學就能正式畢業。作為紀念，會授與畢業徽章。只要有畢業徽章，就能自由進出阿哈魯特海倫。」

也就是不用再像這次這樣一一去尋找阿哈魯特海倫的傳聞了啊？

「你說要取得優秀的成績，但具體來講是要到怎樣的程度？」

「這部分會由作為教育大樹的老朽根據長年以來的直覺判斷。並不是只要在考試中取得好成績就行了。當然，要是能取得好成績就再好也不過。至今最快畢業的人花了兩個星期，最長則耗費了五十年。」

沒有明確的基準嗎？不對，是連找出評分的基準也算是課程之一吧。

「在取得畢業徽章之後，還能繼續上課嗎？」

「嗯，當然可以。如同方才老朽所說，精靈的課程終究只是必修科目。除此之外，這裡還準備了各式各樣的教育課程。有魔劍、魔法、料理與算數，甚至從精靈的訓練方式到產生精靈的方法都有，不論要教導怎樣的知識都行。畢竟老朽可是教育大樹艾尼悠尼安。」

唔，這樣的話，似乎非常有用啊。

「那比方說，能教導不會說話的少女學會說話嗎？」

「當然可以、當然可以。因為精靈具有不可思議的力量。不過，必須付出相應的努力才行喔。」

這棵艾尼悠尼安大樹非常廣大，內部還有能讓長蛇艾比提歐棲息的沼澤，所以也有形成魔法空間吧。

「作為一萬名潔西雅的去處，這裡說不定很適合。」

「嗯嗯嗯！我剛剛也在想這件事喔。」

對於我的喃喃自語，艾蓮歐諾露開心地同意。

「或是說，還真虧你們有餘力去想這種事耶……比起離開後的事，還不如先想想該怎麼畢業比較好吧？」

莎夏一臉傻眼的表情看過來。

「怎麼啦，莎夏？妳怕了嗎？」

「我、我才不怕呢。只不過，不僅你的部下遭到神隱，就連四邪王族都這麼老實地在上課對吧？艾尼悠尼安大樹雖然聲音聽起來像個和藹老人、給人一種好脾氣的感覺，但其實非常危險吧？」

鄰桌的米夏也忙不迭地點頭同意。

「沒什麼，別這麼擔心。畢竟已經知道，只要取得好成績就能畢業了。」

「阿諾斯對精靈熟嗎？」

雷伊問道。

「沒有，我不怎麼熟。你呢？」

「說不定比魔族熟悉，但精靈本來就是一種搞不太清楚的存在。很遺憾，我不清楚的部分還比較多唷。」

哎，也是呢。

「真是讓人傻眼耶。這麼自信滿滿的樣子，卻什麼也不知道嗎？」

莎夏抗議似的說道，不高興地斜眼瞪來。

「別在意，不知道的事情現在開始學就好。好啦，專心上課吧。」

在我這麼說後，莎夏就嘀咕著說：「還不是你先聊起來的……」

「呵、呵、呵！聊完了吧？那就繼續上課嘍。」

艾尼悠尼安大樹說道。不愧是以教育大樹的傳聞與傳承形成的精靈，一點也不在意些許的上課私語，相當沉著穩重。

「那麼關於今後的預定，首先會進行為期一個星期的精靈課程。之後會舉辦小考。要是考不及格就會遭到神隱，還請各位同學注意。在經過幾次小考後，成績優秀之人就能進行精靈試煉。而通過精靈試煉的學生，將能夠謁見精靈王。只要在精靈王的試煉中合格，有時也會直接畢業，還請用心接受試煉。」

艾尼悠尼安這麼說完，眼前的大樹上就寫起文字。大樹的表面毫無疑問是樹皮，但也有哪裡看起來像是黑板。

「那麼老朽就再出一題吧。只會在白天現身，有如小熊般、又有如狐狸般的精靈叫做什麼名字？」

唔，不曉得。不只是我，就連四邪王族也不曉得叫什麼名字吧，誰也沒有要舉手的意思。雖然覺得諾司加里亞應該會知道，但就目前看來，祂好像在打瞌睡的樣子。大概是提不起勁上課吧。

「呵、呵、呵！到底是太過冷僻的精靈啊。」

「請問，我可以回答嗎？」

情報販子的少女莉娜戰戰兢兢地舉手答話。

「可以喔。那麼，精靈的名字是？」

「是妖精犬高伊雷嗎？」

「唔唔……正確答案。」

緋碑王與冥王轉頭看向莉娜。或許是因為連聽到答案都還是不曉得吧，他們用魔眼（眼睛）徹底打量著說出正確答案的莉娜。

「關於妖精犬高伊雷，會在今後的課程中說明。老朽就先再出幾題吧。」

大樹上再度浮現題目。

「手持壞掉的盾與壞掉的矛，精靈最強的劍士名叫什麼？」

舉手回答的還是只有莉娜一人。

「是矛盾劍士巴布羅安納嗎？」

「正確答案。巴布羅安納的傳聞很少，是個很難遇到的稀少妖精，還真虧妳知道呢。」

莉娜微微地點了點頭。

唔，是當情報販子時收集到的傳聞嗎？

「嗯~如果是再稍微古老一點的精靈我就跟得上，但這些精靈就算聽了答案我也完全不認識喔。」

艾蓮歐諾露一副束手無策的樣子說道。

「呵、呵、呵！那老朽就出幾題有名的精靈吧。是獎勵題喔。」

講臺的大樹上這次沒有寫字，而是浮現三道圖畫。

只不過，畫得實在是太差了。一個是火柴人；一個是彷彿蚯蚓在蠕動般的某種東西；一個就只是長毛的黑點。說到底，就連能不能稱為圖畫都很可疑。

「好了，這張圖畫了三個著名的精靈。請問他們的名字是什麼？」

艾尼悠尼安大樹說得一副答得出來是理所當然的模樣，但誰也沒有舉手。

「莉娜妹妹也不知道嗎？」

聽到艾蓮歐諾露的詢問，她點了點頭。

「……畢竟，那張圖完全沒有繪畫的天分……即使是再有名的精靈也看不懂耶。」

莉娜悄悄說道。隨後，整間教室就彷彿地震般地搖晃起來。

「妳說什麼麼麼麼麼麼！」

就像是氣得渾身發抖，艾尼悠尼安大樹搖晃著。

「妳這是對老朽的教育，人稱教育大樹的老朽的教育有意見嗎嗎嗎嗎嗎！」

艾尼悠尼安的怒吼響徹整間教室。對一般人來說，是足以震痛耳朵的轟然巨響。

「哎呀呀，這下可糟了呢。要是說艾尼悠尼安上課內容的壞話，他經常會像這樣大發脾氣唷。」

緋碑王基里希利斯面無表情地看過來。

「讓他息怒的方法是？」

「就只能正確回答方才的提問了。要是沒辦法的話，就算全員的成績都被打成零分也不稀奇。」

「那麼，你要回答嗎？」

緋碑王誇張地聳了聳肩，就像是在說要根據那種沒有繪畫天分的圖畫猜中精靈是不可能的事。

「是你大意了，魔王。所以才說你太過自大了。」

冥王伊杰司用獨眼注視著我說道。

「雖然這麼說，你不是也回答不出來嗎？」

「誰看得懂啊。要知道那個火柴人的真面目，就跟要讓河水從下流往上流流動一樣困難。凡事都有其道理在。」

伊杰司唾棄似的說道。

「唔，道理啊？那你們就仔細看好吧。」

我倏地舉手站起，指著畫在大樹上的火柴人。

「火柴人的六片翅膀，代表那是一切精靈的母親大精靈蕾諾。」

接著我指著彷彿蚯蚓在蠕動般的某種東西。

「周圍無數的小點是霧雨，也就是說那代表的是水之大精靈里尼悠。」

最後，我指著就只是長毛的黑點圖畫。

「這種圓潤的眼睛，毫無疑問就是妖精蒂蒂了。」

教室的搖動乍然而止。因為艾尼悠尼安息怒了。

「嗯。完全正確。阿諾斯．波魯迪戈烏多，就授與你畢業徽章吧。」

我的制服上聚起光芒，別上一面仿照妖精翅膀的勳章。居然這樣就畢業了。雖說是教育大樹，但也有著意外現實的一面啊。

「……為什麼會知道……那個火柴人是大精靈蕾諾啊……？」

冥王伊杰司詫異地喃喃自語。

「……怎麼看都是蚯蚓爬過的痕跡的那個，是里尼悠……？」

就像由衷感到疑問似的，緋碑王基里希利斯的凝膠狀臉孔扭曲起來。

「先說好，這可不是我碰巧猜對的喔。」

我向一臉茫然的兩人說道：

「就是因為連這種程度的事情都看不出來，你們才會一次也沒有贏過我啊。」

§ 26 【遙遠的記憶】

宣告下課的鐘聲與鈴聲響起。

「嗯，那今天的課就上到這裡了。各位同學有什麼疑問嗎？」

在艾尼悠尼安大樹詢問後，我舉起手來。

「我有幾件事想問，首先精靈王是怎樣的精靈？」

「呵、呵、呵！精靈王大人乃是治理並守護這座大精靈之森阿哈魯特海倫的人物。」

「是根據怎樣的傳承誕生的？」

「這老朽還不能說。精靈王大人的情況很複雜。首先要從基礎開始學起。你雖然已獲得了畢業徽章，不過今後還要繼續上課嗎？」

「是啊，我還有想學的事。再問你一件事。我的部下應該是在這裡遭到神隱了，你知道這件事嗎？」

「嗯，是小考不及格的那些人吧？他們確實是在這間精靈學舍入學了。考不及格之人，會遭到隱狼杰奴盧神隱。然後在那裡，將會有非常可怕的補習在等著他們。啊啊，不過不用擔心。只要認真接受補習，大概五年之內就能回到原本的學舍了。」

五年啊？到底是等不了這麼久。

「神隱具體來說是什麼？」

「那麼，會是什麼呢？神隱是因為有著這種傳聞與傳承。據說是會被藏到世界的分界線裡，也據說是會被隱狼杰奴盧吃掉，藏到牠的肚子裡去。老朽也不太清楚箇中道理，不過如果是被杰奴盧藏起來的話，那些人就還能回到這間學舍。」

是因為以傳聞與傳承作為根本的精靈的奇妙特性造成的現象啊？要是這樣的話，想要強行取回說不定會有點累人。

「聽說只要拜託精靈王，就能取回遭到神隱的人？」

「嗯，沒錯。因為隱狼杰奴盧是精靈王大人的看門犬。只要精靈王大人下令，就會將神隱的人歸還吧。」

「想見精靈王，沒有接受精靈試煉以外的方法嗎？」

「沒錯，這乃是這間學舍的規定。」

要是違反了，就會受到相應的懲罰吧。還真是麻煩。

「方才你說要接受精靈試煉，必須先接受好幾次小考，最快得接受幾次才行？」

「最快的話，得接受三次。只要取得平均八十分以上的成績，就能夠挑戰精靈試煉。」

三次啊？太多了。

「幫我縮短到一次。」

「嗄？」

「我沒有太多時間，就幫我縮短到一次吧。」

教室響起怪叫聲。

「嗯……雖說老朽給了你畢業徽章，但精靈試煉就另當別論。這可是唯一能謁見精靈王大人的機會，難以只憑老朽的一己之見來決定。」

「只要下次小考一次考三次的分量就沒問題了。」

「雖說是小考，但出題量可是相當龐大。正因為沒辦法立刻出好考卷，所以才需要間隔一段時間啊。」

「我可不這麼覺得。」

我若無其事的這句話，勾起艾尼悠尼安大樹的興趣。

「……這話是什麼意思？」

「沒什麼，就只是認為對人稱教育大樹的精靈來說，這不過是小事一樁罷了。」

「什麼……！」

看來就跟我想的一樣。艾尼悠尼安大樹的聲音在驚訝中帶著藏不住的喜悅。他應該是只要稱讚就會提起幹勁的那種個性吧。

「只要你認真起來，一、二十次的小考內容，一個晚上就能出好題目。唔，是我高估你了啊？在今天的課程中，我可是確信在教育這方面上無人能出你左右喔……？」

「嗯唔唔唔唔……」

教室微微搖晃起來，呈現著艾尼悠尼安的迷惘。就只差臨門一腳了啊？

「如果是魔王學院的教師，就會給予這點通融。但別在意，我不會勉強你的。每間學校都有自己的作法吧。」

我像是要結束話題似的起身，就這樣走向出入口。正當我要離開教室之際，眼前的門突然砰地用力關上。

「好吧。老朽也是人稱教育大樹的精靈，這點程度就設法幫你弄好吧。」

「這樣啊。感謝你的協助。」

「只不過，魔王阿諾斯。你們到此來的日子尚淺。既然如此，下次小考就唯有取得九十分以上，才會給予你們挑戰精靈試煉的資格。」

「無妨。」

「那麼，下一堂課是在兩個小時後。在這之前就請努力自習吧。」

講臺大樹的臉倏地消失，艾尼悠尼安的氣息也隨即離去。

「呵呵呵。」

緋碑王基里希利斯帶著毛骨悚然的笑聲走到我身旁。

「這還真是相當大膽的一招啊。汝這種認為只有自己是特別的心態，怎樣都讓吾輩看不順眼。」

基里希利斯扭曲著臉孔朝我瞪來。

「即使是吾輩，想挑戰精靈試煉也需要一個月啊。」

「喔，似乎相當苦戰的樣子。這還真不像你。」

「只需要記住的話是很容易。但首先得找出該記住的答案，是這間精靈學舍的特徵。別以為能輕易通過啊。」

「那麼，要來賭賭看嗎？緋碑王。一個星期後的小考，我們全員都能取得挑戰精靈試煉的資格。」

基里希利斯露出不愉快的反應。

「全員？不只汝？」

「沒錯，就是全員。」

在我這樣斷言後，緋碑王就露出魔法陣形狀的魔眼。

「汝認為吾輩會不如這些不知打哪來的無名魔族嗎？」

「你在說什麼啊。」

我哼笑一聲。

「緋碑王，就憑你，難道認為比得上我的部下嗎？」

大概是被這句話觸怒了吧，他的凝膠狀身體發出黑光，用燃起怒火的魔眼瞪著我。

「有意思。魔王，你想怎麼賭？」

上鉤了啊。自尊心還是一樣這麼高。

「只要我們全員取得挑戰精靈試煉的資格，就算我贏。到時就請你供出，對你下命令的『上頭』是何人了。」

彷彿在嘲笑似的，基里希利斯扭曲著臉孔。

「好吧。要是吾輩贏的話，吾輩就要汝之根源。」

唔，還真是獅子大開口。或是說，他就這麼不想讓人知道「上頭」的事情嗎？

「看來汝不想答應這個條件呢。那吾輩也就不賭了。」

「不，我無所謂。順便要是你的成績比我高的話，也當作是你贏吧。」

瞬間，基里希利斯啞口無言。大抵是沒料到我會拿根源來賭吧。

「汝是在瞧不起吾輩嗎？」

「這可是你提出的條件，你是在怕什麼？」

基里希利斯直瞪著我。

「好吧。交涉成立。可別後悔啊，魔王。」

他從我身邊走過，離開教室。就在擦肩而過的途中，我們互相在「契約」上簽字。

「你們還是老樣子啊。」

如此低語著，冥王伊杰司準備離開教室。

「冥王，你不也來賭些什麼嗎？」

「別開玩笑了。余可曾答應過你的提議嗎？」

「記得有兩次左右。」

「那是迫於必要，跟現在的狀況不同。」

留下這句話，冥王離開了教室。當我將視線移回教室時，詛王的其他人格姬斯緹已經離開了。或許是跟來時一樣，化為黑霧消失了吧。

「有勝算嗎？」

雷伊向我問道。

「沒什麼，我現在就開始想。假如慢條斯理地等到有勝算才行動，是一點也無法接近辛他們的。」

「或許是這樣沒錯啦，但要是輸掉了，你打算怎麼辦？根源會被拿走唷？你會死吧？」

莎夏不高興地瞪著我。

「我不會輸的。」

「……我是在問輸掉時該怎麼辦，你這不算回答喔。」

「所以？我覺得現在可沒時間享受紙上談兵的樂趣喔？」

我這麼說完，莎夏就不服氣地嘛起嘴巴。

「要自習？」

米夏的眼睛注視著我。

「是啊。期限就只有一個星期。」

「……我……不擅長、學習……」

潔西雅垂頭喪氣地說道。

「別擔心喔，我會好好教會潔西雅的。」

艾蓮歐諾露說著「別怕、別怕」，輕撫起潔西雅的頭。雖然稍微打起了一點精神，但她還是一臉沮喪的表情。

「不過，就算說要自習，但是要怎麼做？阿諾斯弟弟也不怎麼清楚精靈的事吧？」

「是啊。不過，那邊有個似乎很清楚的人吧？」

全員朝我視線的方向看去。莉娜先是往後看，然後注意到背後沒有半個人。

「該不會，是在說我吧？」

「妳漂亮地答出連緋碑王他們都不知道的精靈之名，這還不夠清楚嗎？」

莉娜稍稍低下頭，「嗯——」地煩惱起來。

「在我一面當情報販子，一面調查阿哈魯特海倫的傳聞時，也順便調查了精靈的傳聞，但其實並沒有找到太多……」

說得也是。精靈的傳聞並不是這麼容易就能找到。就算有著傳聞或傳承，但有沒有真的形成精靈，在實際遇到那個精靈之前沒有任何人會知道。倘若只是在當情報販子，是不會太過清楚關於精靈的事。

「咦？那妳為什麼會知道那麼罕見的精靈名字？」

在艾蓮歐諾露這麼問後，莉娜愁眉苦臉地答道：

「……我本來應該是不知道的，但是一來到這裡，就不知為何地突然想起來了……」

「是妳喪失記憶之前，對精靈的事情很熟悉吧。」

「……是這樣嗎？」

「要確認看看嗎？」

莉娜一臉不可思議地看著我。

「怎麼做？」

「我會施展幾種恢復記憶的魔法。如果妳能因此想起精靈的事情，能拜託妳協助我們學習嗎？」

莉娜看著我的臉考慮起來。

「我有種用魔法是行不通的感覺。」

「為什麼妳會這麼想？」

「我不清楚……就隱約這麼覺得……」

唔，這話還真是奇妙。

「……不過，可以讓我試試看嗎？當然，我會協助大家學習精靈的事情唷。況且我也有一種必須去見精靈王的感覺……」

「這也是隱約這麼覺得？」

「嗯，對。」

話雖如此，但莉娜看起來卻有哪裡帶著確信。她到底是有著怎樣的內情啊？哎，就算思考也得不到結論吧。

「盡可能讓腦袋放空。」

我用指尖輕觸莉娜的額頭，在她頭上畫起魔法陣，施展「追憶(ebui)」的魔法。要是可以的話，也想施展「時間操作」將時間倒回，但我不知道她的起源是什麼。不過如果是一般的喪失記憶，應該施展「追憶」就夠了。

「啊……」

莉娜叫了一聲。應該是回想起什麼了吧。不久後，「追憶」的魔法結束，閃耀的魔法陣光芒消散。

「如何？」

「想起來了……的感覺……不對……我想起來了，許多關於精靈的事……」

莉娜露出苦悶的表情。

「但果然……關於自己的事情，是一點也……」

也就是說，她不是一般的喪失記憶。起因說不定跟她的傳聞與傳承有關。

§27 【書本妖精】

「往這走唷。」

在宛如迷宮般的精靈學舍裡，莉娜毫無遲疑地前進著。她方才突然衝出教室，幫我們帶起路來。在經由「追憶」回想起來的記憶中，似乎也有關於這間精靈學舍的知識。我們緊跟在不停地往前跑的莉娜身後。

「要去哪裡？」

「要學習精靈的知識，有個很適合的地方唷。我想那裡大概連四邪王族那幾個人都沒發現到。」

眼前能看到一個三岔路口。莉娜踏著彷彿曾經來過的步伐，在那裡往右轉。突然間她停下腳步。即使等了一會，也沒有要離開的意思。莉娜的視線，朝著一座擺在走道上的石像。

那是個穿著鎧甲的人型青蛙。手上的盾牌，下半部分被俐落地斬斷了。

「……這是……？」

她一面低語，一面把手伸向被斬斷的盾牌，用指尖輕輕碰觸著。

「回想起什麼了嗎？」

即使詢問，她也只是緩緩地搖頭。

「……沒有。我什麼也想不起來……」

她呢喃著，然後再度直直注視起石像的盾牌。

「可是，有某種……很懷念的感覺。我大概……曾經來過這裡。在這裡，我必須要去做一件事……」

莉娜彷彿深深潛入記憶之中，沉思了起來。既然她知道關於精靈學舍的事，那麼曾經來過這裡也很自然。或許是在接觸到印象深刻的事物後，讓她的記憶恢復了。

倘若是一般情況的話。但她的記憶，恐怕不會輕易恢復。

「……不行。還是什麼都想不起來……我到底必須要去做什麼事啊……？」

莉娜在自問之後，抬起頭，再度邁步起來。

「真是抱歉，明明就沒什麼時間了。我們走吧。」

看著少女強顏歡笑地往前走的模樣，我朝著她的背說道：

「別著急。如果能輕易回想起來，記憶早就在施展『追憶』時恢復了。」

「……當施展那個魔法也想不起來時，會是怎樣的情況？」

莉娜一面前進，一面向我詢問。

「完全失去了記憶，或是被施展了封印記憶的魔法。」

還有打從最初就沒有記憶吧。不過這就算說了也無濟於事。

沉默了一會後，莉娜問道：

「你覺得是哪一種？」

「就我的魔眼（眼睛）來看，妳不像是被施展了封印記憶的魔法。」

「……那麼，就是完全失去記憶了吧？」

莉娜沮喪地說道。

「即便是這樣，也還是有取回記憶的方法吧？」

莉娜轉身面向著我。

「真的嗎？」

「只要知道妳是誰，就能施展『時間操作』的魔法，從妳的過去將記憶取出來。」

「……可是，我不知道自己是誰耶……」

「有人知道妳是誰吧？去問他就行了。」

「啊。」

莉娜叫了一聲。

「精靈王……？」

「既然妳覺得自己必須去見他，那你們肯定認識。只要能從他口中問出妳的事情，就能施展『時間操作』了。」

「這樣啊。那我就必須在精靈試煉中合格了……」

她帶著不安的表情喃喃說道。

「別擔心，我也剛好有事想問精靈王。要是妳不合格，我就順便幫妳問吧。」

語罷，莉娜就綻開笑容。

「謝謝你。果然，阿諾斯是個好人呢。我的眼光並沒有錯。」

我一時之間無言以對。她說了奇妙的話。

「這是什麼意思？是指我們在賽汗布魯克都相遇時的事嗎？」

「……咦？那個，咦，我這麼說很奇怪吧？但是就隱約這麼覺得……」

莉娜先是低下頭，然後像是打定主意似的抬起頭。

「我說不定曾經見過你。」

「這樣啊。」

如果是兩千年前的精靈，或許有這種可能吧。在取得蕾諾的協力後，我也曾和精靈們打起交道。

「那個兜帽能拿掉嗎？」

「咦？兜帽？」

莉娜回過頭，東張西望地在找著什麼。

「兜帽怎麼了嗎？」

我施展「創造建築」造出一面鏡子。

「……咦…………？」

莉娜探頭看起鏡子。然而，鏡子上並沒有照出她的模樣。

「唔，原來如此。」

即使用魔眼去看，也依舊看不清楚兜帽後面的長相，只能片斷地看出她的視線與表情。

但那並不是魔法具的效果。

「有某種精靈之力在運作吧。會看不清楚妳的臉，說不定也是因為這股力量。」

「……那麼，我會喪失記憶，也是這個原因嗎？」

「說不定是精靈在作祟。或是——」

我注視著莉娜說道：

「妳知道自己是精靈嗎？」

她點了點頭。

「……從以前就隱約這麼覺得了……現在則是能明確地覺得自己是個精靈……」

「妳說不定是這種精靈。」

「喪失記憶的精靈？」

「沒錯。」

「……那麼，我該不會一輩子都想不起來吧……？」

如果是根據永遠追尋著記憶流浪的傳聞與傳承所誕生的精靈，說不定本來就沒有應該恢復的記憶。在這種情況下，不論怎麼做都無法恢復記憶吧。

「還不清楚。但如果妳覺得自己認識我，就也有可能是精靈作祟導致妳喪失記憶吧。」

我這麼說完，一旁聽著的艾蓮歐諾露就接著說道：

「一定沒問題的喔。我想只要知道是哪個精靈在搞鬼，莉娜妹妹的記憶就會恢復了。」

「……要是這樣就好了。」

莉娜稍微露出微笑。

「妳有頭緒嗎？」

「讓人喪失記憶的精靈嗎？嗯——回想起來的記憶裡沒有這種精靈……不過，只要到接下來要去的地方調查，說不定就會找到唷。」

莉娜表現出一副懷著希望的模樣，笑了起來。

「話說回來，我們打從方才是不是就在同一條走道上繞了好幾圈啊？」

在雷伊詢問後，莉娜點頭同意。

「沒錯唷。這是第四次經過這裡了。」

「這算什麼，是怎麼一回事？」

莎夏臉上浮現疑惑的表情。

「在精靈學舍裡頭，有些地方必須依照規定好的路線走才到得了唷。因為不是魔法，所以就算用魔眼也看不見，不知道的人大概發現不了吧。」

莉娜停在一扇經過好幾次的門前。打開門之後，裡頭是個小房間。沒有擺什麼特別的東西，是一間平凡無奇的房間。

「進來吧。」

莉娜走進房間裡。

「就算要我們進來，但這裡什麼也沒有耶？」

莎夏一副摸不著頭緒的樣子，歪著頭走進房間裡。莉娜在確認全員都進到小房間後，再度把門關上，然後立刻打開。

「……咦？」

莎夏不自覺地驚叫起來。

門後是一片廣大的森林。不對，這不是一般的森林。密集生長的樹木上，代替果實結著無數的書本。

「目的地就是這裡，『書本森林』唷。這座森林的樹所結成的書本上，記載著各式各樣的知識。而綠書上寫著關於精靈的知識。艾尼悠尼安大樹出的考題，就是參考這些書本製作而成的喔。」

「也就是說只要掌握這些書的內容，就能取得好成績啊？」

莉娜點點頭。

「不過，考試範圍反正都是上課的內容吧？」

莎夏詢問著。莉娜搖了搖頭。

「上課終究只是補習，學習是要自己去做的事，這是艾尼悠尼安大樹的教育方針唷。所以在小考時，也會出現沒在課程中教過的問題。」

「這算什麼……太狡猾了……」

「緋碑王也說過類似的話。」

他是認為我不可能在一個星期內網羅一切的出題範圍，所以才沒把賭約放在心上的吧。

而這同時也是他不知道這裡的證據。

「要收集綠書？」

「沒錯。」

米夏把手伸向掉在地面上的綠書。緊接著，書本就長出棒狀的手腳，小碎步地走掉了。

米夏直眨著眼。

「……逃走了……」

「或是說，那是什麼啊？」

長出手腳的書本在森林裡走來走去。才剛這麼想，樹上結成的書本就一齊落下，同樣長出手腳走動起來。

「是書本妖精利藍。這裡的書都是精靈唷。」

莉娜說道。

「哇！光是綠書就好像很多，還要去抓會很辛苦喔。」

「……捉迷藏……」

艾蓮歐諾露悠悠哉哉地笑著，潔西雅有哪裡很開心的樣子。

「要玩捉迷藏的話，我可是從來都沒輸過。」

我這麼說完，展開一百道魔法陣並重疊起來，然後將指尖倏地穿過這個多重魔法陣，發動「森羅萬掌」的魔法，讓右手纏繞上蒼白光輝。只要能超越距離，將森羅萬象納入手中的話，就連數量都會變得毫無意義。

我用「森羅萬掌」的手招了一下。霎時間，綠書就縮起手腳，一齊往我這邊飛來。書本在地面上整齊排列，總共有一千七百九十九本。

我彈了一下食指，所有的書本一起高速翻頁。我用魔眼看著所有書，凝視著書上的內容。

不久後，全部的頁面翻完，一千七百九十九本書闔了起來。

「唔，我記住了。」

「什麼！你記住了？就剛剛那樣？」

莎夏就像嚇了一跳似的叫道。

「阿諾斯頭腦很好。」

「說是頭腦很好，不如說是頭腦很奇怪吧……」

「我只看了一半。」

莎夏用凝重的眼神目不轉睛地看著自己的妹妹，一副想說「我們本來真的是同一個根源嗎？」的樣子。

「放心，記住的只有看的一半。」

「別安慰我啦……我都難過起來了……」

無視在哀嘆什麼的莎夏，我用食指招了一下，一本書隨即飛到我手中。

「莉娜，這裡的書上沒有記載會封印記憶之類的妖精。」

「……這樣啊。不過，緣書也不是所有的精靈都有記載……」

她有點遺憾地低著頭。

「不過，有一頁讓我很在意。」

我翻開寫著第七百七十一卷的綠書，讓莉娜看著其中一頁。

「……愛情妖精芙蘭……？讓得不到回報的愛情化為形體，與其結合的精靈……據說有多少欠缺的愛，就存在著多少愛情妖精……」

莉娜看向下一頁。然而，卻沒有介紹愛情妖精芙蘭的頁面。就唯獨這一頁被人撕走了。

「在這一頁上，有可能記載著關於記憶的事。」

雖說不是所有精靈都有記載，但綠書多達一千七百九十九本，想必網羅了幾乎所有精靈的知識吧。既然如此，就算這張被撕走的書頁上記載著關於封印記憶的精靈，也沒什麼好不可思議的。

「如果是在一百年內被撕掉的話，就有辦法復原吧。」

我對這本書施展「時間操作」。綠書上記載了關於書本妖精利藍的知識，所以我知道它們的起源。

「時間操作」順利發動，將書本的時間倒轉數十年。然而，書頁沒有復原。儘管使用了我的魔力與這本書的起源，將時間盡可能地倒轉回去，但書頁依舊沒有復原。

「……看來是在相當久以前被撕走的樣子。」

到底是沒辦法回到更久以前的過去，只能去找其他辦法了。

「哎，考試範圍已經知道了。再來就只需要記下來。」

「……你說要記下來，這裡有一千七百九十九本耶。期限只有一個星期唷？」

在莎夏一副這不可能的語氣說道後，潔西雅垂下肩膀。

「……我……不擅長……讀書……更……不擅長……背書……」

「咯哈哈，別這麼沒志氣。學習方法就交給我吧。」

在我這麼說後，莎夏有點害怕。

「……我有種非常不好的預感，比方說？」

「『記憶刻印』。只要使用這個魔法，就能將想要的知識刻印在腦袋裡。」

莎夏一副很意外的樣子笑了。

「這不錯耶。」

「或許會有點痛。」

莎夏的表情瞬間沉下來。

「喂，你說的絕對不是有點痛吧……？」

「我也不曉得，畢竟疼痛是因人而異。總之是將一般記不下來的記憶，用魔法硬是刻印在腦袋裡。如果是這一本的量，平均大概會有被拔指甲程度的痛楚吧。」

「這裡有一千七百九十九本耶！」

「唔，如果怕痛，就使用『時間操作』吧。只限定在大腦活動的話，能將時間延長到外界的一百倍左右。接著只要施展『意念領域』，就能將書本的內容直接傳到腦海裡。」

「我算算喔，一個星期的一百倍是……」

在莎夏歪頭計算起來後，米夏回答道：

「約兩年。」

「……我的頭好暈。」

「沒什麼，別擔心。」

我告訴面對著一千七百九十九本書不知所措的部下們一件事。

「在兩千年前，這種程度的知識包含應用在內，要是無法一晚記住的話就難逃一死。所以我針對各種魔族的特性，開發了一應俱全的學習方法。」

我向面露不安的他們溫柔說道：

「只要一個星期，我就能讓你們成為不論到哪裡去都不會丟臉的優秀精靈學者。」

§ 28 【魔王的答案】

一個星期後，在艾尼悠尼安的教室裡——

當鐘聲與鈴聲響起，講臺大樹就浮現臉孔。艾尼悠尼安大樹發出沙啞的聲音。

「那麼，今日要進行小考。」

從大樹上陸陸續續落下某種東西。是白色的書本。這些白書長出手腳，小碎步地走動起來。是書本妖精利藍。他們一本一本地分別走到學生們的手邊，自行翻開書頁。

第一頁上寫著「精靈學舍小考」這個標題。

「如各位所見，小考題目就寫在這些書本妖精利藍上頭。請以專用的鵝毛筆在書上直接作答即可。考試中嚴禁偷看其他同學答案之類的舞弊行為。如果發現有人舞弊，老朽就會請他進到火山精靈伊多阿姆的火山口裡喔。」

書本妖精利藍將黏在身上的鵝毛筆自行取下，分別遞給每一位學生。

「限制時間為一個小時。那麼，請開始作答。」

「鈴、鈴」的鈴聲響起，小考開始了。

我拿起鵝毛筆，翻開書本。

第一題是——

『仔細看、仔細想。雖然是精靈，但根據不是傳聞的精靈，指的是什麼呢？』

這與其說是考題，不如說更像是猜謎。

我把綠書上記載的所有精靈全都記下來了。也有讓潔西雅與粉絲社的少女們這些不擅長背書的人牢牢記住書本的內容。

如果是一般的考試，光是這樣就能讓全員輕易拿到滿分；但猜謎就另當別論了。就算具備知識，要是不動腦筋就想不出答案。

這個第一題，正常來講答案應該是「沒有這種精靈」。根據傳聞與傳承形成根源而誕生於世的存在，是精靈最根本的定義，如果不是根據傳聞形成，就不會被視為精靈。

但這是錯誤答案。

這題的正確答案是「六腳精靈吉戒庫」。吉戒庫在古代精靈語的意思是「不是傳聞」。

也就是照字面上來講，他就是根據不是傳聞的精靈了。當然，這就只是在玩文字遊戲。

無法否認有種為了猜謎，稍嫌牽強附會的感覺，不過答案是「吉戒庫」的最大根據，就是畫在題目下方的神祕立方體。

雖然很不明顯，但有六條線從立方體上凸出來。這張圖毫無疑問畫得很爛，但這六條線也毫無疑問是六腳精靈吉戒庫的腳。

「仔細看、仔細想」這句話，就是在指這張圖。

緋碑王會輕易答應賭約，肯定是因為他知道這間精靈學舍的考試是這種類型。大抵是認為我的話姑且不論，但其他人很難回答得出這種答案吧。

太天真了。我向艾尼悠尼安拿了考古題，早就掌握好出題傾向與對策了。這次小考因為我提出的條件，使得考題數量變得相當龐大。然而，必須出考題的艾尼悠尼安，能力並沒有突飛猛進。這大幅削減了他以新傾向出考題的時間，使得他不得不沿用或是沿襲考古題。當然，我有在綠書上確認過，他並不是靠精靈特有的不可思議力量在出考題。

而且我還在這一個星期內找艾尼悠尼安聊天，請他幫我畫了所有精靈的圖畫。我推測他雖然沒有繪畫才能，但是在繪畫上有著某種堅持，而我猜對了。艾尼悠尼安的圖雖然畫得很爛，但只要請他畫某個精靈，就每次都會畫出同樣的圖畫。也就是說，只要他畫六腳精靈吉戒庫，就會是這個神祕的立方體。

考慮到除了考古題外，還會出新考題，他就很可能會大量加入之前上課時只有我回答出正確答案的那種難題，所以我也讓部下全員記住了艾尼悠尼安畫的圖畫。此外還包含猜謎在內，澈底預習了可能會出的一切考題。就算拿不到滿分，也確實能拿到九十分以上吧。

我看起下一道題目。

『愛是記憶，記憶是愛。追尋著愛浪跡天涯的精靈名字是什麼呢？』

唔，這題我不知道。記載在緣書上的精靈之中，沒有符合條件的精靈。既然出題範圍是緣書的內容，就用消去法回答「愛情妖精芙蘭」嗎？認為在被撕走的頁面上記載著跟這題相關的內容會比較妥當吧。

總之就先暫定答案是「愛情妖精芙蘭」寫上，進入下一道題目。

「…………」

不太對勁。

我的部下全員的下筆速度都很慢。至於潔西雅，則是打從第一題就停住了。

如果是現在的潔西雅，應該能輕易作答才對，但她的手卻完全停下來了。

為什麼？單純來想，就是題目跟我不一樣吧；但題目應該是所有學生都一樣。既然如此，或許是有人把題目改掉了。

就緣書上看來的知識，艾尼悠尼安大樹作為教育精靈的特性，在看穿舞弊的魔眼上十分優秀。而這股力量在他體內會更為增強。

儘管不認為艾尼悠尼安會沒發現到有人改寫題目，但還是確認一下比較好吧。偷看其他人的答案會有被視為作弊的風險，不過現在就只能瞞過教育大樹的魔眼(監視)了。

「真是遺憾啊，魔王。吾輩對汝的想法可是瞭若指掌。」

緋碑王基里希利斯一面行雲流水地作答，一面如此說道。下一瞬間，教室四角冒出突破大地的巨石——緋紅色的碑石。那是緋碑王製作的魔法具。

「是在這兩千年間，持續儲備魔力的碑石喔。」

緋紅色的碑石上浮現魔法文字。是「魔眼強化」的魔法。其效果限定在這間教室裡，強化艾尼悠尼安大樹的魔眼。

要是艾尼悠尼安大樹看穿舞弊的魔眼特性，搭配上緋碑王在長達兩千年之間持續儲備魔力的碑石之力的話，想要瞞過他的魔眼（監視）到底是很困難。而且我還受到如此注目。

「唔，看來在這兩千年間，你並沒有閒下來啊，緋碑王。」

「汝還有空故作從容啊？剩下不到一個小時，汝的根源就是吾輩的了。」

緋碑王得意揚揚地說道。

「因為你對考卷動了手腳嗎？」

他扭曲著臉孔。

「有證據嗎？看他人的考卷，應該是作弊行為喔？」

他用魔法陣形狀的魔眼看過來，十分刻意地這麼說。一副他就是這麼做了的態度，很有這個男人的風格。

「這也要視時間與場合而定。」

我起身走到潔西雅的座位旁，從她背後探頭看著白書的內容。

第一題。題目上寫著：『仔細看、仔細想。雖然是精靈，但根據不是傳聞的精靈，指的是什麼呢？』

跟寫在我書上的題目完全相同。

「呵呵呵！真是遺憾啊，魔王。汝或許認為要是題目不同的話就不會受到譴責，但這下汝就要因為舞弊行為不及格啦！」

「舞弊？你是指什麼？」

「難堪的藉口可是不管用的。不論汝再怎麼強辯，汝的行為就是在作弊。好啦，艾尼悠尼安，判定這傢伙不及格吧！」

基里希利斯興高采烈地喊道。

「這可沒辦法呢。」

艾尼悠尼安這一句話，讓緋碑王的臉孔扭曲起來。

「……什麼……！汝在說什麼啊！」

基里希利斯一副正義在我的模樣不肯罷休。

「這傢伙可是作弊了！汝該不會是想說她還沒作答，所以這麼做不算舞弊吧！」

「唔，為什麼你知道她還沒作答？」

基里希利斯啞口無言。這就叫不打自招。

「……那、那個小丫頭打從方才就沒有動筆。這種程度就算不看也能想像得到吧？」

「喔，你在考試中觀察得還真是仔細啊。」

「閉嘴，魔王！最重要的是汝作弊的行為，這可是百口莫辯的事實。」

「你會在交卷後作弊嗎？」

「什麼……？」

他直盯著我的樣子瞧，然後突然驚覺地看向我的座位。那裡沒有緋碑王在找的東西。

「……汝把考卷藏到哪裡去了？」

「我早就交卷了。」

「沒錯。」

艾尼悠尼安沉聲答覆。他的樹枝上，掛著一本白書。

「如你所見，老朽已收下阿諾斯的考卷了。」

「……怎……怎麼可能……！才開始不到五分鐘……就連作答的動作都……」

「咯哈哈，就因為你光是在注意魔力，才會連我下筆的動作都看不見。」

緋碑王在監視著我。不過，我以他的魔眼看不見的速度翻頁，在考卷上作答。

「哎，這不是比速度的考試。你別急，就照自己的步調慢慢寫吧。不然的話，說不定會不小心寫錯答案喔？」

就像怒髮衝冠似的，基里希利斯的臉孔扭曲成一團。

「啊~不過阿諾斯，雖說已經交卷了，但可不要妨礙其他學生作答了。你要是再吵鬧下去，老朽就會扣你的分，取消你參加精靈試煉的資格喔。」

「這還真是抱歉，我就老實待著吧。」

我在這麼說後回到座位上。

那麼，該怎麼做？潔西雅的題目沒有被改寫。但要是這樣的話，她不可能答不出來。

也就是說，認為題目在我看的瞬間恢復了會比較妥當吧。倘若是這樣，現在題目恐怕又被竄改了。是基里希利斯在搞鬼吧，但抓不到證據。要是在考試中做出更大的動作，就會被取消參加精靈試煉的資格。可能就算抓到他搞鬼的證據，也依舊會被取消參與試煉的資格。

這樣一來，就只剩一個方法了吧。雖然想盡可能保留魔力，但沒辦法了。

艾尼悠尼安大樹的魔眼是朝向作為精靈學舍的自身體內。也就是說，如果是在外頭，他就無法發揮看穿舞弊的力量。哎，即使被看穿，我想也毫無意義就是了。

我在艾尼悠尼安大樹外頭展開魔法陣。從窗外灑落的陽光消失，倏地蒙上一層陰影。

潔西雅與米夏她們行雲流水地作答著。我就這樣慢慢等到考試結束。

很快地經過一個小時後，鐘聲與鈴聲響起。

「請停筆，開始回收小考考卷。」

書本妖精利藍自行闔上，把筆拿走，再度小碎步地朝大樹走去，就這樣爬到樹上，鑽進樹葉之中。

樹枝大幅搖晃起來。

「嗯，那就來發表考試成績吧。」

艾尼悠尼安大樹迅速打完成績，以嚴厲的語調說道：

「伊杰司．柯德，八十五分。」

冥王伊杰司一臉「大概就這樣吧」的表情。

「凱希萊姆．姬斯緹，八十一分。」

詛王的其他人格姬斯緹安心地吁了一口氣。

「基里希利斯・德洛，八十分。唔唔，你這次的成績好像下降了啊。雖然至今一直都是第一名，但下次可要好好挽回。」

緋碑王凝膠狀的臉通紅起來，就像充滿屈辱似的扭曲著臉孔。大概是被我太早交卷的速度給動搖到，導致他亂了作答步調吧。

「阿諾斯・波魯迪戈烏多，真是漂亮。一百分滿分。」

唔，就只有第二題無法確定，但看來是猜中了啊。

「米夏・涅庫羅，妳也考得很漂亮，一百分滿分。」

米夏直眨著眼。

「莎夏・涅庫羅也是一百分滿分。」

莎夏就像當然似的微笑著。

「艾蓮歐諾露・碧安卡，一百二十七分。」

「哇！」

「這算什麼？」

「什麼，居然是一百二十七分……！」

驚叫起來的人，分別是艾蓮歐諾露、莎夏，還有基里希利斯。

「……那個，一百分是滿分，我卻考了一百二十七分？」

艾蓮歐諾露一副不可思議的樣子說道。

「潔西雅．碧安卡，一百五十分。很厲害喔。」

「……滿分以上……還是第一次……」

接著，艾尼悠尼安大樹陸續發表著雷伊、米莎，還有粉絲社少女們的分數，全員都是一百分以上。

「嗯，竟然在這麼短的期間內拿到這麼好的成績，還真是一群優秀的學生啊。老朽就依照約定，授予你們參加精靈試煉的資格吧。」

「不對、不對，汝這是在說什麼啊？吾輩完全無法理解。」

緋碑王站起身，左右搖著腦袋說道：

「全員都一百分以上，未免也太奇怪了。難道不是做了什麼舞弊行為嗎？」

「在老朽的監視之下，絕無任何舞弊行為。」

「不可能啊。希望汝能多動點腦袋。這是讓人難以想像的情況吧？說到底，滿分不是一百分嗎？」

「沒錯。不過要是獲得加分的話，有時也會超過一百分。」

「到底是要怎樣加分才會變成這樣啊？吾輩難以理解。比方說，難道不是汝等做了什麼私下交易嗎？」

浮現在大樹上的臉孔蹙起眉頭。

「身為教育大樹，老朽絕不會做出此等徇私舞弊之事。」

「要是沒有徇私舞弊，能讓吾輩看一下考卷嗎？吾輩要檢查是否有不正當的行為。不然吾輩是怎樣也無法接受。」

「嗯，好吧。就用你的眼睛確實看看吧。」

在艾尼悠尼安大樹這麼說後，書本妖精利藍就陸續從大樹上掉下來。

「沒用的，緋碑王。我沒有做出任何舞弊行為。」

「這種說法，就像在說汝有舞弊一樣吧？」

還真虧舞弊的犯人有臉說出這種話來。哎，就讓他盡情去找吧。

基里希利斯施展魔法，同時翻開好幾本書。他一彈指，書頁就嘩啦嘩啦地翻了起來。

「唔……」

基里希利斯指著其中一頁。是莎夏的考卷。

「艾尼悠尼安，這是怎麼一回事？第二十七題的答案是『熔岩死者』。她的答案是『戴德利希』。這兩個是完全不同的精靈吧？」

「嗯，可是看到考卷，讓老朽想到原來也有這種解釋。在人生當中，答案有時並不只有一個。有時也會發現到新的解答。就這層意思上，『戴德利希』也是正確答案。」

基里希利斯扭曲著凝膠狀的臉孔，指著另一張考卷。是艾蓮歐諾露的考卷。

「這題也是。吾輩想請汝說明一下。第十五題，在問跟釣魚有關的精靈數量。正確答案是『十七』。但考卷上卻是寫著『二十一』。」

「嗯，仔細想想，吉斯拉、梅特、阿諾維與畢拉這四隻是船的精靈。她的答案讓老朽注意到，船的精靈也能看做是跟釣魚有關。因此，作為正確答案，同時還讓老朽注意到了這一點，老朽幫她加了二十分。」

「不會吧……這樣就加分了？」

「很奇怪嗎？」

「既然如此，那這是怎麼一回事！」

基里希利斯語氣粗暴地指著潔西雅的考卷。

「第七、九、十七、五十一、六十七題上寫著『我不知道』。這樣還能拿一百五十分，不論怎麼想都很奇怪吧！」

潔西雅一看到那張考卷，就忙不迭地搖起頭來。

「老實承認不知道，可是難能可貴的行為啊。這也是一種正確答案。對於她誠實的態度，老朽幫她加了五十分。」

「……什麼……！」

基里希利斯無言以對。到底是注意到不太對勁了吧。

「……該、不、會……這是…………？」

基里希利斯緩緩地朝我轉頭看來。

「不過就是寫錯答案，難道你以為就拿不到滿分嗎？」

緋碑王一副驚愕的模樣顫聲說道：

「……貝努茲多諾亞……也能用在戰鬥之外……？」

「我不記得有說過不能喔。」

我施展起源魔法「魔王城召喚（德魯佐蓋多）」，將魔王城召換到艾尼悠尼安大樹的上空。這裡已在我的懷中，理滅劍的影響之下。我用這股力量，將我的部下寫錯答案的道理消滅掉了。

「我應該說過了才對，我沒有做出任何舞弊行為。只是把寫錯答案就拿不到分數的道理消滅掉了。」

在就算避開也一樣能砍中的理滅劍之前，就算寫錯答案也跟寫對一樣，就連要加分也是易如反掌。即使交白卷也能拿到一百分吧。

只不過，又是一件怪事。我不記得曾讓緋碑王見識過貝努茲多諾亞。傑魯凱的時候也是，看來是有人在洩露我的情報啊。目前看過理滅劍卻還活著的人，只有諾司加里亞和在魔劍大會上現身的面具魔族吧。是他們其中一個告訴緋碑王的可能性很高。

「……該死的魔王……用這種骯髒手段……」

太過屈辱，基里希利斯的臉孔扭曲成一團。

「骯髒手段究竟是在說誰啊？至少我可沒有對考卷動手腳。」

我當場撿起一本白書。是潔西雅的考卷。彈指後，白書一頁一頁地翻開。基里希利斯用魔眼看過去。

「看起來不像是被動過手腳呢。」

「因為你把證據消除掉了。」

我用手指壓住頁面，施展「時間操作」的魔法將考卷的時間倒轉回考試的時候。

隨後，那一頁的題目就變了。是第一題。

『仔細看、仔細想。雖然是精靈，但根據「是」傳聞的精靈，指的是什麼呢？』本來的題目應該是「根據『不是』傳聞的精靈，指的是什麼呢？」，改成這樣是不可能知道答案的。

「而像這邊還真是過分。答案被竄改了。」

在施展「時間操作」把時間倒轉後，潔西雅寫著「我不知道」的答案，就變成了「治癒螢賽涅提羅」。

「啊……」

潔西雅露出一臉開心的表情。

「恢復……了……我……有好好……寫出來……」

其他的題目與答案也都一樣。不是變成不可能答出正確答案的題目，就是正確答案被竄改掉了。

基里希利斯狼狽地全身顫抖，向後退開一步。

「你差不多該把腦袋裡的水換新了。看來都臭掉，只能作出腐敗的思考了。」

§ 29 【古尼艾爾階梯】

聽到我這麼說，緋碑王基里希利斯呵呵笑起。

「好吧。不過，可千萬別認為這場賭注是汝贏了。要是沒有理滅劍，汝的敗北就是無可動搖的啊。」

基里希利斯就像是要維持他的自尊心般，擺出從容的態度。想必心裡慌得不行吧。

「有人舞弊是讓吾輩嚇了一跳。不過，這又怎麼了？有這是吾輩做的證據嗎？」

真是個死不認輸的男人。

「會動這種手腳的人也就只有你了。」

「這可算不上是證據呢。對吧？艾尼悠尼安大樹。」

在緋碑王如此詢問後，艾尼悠尼安呻吟起來。

「……嗯唔……就連老朽的眼睛，也無法看穿這次的舞弊行為啊。老朽不會懲罰只是有嫌疑之人，今後會注意不讓這種舞弊行為再度發生……」

隨後，緋碑王就得意揚揚地扭曲著腦袋。

「正如汝聽到的，魔王。汝這是在無的放矢啊。」

「輸了還一臉得意，你的自尊心真是低到讓人傻眼。」

基里希利斯啞口無言，就只是憤恨地瞪著我。

「依照契約，就請你回答了。」

我朝著臉孔再度扭曲起來，就像是一臉屈辱似的基里希利斯問道：

「你的『上頭』是精靈王嗎？」

他露出驚訝的反應。

「……汝說得沒錯……吾輩的『上頭』是精靈王……」

他彷彿在瞪著我似的，讓魔法陣形狀的魔眼亮起，一副很不甘心被我說中的模樣。

決定性的證據，是他能瞞過艾尼悠尼安大樹的魔眼，對書本妖精利藍動手腳這件事。要是不借助精靈王之力，是不可能這麼順利的。

「沒想到你會屈就在精靈之下啊。」

「只要能進行研究，不論是之上還是之下，都與吾輩無關。就像之前說的，這個場所很適合進行魔法研究。藉由研究精靈之力，讓吾輩的魔法得以窺看到更深的深淵。」

「喔，既然如此，要放棄當精靈王的部下，加入我的麾下嗎？我會讓你見識到遠遠超出你兩千年研究成果的魔法深淵喔。」

像是被激怒似的，基里希利斯臉上長出數十根荊棘，活像顆海膽。

「別自命不凡了，魔王。以為吾輩會跟輕視、冒瀆魔法研究的汝合作嗎！」

「別在意，我就只是姑且邀請看看。如果想靠魔法研究超越我，加入我的麾下是最快的途徑吧？」

基里希利斯的身體發出黑光，震飛周遭的花草。魔力粒子在他體內互相衝突，劈啪作響地迸出激烈火花。

「汝是要藐視吾輩到什麼時候？吾輩應該說過，吾輩在這兩千年間已遠遠超越汝的骨董魔法了。」

「如果自認為超越我，你就不會發這麼大的火了。會對他人的戲言一一產生反應，就表示你的器量狹小啊。」

緋碑王難掩怒火瞪來的視線，我堂堂正正地面對著。

「汝給吾輩記住了。抵達未盡深淵之底的人不會是汝，而是吾輩，緋碑王基里希利斯．德洛。」

哎，我並不討厭他熱衷研究的性格，無奈眼光太過短淺是美中不足之處。

「抱歉，我現在有比深淵之底還要在意的事。」

就像感到不耐似的，基里希利斯的臉孔扭曲起來。對他來說，沒有比魔法研究還要優先的事了吧。

「精靈王是怎樣的精靈？」

「自己去調查。『契約』的範圍沒有包括要回答這種問題。」

丟下這句話，基里希利斯就回到自己的座位上坐好。

他加入精靈王的麾下，聽從其命令將副官派往德魯佐蓋多。假設襲擊艾蓮歐諾露與潔西雅是基於研究目的，那麼副官會說出為了讓較量智慧的比試得以成立的發言，就能認為是精靈王的指示了。

而既然詛王與冥王的部下也同樣做出為了讓較量智慧的比試得以成立的行動，就表示他們三人在當時有著同盟關係吧。要是這樣的話，在較量智慧這件事上，說不定全是精靈王所策劃的。

是精靈王在協助諾司加里亞嗎？或者，是被祂威脅了？

無論如何，我在兩千年前的部下會遭到神隱，看來並不單純只是因為這間精靈學舍的規矩啊。

「嗯，那就繼續上課吧。」

艾尼悠尼安大樹的聲音響起。

「考到一百分的新同學們是自不待言，這次教室裡的所有學生都有資格接受精靈試煉。想接受試煉的學生，請在下次鐘響之前離開教室，走階梯前往試煉之間。」

隨後，緋碑王基里希利斯、冥王伊杰司與詛王凱希萊姆的其他人格姬斯緹便一齊起身，離開了教室。

「我們走吧。」

我在向米夏他們說道後，也跟著起身離開教室，踏上就在一旁的階梯。

途中收到梅魯黑斯傳來的「意念通訊」。

「怎麼了？」

『關於魔王再臨的典禮，目前總算是準備好要向迪魯海德各地發出通知了。遵照吾王的吩咐，會在通知階段先隱瞞暴虐魔王乃是阿諾斯大人一事，只對外發表阿伯斯・迪魯黑比亞乃是虛假的魔王。等到典禮之際，再向民眾介紹真正的吾君。日程就一如預定，正好就在一個月之後。倘若沒問題，今日就會以魔法轉播向各地發布通知。』

梅魯黑斯目前正遠離密德海斯，藏身在其他地方。這是因為雖然理由不明，但他似乎被盯上的樣子。所以典禮是由以統一派為主的他的部下進行準備。至於其他的七魔皇老，為求謹慎也讓他們潛藏起來了。因此讓典禮的通知稍微耽擱了一點時間的樣子。

「你別現身。典禮通知就交給艾里奧去做。」

『遵命。』

有一個月的話，應該就能結束掉這場糾紛吧。那是和平的典禮。想在沒有後顧之憂的情況下舉行。

『話說回來，德魯佐蓋多的魔力好像從密德海斯消失了？』

「是啊，我有事要用。馬上就會返回原處了吧。」

「魔王城召喚」能移動魔王城的時間是五分鐘。只要時間過去，德魯佐蓋多就會再次回到原本的位置。我是在打成績之前召喚德魯佐蓋多的，所以也差不多了吧。

要是就這樣維持召喚使用理滅劍的話，說不定能輕易見到精靈王，但無奈魔力的消耗太大。既然不知道之後還會發生什麼事，為了避免在關鍵時刻耗盡魔力，還是先保留實力會比較好吧。

畢竟不是只要見到精靈王，事情就會到此結束。

「其他還有什麼事嗎？」

『沒有了。那麼等到魔法轉播開始時，老身就施展「遠隔透視」將畫面傳送過來。』

「交給你了。」

『遵命，那麼老身就先告辭了。』

「意念通訊」結束了。

「喂。」

莎夏就像忽然想到什麼似的問道：

「我剛剛在想，其他學生目前正在德魯佐蓋多裡頭上課吧？」

「是啊。」

「在你召喚德魯佐蓋多後，裡頭的學生會怎樣啊？」

「這個啊？在召喚過來的期間，原本的位置上會出現一座用『創造建築』創造的德魯佐蓋多複製品。不用擔心裡頭的人會跟著真正的德魯佐蓋多一起移動過來。」

總之就是讓裡頭的人維持原狀，將真正的城堡與複製的城堡調換過來。如果沒有很好的魔眼（眼睛），是不會注意到德魯佐蓋多被我召喚，替換成虛假城堡的吧。

「到了。」

米夏說道。走完階梯後，看到那裡擺著一張木牌，上頭刻著「試煉之間」的文字。環顧四周，有著約二十座往上的階梯，而前方則長著一棵宛如柱子般的大樹。那棵大樹忽然浮現出一張跟教室大樹相同的臉孔。

「嗯，來得好。那麼接下來，老朽就針對精靈試煉進行說明吧。」

艾尼悠尼安大樹的聲音響起。

「接下來當各位同學要前往上層時，將會遇到各式各樣的精靈阻攔，受到許許多多的試煉。只要能漂亮地通過試煉，抵達精靈王所在的艾尼悠尼安頂端的話，就算是合格了。不過，精靈所給予的試煉規則是絕對必須遵守的。要是違反規則，將會永遠無法抵達頂端，不斷地爬著階梯。」

也就是說，即使想強行突破也沒有用啊。

「另外考生之間的交談並不會違反規則。不論是要互助合作，還是互相欺騙，都沒有限制。這也是試煉的一部分喔。」

其他考生可能是敵人，也可能是夥伴嗎？儘管不覺得四邪王族會成為我的夥伴，但能彼此交談倒是挺方便的。

「那就馬上來介紹最初的試煉吧。試煉名為古尼艾爾階梯。接下來要請各位在這二十座階梯當中，選擇一座前往上層。只不過，一座階梯只能一個人選，無法選擇相同的階梯。」

意思是不同的階梯有著不同的試煉嗎？

「在這二十座階梯當中，只有五座能通往精靈王所在的頂端。」

「那個，選到其他階梯的人會怎麼樣？」

艾蓮歐諾露不可思議地詢問。

「呵、呵、呵！選到錯誤階梯，就會再度回到這個地方。這種時候就算是不合格。」

「可是，這樣在挑戰試煉之前，要是運氣不好就沒辦法抵達頂端喔。」

「沒錯。」

艾尼悠尼安大樹堂堂正正地說道：

「古尼艾爾階梯的別名也叫做試運氣的階梯。最初的試煉內容一如其名，是要測試各位的運氣喔。」

唔，打從最初似乎就是個挺難纏的試煉啊。

§ 30 【魔王的試運氣】

「那麼，在老朽宣布開始後，就請各位登上自己喜歡的階梯吧。要選哪一座階梯，可是先搶先贏喔。」

艾尼悠尼安大樹的聲音響起。儘管說是先搶先贏，但既然是在比運氣，那麼就算搶快也沒什麼意義吧。

「可以用跑的，但妨礙他人就視同違規。一旦違規，就會喪失資格。當有人同時踏上同一座階梯時，老朽會進行判定，到時請在原地等到結果出來為止。」

眾人耐心聽著試練的規則。

「此外，精靈試煉除了本來的道路外，不承認其他通過的方式。破壞牆壁或是施展『轉移』移動將會喪失資格，還請各位同學注意。」

也就是無法在得知正確的道路後，施展「轉移」跟其他人會合啊？假如不這樣規定，就算不上試運氣了。

「那麼，各位同學準備好了嗎？精靈試煉，開始！」

試煉開始的宣告響起。

在二十座階梯當中，正確的有五座。如果所謂的試運氣是事實，抵達精靈王所在的機率就是四分之一啊。當在場全員都還在打量階梯時，緋碑王基里希利斯率先走出。

「還真是愚蠢呢。沒有比在試運氣時遲疑不決還來得滑稽的事了。」

他一如宣言，毫不遲疑地選了左邊數來第十五座的階梯走上去。

「對了，吾輩忘了說一件事。」

基里希利斯走上幾階後，就扭著凝膠狀的脖子回頭。

「汝不會在這場試煉中合格喔，魔王。因為這是在試運氣，而汝的運氣糟透了。」

他說了耐人尋味的話。

「繼考卷之後，這次是對階梯動了手腳嗎？」

「汝有證據嗎？就只是汝即使不合格，也沒什麼好不可思議的。畢竟有四分之三的機率選到錯誤的階梯。倒不如說，沒選到正確的階梯就主張試煉有問題的話，對其他人來說才是不公平吧。」

唔，還真是饒舌。依他的個性來看，還是認為他趁著試運氣的機會，動了某種手腳會比較好。

「呵呵呵。」

基里希利斯發出毛骨悚然的笑聲。

「你就用理滅劍吧。」

留下這句話，基里希利斯走上了階梯。階梯前方擋著一扇門，讓人無法看出這座階梯是不是正確答案。

「無聊的試煉。」

冥王伊杰司低喃著，用獨眼的魔眼(眼睛)大略掃視了一下階梯。他選擇最右邊的階梯走上去。

「……這種事是凱希萊姆大人比較擅長，他能不能回來啊……」

詛王的戀人姬斯緹一面抱怨，一面走上左邊數來第三座的階梯。

「全員有十六人，以機率來講大概會有四個人選到正確的階梯吧？雖然也得看四邪王族有幾個人選對，但最差也會有一個人選到。」

就算姬斯緹、伊杰司與基里希利斯他們三人全都選到正確的階梯，剩下的十七座當中也有兩座是正確的。我們有十六人。就如莎夏說的，會有一個人能保證選到正確的階梯。

「可是，假如不是阿諾斯大人過去，就沒意義了吧？」

聽米莎這麼說，雷伊爽朗地微笑起來。

「我想最壞的情況，也只要有人見到精靈王，拜託他釋放辛．雷谷利亞與阿諾斯的部下們就好了。」

「就算你這麼說，但果然還是阿諾斯弟弟過去最為確實吧？」

艾蓮歐諾露豎起食指。既然不知道精靈王是何方神聖，最好就是由我去見他了。

「真的靠運氣？」

米夏直盯著我，說出疑問。

「這很難講，看四邪王族選得毫不遲疑，就覺得事情未必是這樣了。儘管不知道他們究竟在這裡待了多久，但這次不會是他們第一次接受精靈試煉。」

「有看出正確階梯的方法？」

我點了點頭。

「或是就算選到錯誤的階梯，也有方法走回正確的道路上。」

我就像在詢問似的看著莉娜。

「……抱歉……雖然我好像看過這個階梯，但是想不起來……不過，我好像知道那個方法的樣子……等走上去後，或許就能想起來了。」

是可以期待，但等走上去後就來不及了。

「就算用正攻法，也不一定能選到正確的階梯。聽緋碑王的口氣，他十之八九是動了什麼手腳吧。像是讓我走上去的階梯絕對會通往錯誤的道路。」

由於階梯是精靈，所以並非不可能的事。而且就算我選到錯誤的階梯，以機率來講也不奇怪。就算讓我一定會選到錯誤的階梯，也只要主張是我運氣太差就行了。

如果使用理滅劍，就能輕易解決這個問題，但緋碑王說的話也很讓人在意。他說不定是想讓我持續使用理滅劍，消耗我的魔力。

雖說德魯佐蓋多還在艾尼悠尼安大樹的上空，不過一旦拔劍，魔力的消耗果然不是其他魔法能比得上的。不能隨便就稱了他的意。

「我、我們就算選到正確的階梯，也很困擾吧？」

愛蓮說道。

「對呀，老實說，我沒自信突破試運氣以外的試煉……」

「要是能把我們選對的階梯讓給阿諾斯大人就好了。」

粉絲社的少女們各個露出不安的表情，你一言我一語地說道。

「唔，妳說了個好主意。就這麼辦吧。」

「咦？」

我向前踏出一步，詢問起教育大樹。

「艾尼悠尼安，要到何時才會知道選到的階梯是正確的？」

「嗯，門後的階梯如果是往上的話，那條道路就會延續到頂端；如果是往下的話，就是會回到這裡的道路喔。」

「……唔……？」

這樣的話，或許可行。我伸出右手，在整個地面上畫起魔法陣。

艾尼悠尼安大樹發出驚疑聲。大概是因為我施展「幻影擬態(rainеru)」的魔法，將十六人全員的身影隱藏在瀰漫的黑暗之中吧。接著再施展「隱匿魔力」將全員的魔力隱藏起來，不讓艾尼悠尼安大樹發現到地施展「意念通訊」，向全員告知我接下來要做的事。

「我知道了！」

「我絕對不負所望！」

「請交給我吧！」

粉絲社的少女們幹勁十足地喊著。我在施展「某個魔法」後，解除「幻影擬態」，消除掉瀰漫的黑暗。

「……唔……！」

艾尼悠尼安大樹驚叫起來。這也在所難免。因為在黑暗散去後，出現的十六人全是阿諾斯·波魯迪戈烏多。我施展「幻影擬態」的魔法改變了全員的模樣。

「你這是打算做什麼？」

「考慮到方才小考的情況，為了避免有人暗中搞鬼，我想作好萬全的準備。」

在十六個我當中，其中一人走出來說道：

「只要古尼艾爾階梯有這個意思，就能有意圖地在這場試煉中把我淘汰掉。」

「不會做這種事的，老朽可是教育大樹啊。」

「舉例來講，就假設大精靈蕾諾還活著吧。如果這事攸關她的性命，你會怎麼做？」

「……這……」

「為了守護自己等人的母親，你們精靈應該會不擇手段。我有說錯嗎？」

艾尼悠尼安大樹感到過意不去地說道：

「你說得沒錯。」

「既然如此，也能認為你們會為了守護精靈王做出不公正的行為。」

「……就可能性來講，老朽無法否認……不過，這次絕對沒有做出這種行為……」

「唔。哎，我也不想相信精靈會與我為敵。畢竟我自認和蕾諾建立了還不錯的關係。」

蕾諾的名字立刻發揮效果，艾尼悠尼安大樹不自覺地呻吟起來。

「一直懷疑下去也沒完沒了。但只要這麼做，你就無法有意圖地讓我在這場試煉中淘汰。不論我有沒有通過試煉，雙方或許都不會留下遺恨吧。」

我施展「幻影擬態」將十六人全員都變成我的模樣。既然不知道誰才是真正的我，就無法有意圖地將我淘汰掉，也就是這場試煉會是貨真價實的賭運氣。

「我會在開門後解除『幻影擬態』的魔法，讓你看到原本的模樣。假如你沒有做出不公正的行為，應該就無所謂吧？」

「……嗯，老朽知道了。如果這樣能消除你的疑慮，就隨你高興吧……」

我咧嘴一笑，向其他人說「走吧」。十六個我分別來到不同的階梯前，一起走上去。走沒多久，眼前就能看到一扇門。十六人全員抵達門前。就像配合著其他人的呼吸，我們一齊將門打開。下一瞬間，愛蓮眼前看到的是一座往下的階梯。

「好耶，我選錯了。還能夠模仿阿諾斯大人，我今天或許很走運喔。」

解除「幻影擬態」後，她從我的模樣恢復成原本的愛蓮，握緊雙拳，開心地走下階梯。

而在我本人眼前，有著一座往上的階梯。

「唔，看來是選對了。」

我施展「意念通訊」向米夏他們聯絡。

「還有其他人選對嗎？」

語罷，就聽到雷伊答覆：

『我的運氣似乎很好呢。』

接著聽到米莎的聲音。

『啊哈哈……我也選對了……』

三個人選對啊？二十座階梯裡有五座是正確的，所以在諾司加里亞、緋碑王、詛王與冥王之中，有兩個人選對了。認為是在先行離開的三個人之中，有兩個人知道正確的階梯會比較妥當，但無法斷定。

「那麼，就走吧。」

我開始走起通往頂端的階梯。

當然，我會選到正確的階梯，並不是因為我運氣好，而是我在施展「幻影擬態」的同時，一塊施展了融合魔法「根源等分融合」把十六人全員的根源分成十六等分，再從各自的根源碎片中分別取走一塊，將總共十六塊的根源碎片融合起來。

也就是直到方才為止，十六個人全都是我。正確來講是我分成了十六等分。當然，這十六個人既是我，也是莎夏、米夏、雷伊與粉絲社的少女們。

當「根源等分融合」解除，讓我的根源恢復原狀時，被分成十六等分的根源就會往其中一個聚集起來。

所以我預先對魔法設定好條件，讓根源往選到往上階梯的那一個聚集。

這十六座階梯分別有四分之一的機率通往正確道路。既然如此，只要把我分成十六個人就好。這樣一來，不論正確不正確都能全部走上一遍，之後再從中選擇正確的道路就好。

「嗯……？」

在我往上走的途中，感受到不自然的魔力流動。是從牆壁對面傳來的。

「是誰？」

在我質問後，牆壁對面回應著一道熟悉的聲音。

「啊，是這裡嗎？」

大樹牆壁扭曲地分成兩半，露出後方的通道。

站在那裡的人，是戴著兜帽的少女莉娜。

§ 31 【回憶中的花田】

「唔，莉娜，妳不是選到錯誤的階梯嗎？」

通往大樹頂端的階梯共有五座。我們選對其中的三座，除了我以外，雷伊與米莎也走在通往頂端的道路上。莉娜選到的階梯應該確實是錯誤的。

「啊，是啊。是錯誤的唷。因為是往下的階梯。」

如果是往下的階梯，應該會如同艾尼悠尼安大樹所說的，重新返回到試煉之間。

要是我選到的階梯是正確的，我們就不可能在中途會合。而且也禁止破壞牆壁，不承認除了本來的道路之外的其他通行方式。

既然如此，所能想到的就是——

「……是隱藏通道嗎？」

詢問後，莉娜點了點頭。

「在走階梯往下後，我突然想起來了。我果然曾經來過這裡。我覺得古尼艾爾階梯並不是一條直路，在摸索了一下牆壁後，就出現了像剛剛那樣的隱藏道路。」

原來如此。隱藏道路也是本來的道路之一啊？也就是說，這並不是只看運氣把人淘汰掉的試煉。

「聽到了吧？」

我用「意念通訊」向部下全員說道：

「錯誤的階梯也有隱藏通道的樣子。只要找出來，大概就能通往頂端了。去找吧。」

『知道了。』

『嗯。』

『了解！』

米夏她們傳來明白的回應。要是順利的話，全員都能夠抵達頂端吧。

「那麼，莉娜。既然妳來過這裡，那妳應該接受過精靈試煉吧？」

經我詢問後，她歪頭苦惱起來。

「……嗯……我完全想不起來自己是否接受過精靈試煉的記憶……不過，總覺得自己曾經走古尼艾爾階梯前往頂端過……」

只是想不起來，還是說她有著能不接受試煉就去見精靈王的地位？

「我記得某處藏有捷徑。」

「喔，我正想找。」

我施展「遠隔透視」的魔法，顯示著雷伊他們的視野。一面播給莉娜看，一面往前走。

「若是想起什麼，就跟我說。」

「嗯。」

我往上走著階梯，莉娜則緊隨在後，雙眼直盯著「遠隔透視」顯示的雷伊他們的視野。

走了一會後，階梯突然中斷。

「唔。」

我從中斷處往外探頭張望，能看到數十棵筒狀的樹木朝著頂端延伸。不論哪一棵樹都有著足以容納三個人左右的大小。恐怕那些筒狀的樹木裡，有著雷伊或米莎往上走的階梯吧。

倘若往下探望，能看到試煉之間。

「這好像是試煉唷？」

莉娜喊道，指著掛在一旁的木牌。

・智慧與勇氣的試煉

只要邁向未知的道路，即會出現道路。

這條道路將拒絕勇氣之外的一切，使其落入萬丈深淵吧。

「唔，也就是要相信腳下有著道路往前走啊？要是採取『飛行』魔法之類的安全對策，恐怕就會墜落，判定為不合格吧。」

我毫不遲疑地往空中踏出一步，腳步聲叩地響起。應該是腳下有著看不見的階梯吧。

「妳就跟在我後面。」

「……嗯。」

莉娜有點戰戰兢兢地跟在我背後走著。前進了一會，我停下腳步。

「要在這裡轉彎。」

我相信腳下是階梯平臺，轉彎踏出一步。伸出的腳叩地踏在空中，走上轉彎的階梯。

「……你怎麼知道的？」

「妳回想一下，至今走過的階梯每往上走一百階就會轉彎一次對吧？從階梯平臺的寬度到階梯的幅度為止，也全都是相同的間隔。這只能認為是挑戰這道試煉的提示了。」

畢竟這是智慧與勇氣的試煉。也就是除了勇氣之外，同時也在測試有沒有能注意到這點的智慧。

「……就算你要我回想，但誰會去注意階梯的數量，更何況是寬度了……」

「這樣啊？哎，妳就專心回想捷徑的位置吧。」

莉娜直盯著我的背部說道：

「你很厲害呢。明明看起來就只是普通地走過去。」

「沒什麼，這應該只不過是騙小孩的程度。愈是往上走，試煉的內容也肯定就會愈加難以應付。」

我這麼說完，莉娜突然停下腳步。她轉頭看向一旁，直直凝視著空無一物之處。

「怎麼了嗎？」

「……我想起來了……的感覺……這裡，應該有一條路……」

階梯每往上走一百階就會轉彎一次。現在是從階梯平臺往上走後，剛好第三十三階的位置吧。

應該沒有特別要往旁邊走的提示，但既然莉娜這麼說，就算有路也不足為奇。

「是隱藏通道嗎？」

「大概是。不過，我不清楚是不是捷徑……」

莉娜下定決心地踏出一步。儘管她應該完全偏離了階梯，卻沒有墜落。那裡有著看不見的道路。

「……我……可以往這邊走嗎……？總覺得這裡，有什麼很重要的東西……」

莉娜以迫切的語調說道。

「一起走吧。」

「可以嗎？說不定會繞遠路唷？」

「我覺得還是知道妳是誰會比較好。」

不僅如此熟知精靈學舍的事，還想要去見精靈王。她依稀的記憶，說不定會是知曉精靈王是誰的線索。既然不清楚他是敵是友，先去取得情報是不會有損失的。

「謝謝你。」

莉娜吟吟笑起，踏著看不見的階梯前進。本以為是要往上走，結果卻是往下的階梯。

「……果然要往頂端的話，這似乎是在繞遠路……」

「別在意，雷伊他們也過去了。我們先去調查這裡有什麼東西也不壞。」

繼續往前進後，莉娜停下腳步。她倏地往眼前伸手，碰觸著某種看不見的東西。

「我想，這裡大概有扇門。」

「開門看看吧。」

我跟莉娜交換位置，伸手摸向什麼也看不到的空間。指尖確實是傳來像是門的觸感。我摸索起來，在發現到門把後轉開。嘰的一聲，響起陳舊的聲音，門開啟了。

我朝門內走去。

「啊……」

莉娜叫了一聲。

世界彷彿被畫筆塗改一般，轉變成一望無際的花田。紅色、藍色、黃色與前所未見的各色花朵開得滿山遍野。我們所位在的山丘上孤獨立著一扇木門。只要打開這扇門，就能回到原本的地方吧。

「回想起什麼了嗎？」

「……沒有……」

莉娜搖了搖頭，茫然注視著眼前的花田。她就保持著這個姿勢，不知過了多久後，淚水自她的眼瞳潸然落下。

「……咦、咦……？好奇怪……我是怎麼了……？」

盈眶而出的淚水，讓莉娜一面困惑，一面用手擦拭著。

「雖然不知道……完全想不起來……可是，總覺得自己好像來過這裡很多次……」

她就像被回憶吸引過去似的邁步向前。

「等等。」

我抓住莉娜的肩膀，她不可思議地回頭看來。

「我知道你在那裡。現身吧。」

我用魔眼(眼睛)凝視著花田。隨後，黑霧就聚集到一處上，從中出現一名長著六隻角的魔族。

那是詛王凱希萊姆．姬斯緹。

「抱歉驚動你了，魔王大人。」

她以女性的語調說道。現在還是姬斯緹的人格啊？

「我在等有沒有人會到這裡來。如果是這裡，就能瞞過艾尼悠尼安大樹，也能避開精靈王大人的監視。」

感受不到敵意。而且說到底，當她處於姬斯緹的人格時，魔力會比凱希萊姆差上好幾個層級。不論她有何企圖，都無法傷害到我。

「唔，聽妳的口氣，像是在與精靈王為敵啊？」

姬斯緹點了點頭，然後說道：

「詛王大人遭到神隱了。雖然沒有考不及格，但這是精靈王大人的命令。他威脅如果想取回詛王大人的話，就得聽從他的命令，所以詛王大人的部下杰拉多大人，才會前往德魯佐蓋多。」

遭到神隱了啊？

詛王凱希萊姆的肉體與眼前的姬斯緹相同，真的有可能只讓他的根源遭到神隱嗎？哎，不僅詛王本身是特殊的情況，而且對手還是精靈，所以這也不是不可能的事吧。也能認為他是被施加了封印，讓凱希萊姆的人格無法顯現出來。

不論緋碑王真正的意圖為何，他現在毫無疑問是加入了精靈王的麾下。如果詛王的部下是受到精靈王所威脅，認為來到德魯佐蓋多的那三名魔族，全是依照精靈王的意思在行動會比較妥當吧。

「冥王伊杰司也跟精靈王有關嗎？」

「冥王大人大概是因為部下被當成人質了。然後，就跟我一樣，不甘願地待在這間精靈學舍裡。」

冥王伊杰司說過四邪王族會聯手是精靈搞的鬼。

如果想救出部下，最好應該是對我詳細道出實情；但要是這麼做，就會害部下面臨到生命危險嗎？

哎，伊杰司是個高傲的男人。不管原因為何，他都不是會向我示弱的個性。

「詛王的部下杰拉多，持有一把一半的魔劍。那是辛所持有的掠奪劍基里翁諾傑司。妳知道他是從哪裡拿到的嗎？」

「……我想是精靈王大人給他的。然後命令他將米莎・伊里歐洛古引誘出來。」

辛遭到了神隱。就算認為精靈王搶走一半的魔劍交給詛王的部下，也沒有任何不自然的地方。

「精靈王是何人？」

姬斯緹搖了搖頭。

「……我不清楚……不過，打從很久以前，自兩千年前就在阿哈魯特海倫的樣子。據說在魔王轉生後沒多久，大精靈蕾諾就消失了，而他作為繼任的王守護著精靈們。」

姬斯緹畫起魔法陣。魔力粒子聚集起來，在魔法陣上畫出某個人物的模樣。

「我曾見過精靈王大人一次。他是這樣的人唷。」

姬斯緹以魔力畫出的人物，穿戴著漆黑的全身鎧甲與不祥的面具。是在那場魔劍大會上，侵入梅魯黑斯創造的「次元牢獄（azeishisu）」之中的那名男人。

§ 32 【勇者的本領】

「妳曾看過精靈王摘下面具後的模樣嗎？」

在我詢問後，姬斯緹搖了搖頭。就猜到會是這樣。畢竟他都特意戴上隱藏魔力的面具了。

只能認為他是想隱藏身分。

「此外還記得什麼嗎？」

「……抱歉，在看到精靈王大人後，我很快就失去意識了……」

是切換成詛王凱希萊姆的人格了吧。接著，他就遭到神隱了嗎？

「拜託你，魔王大人。請救救凱希萊姆大人。我知道你們兩位的關係並不好，可是，我也沒有其他人好拜託了……」

唔，儘管她說的話並不一定全是事實，但面具男的情報很有幫助。就算是陷阱，也只要踩踏過去就好。

「剛好我的部下也遭到神隱，我就順便救出凱希萊姆吧。」

「感謝你，魔王大人。」

姬斯緹露出滿面的笑容。可以的話，是希望凱希萊姆的人格就這樣不要出現，事情才不會變得更加複雜。哎，時勢所趨，這也是沒辦法的事。

「已經不要緊了。」

我向莉娜說道。

「……嗯。」

她直盯著前方，就像是被什麼吸引過去似的走著。而那個，就豎立在這片花田的中央，是個纏繞著藤蔓的棒狀物，上頭還插著一朵白花。

莉娜伸手拿起那朵花。隨後，藤蔓就像具有意識般地解開，露出所纏繞的棒狀物模樣。

那是一把劍；一把不帶魔力，平凡無奇的鐵劍。大概是經過了漫長的歲月吧，劍刃鏽蝕，變得破破爛爛。

插在地面上的那把劍，還有供奉在上頭的一朵花，讓人覺得這裡就像是一塊墓碑。

「……好難過啊……」

莉娜低喃著，淚水再度從她眼中滑落。

「……我必須去見他……」

話語中帶著強烈的情感。

「……我還沒向他傳達……我還有話必須和他說……」

我慢慢走上前去，站在她的身旁。莉娜轉頭朝我看來。

「……雖然想不起來，但只要見到那個人，我想就一定會知道我要說什麼了……」

「是指精靈王嗎？」

莉娜點了點頭。

「我有這種感覺。」

假設精靈王就是那個面具男，那他的目的是什麼？

「雷伊，聽得到嗎？」

我用「意念通訊」呼叫他。慢了幾秒後，他傳來回覆。

『怎麼了？』

「魔劍大會時，你以治療母親的精靈病作為交換，被刺上了契約魔劍吧？」

『是啊。』

「就你所知的範圍，策劃這件事的人是魔皇艾里奧。只不過，他也只是個傀儡。」

在與亞傑希翁的戰爭結束後，由於有機會，所以我也問過艾里奧這件事，但他果然是被身分不明的魔族所威脅的。

「雖然不用問也知道，但那不是你自導自演的吧？」

『就算是為了和平，我也做不到會讓母親面臨生命危險的事唷。』

也就是說，目前還存在著一名威脅雷伊，在他胸口刺上契約魔劍的不明人物。考慮到至今為止的來龍去脈，這個不明人物是那個面具男──精靈王的可能性很高。

但就算真的是他，目的是什麼？我在那場魔劍大會上，將與七魔皇老蓋伊歐斯和伊多魯融合的雷伊根源分離開來，並在想揭穿他的真實身分時遭到面具男阻止。

就結果來說，面具男隱藏了雷伊就是阿伯斯．迪魯黑比亞的事實。他到底為什麼有必要這麼做？

要是我沒能發現阿伯斯．迪魯黑比亞的真實身分，雷伊就會作為虛假的魔王死去。

既然如此，他的目的會是要消滅雷伊、消滅勇者加隆嗎？還是為了拯救我，而想讓事情照著雷伊的計畫發展？假如是後者，或許也可以認為假面男的真實身分是我的部下，兩千年前的魔族。

不過，會是誰？既然能從外部侵入梅魯黑斯的「次元牢獄」，就不會是尋常的魔族。能瞬間消滅掉加隆根源的那把劍，以及在理滅劍面前立刻撤退的判斷力。如果是辛，或許能輕易做到，但無法理解他為何要這麼做。

說到底，就算是為了拯救我，辛會容許我的冒充者阿伯斯・迪魯黑比亞存在嗎？

而且既然我活下來了，他就沒有理由不來見我。更何況是以精靈王之名隱藏身分，並對我施加試煉，這是難以想像的事。

這樣的話，目的果然是為了殺害加隆嗎？如果是憎恨他的人，就有可能會這麼做吧。

「啊，能打擾一下嗎？」

莉娜向我搭話。

「那個，雷伊現在待著的地方，我有印象唷。我想那裡大概有前往頂端的捷徑。」

「喔，在哪裡？」

莉娜看著「遠隔透視」說道。

「那個，再往前走一點，我想大概就能和米莎會合了。」

『……咦？是這樣嗎？』

「意念通訊」傳來米莎的聲音。

米莎與雷伊分別走在被樹牆圍繞的階梯上，無法掌握到彼此的位置。不久後，能在雷伊的視野中看到一個圓形空間，對面有著一條通道，米莎從裡頭走了出來。

「啊，真的在耶。還想說自己一個人該怎麼辦才好，害怕得不得了呢。」

米莎衝向雷伊。就在這時，圓形空間響起聲音。

「嗯，恭喜你們抵達此處。」

是艾尼悠尼安的聲音。

「在此要請你們接受選擇的試煉。如你們所見，想要前進的話，就必須通過這扇門。」

圓形房間裡有著一扇似乎很堅固的門。

「不過，這扇門鎖住了。想要前往頂端，你們有兩種選擇。其一是在這裡交戰，只要其中一方獲勝，通往頂端的大門就會開啟。不過，敗者就必須返回試煉之間。」

雷伊問道：

「另一個選擇是？」

「兩人同心協力，尋找其他的道路。」

雷伊與米莎互望對方的臉。

「也就是只要交戰的話，就確實能有一個人前進；不過想要兩個人一起前進的話，也有可能會找不到前進的路吧？」

「沒錯。」

「那、那個，該怎麼辦啊？」

米莎傷腦筋地笑著。

「只要我故意輸掉，雷伊同學就能確實前進，這麼做說不定比較好呢。」

隨後，莉娜便對我說道：

「別擔心，能兩個人一起去的。」

「雷伊、米莎，你們兩個人一起去吧。其他道路的位置已經有頭緒了。」

我發出這段「意念通訊」，兩人點頭回應。

「我們要選擇同心協力。」

「嗯，那就授予你們提示吧。前進的道路，就藏在這個選擇之間的某處。限制時間為五分鐘。假如沒在五分鐘之內找出道路，就算是不合格，到時會請你們返回試煉之間。因此就好好思考吧。」

留下這句話，艾尼悠尼安的氣息就消失了。莉娜立刻說道：

「選擇之間有兩個石造臺座吧？」

在圓形房間的北側與南側，分別擺放了一個臺座。

「我想其中一邊的臺座上應該有擺放石像。」

南側的臺座上，擺放著兩座石像。

「只要兩個人站到另一邊的臺座上，擺出跟石像一樣的姿勢，通往頂端的最近道路就會開啟了。」

我將這段話用「意念通訊」原原本本地傳達給兩人。

「好像是這種機關的樣子。」

「那、那個……」

米莎躊躇不決地注視著石像。

「怎麼了？動作快。」

「是、是這樣沒錯啦……可是，石像的姿勢……」

擺在南側臺座上的兩座石像擁抱在一起。一座伸手環抱住對方的腰，另一座則用雙手輕輕捧著對方的臉。兩座石像都露出幸福的笑容。

「……哎，不過，幸好來到這裡的是米莎呢……」

雷伊苦笑著說道。

「的確。如果是我在那邊，這就會是道相當的難題。」

雷伊爽朗地呵呵笑起。

「說不定會和阿諾斯再一次全力交戰呢。」

「咦，那個，這是在說誰攻誰受時的事啊？」

「妳在說什麼啊？」

「不、不好意思，請當我什麼都沒說。」

就像要打消念頭似的，米莎慌張地直揮著手。

「米莎。」

雷伊跳到臺座上，倏地向她伸出手。

「上來吧，別擔心。」

「啊……好、好的……」

米莎握住雷伊的手，爬到臺座上。

「那個，大家，還請不要看喔……」

「唔，很遺憾，我難以答應。無法保證精靈王不會趁我閉上魔眼（眼睛）時作出某種攻擊。」

「……啊，也、也是呢……是這樣啊……」

「別擔心，我不會嘲笑妳的。」

「是、是的……這個，我雖然知道……」

米莎滿臉通紅地低下頭，同時扭扭捏捏地搓起手來。而就在這期間，限制時間也一分一秒地過去。看來她似乎是難以下定決心，這樣一來就只能交給雷伊了吧。

哎，或許用不著擔心吧。那個男人——勇者加隆在過去曾帶給他人無數勇氣。這種事是他的拿手好戲吧。

「這是第幾次了？」

雷伊若無其事地問道。

「這、這種事，我才沒數過呢。」

「是四十七次唷。」

「啊。」

米莎羞紅著臉頰。

「……八、八次……吧……？」

「嗯？」

「是、是四十……八次……那個，如果算上……最近雷伊同學，在走廊上擦身而過時，稍微抱住的那一次的話……」

雷伊輕輕捧起米莎的臉。

「妳果然記得。」

雷伊吟吟微笑著。

「……這、這樣試探我，太狡猾了啦……」

米莎一面說著，一面戰戰兢兢地伸手環抱住雷伊的腰。

「抱歉，誰教妳謊稱自己不記得了，害我忍不住想要欺負妳。」

米莎更加用力地抱緊雷伊。兩人的姿勢，幾乎就跟石像一樣。

「……奇、奇怪？什麼事都沒發生耶？」

莉娜接著說道。

「我想，大概是因為表情吧？」

「……啊……」

或許是因為緊張吧，米莎的表情僵住了。

「這、這樣行嗎？」

儘管想露出笑容，卻怎樣都不順利，跟石像的幸福笑容相差甚遠。不過這樣想想，這個試煉還真是個相當的難題。姑且不論姿勢，如果不是演員的話，可是沒辦法輕易露出幸福的笑容。

「米莎。」

雷伊把臉貼過去，直直注視著她的眼瞳。

「雷、雷伊同學……你會不會太近了……？這樣的話，和石像的姿勢不同唷……？」

「抱歉，我想補回剛剛少掉的時間。」

「咦……？」

米莎一臉愣然地回看著雷伊。

「試煉的時候，見不到妳讓我好寂寞喔。」

話雖如此，但試煉應該還沒經過一個小時。

「……要說的話，我肯定比你還寂寞……」

唔，雖然俗話說，戀愛中的人片刻也不想離開對方，但沒想到會到這種程度啊。戀愛還真是深奧。

「……雷伊同學……」

是方才的話讓羞恥心不知道飛到何處了吧，兩人就像是被彼此的視線所吸引，臉靠得愈來愈近。甚至讓人覺得他們就要接吻的程度。

「我不想再離開你了。」

「放心，我不會離開妳的。」

這句話讓米莎露出滿面笑容。雷伊也跟著露出笑容，再度回到跟石像相同的姿勢上。

就在這時，響起咚、轟隆隆、隆隆隆隆隆的聲響，圓形房間的地板分了開來。地板中央轉眼間長出一棵樹木，不斷向上延伸。這恐怕就是通往上層的道路吧。

話說回來，該說真不愧是勇者吧。居然能這麼輕易地消除掉米莎的緊張。還真是意外精彩的本領。

§ 33 【隱狼杰奴盧的試煉】

雷伊跳下臺座，向米莎伸出手。她握住那隻手，從臺座上躍入雷伊懷中。

「只要從這裡上去就行了吧？」

雷伊仰望著長在房間中央的樹木。樹上以一定的間隔長著樹枝，正好能讓人擱置手腳往上爬。

「嗯。我想只要爬上去，馬上就是頂端了唷。」

我用「意念通訊」將莉娜的話傳達給他們。

「那麼，精靈王就在這前面了呢。」

米莎說道。

「關於精靈王，有一個麻煩的可能性。」

我向他們說道。

「是什麼？」

「魔劍大會時，有個面具男強行侵入梅魯黑斯的『次元牢獄』，那個人就是精靈王。」

「……就是你之前提過的，假扮成阿伯斯·迪魯黑比亞的男人嗎？」

「沒錯。只不過，對方的假面是用來澈底隱藏魔力的魔法具，造型和你持有的面具有些不同。」

雷伊想了一會後問道：

「他的目的是什麼啊？」

應該是感到跟我一樣的疑問吧。看來雷伊也摸不著頭緒的樣子。

「尚不清楚。不過，在魔劍大會時威脅你的人，很可能就是那個面具男吧。」

雷伊輕輕吐了口氣。

「……還以為一切都結束了。」

兩千年前的大戰已徹底解決。即使還遺留個別的問題，但我跟雷伊都認為世界這樣就迎來和平了。然而，胸口騷動不已。

阿伯斯·迪魯黑比亞。雷伊所扮演的那個虛假魔王，有其他人在扮演著。而這個人作為精靈王，君臨著阿哈魯特海倫。

說不定這件事，並不只會是我們的事。

「我能先走嗎？」

「就算要你等我過去，你也不會聽吧。」

雷伊爽朗地微笑。他就是這種男人。

「假如還沒結束，就讓它結束吧。這次一定要徹底解決掉，就靠我這雙手。」

就狀況來看，無法保證我那些遭到神隱的部下能一直平安無事，甚至可能在現階段就已經出事了。

應該要盡早確認精靈王是何人，以及他的目的吧。倘若他打算破壞這個時代的和平，就不能置之不理。

「哎，是你的話就不用擔心。我也會立刻過去的。」

「必須借助你力量的事態，我一點也不敢想像就是了。」

持有靈神人劍與一意劍，並擁有七個根源的雷伊所無法應付的對手寥寥無幾。

雖說如此，這裡是阿哈魯特海倫，而對手是精靈們的王。從至今為止的試煉傾向來看，難以認為這會是一場正當的戰鬥。就算雷伊的實力勝過精靈王，也絕對不可掉以輕心。

「米莎。」

雷伊倏地把手伸向她的身體。

「咦、啊，呀……」

轉眼間將她擁入懷中後，雷伊微笑起來。

「抱歉，這樣比較快。」

雷伊說完就抱著米莎一躍而起，在樹枝間不斷地騰挪飛躍，轉眼間就在樹上愈爬愈高。

我也一面用「遠隔透視」看著他那邊的情況，一面繼續前進。為了以防被精靈王察覺我們聯手的事，我和姬斯緹在花田告別。

回到看不見的階梯，與莉娜兩個人一起往上走。途中遇到了幾次試煉，但全都靠著莉娜的記憶與我的魔眼看穿其深淵後輕鬆突破。當我們仍在邁向頂端的途中時，莉娜突然叫道：

「阿諾斯，你看。」

她指著「遠隔透視」的畫面，剛好是雷伊登上樹頂的時候。

那個地方在雲層之中。白雲形成地板、牆壁與天花板，構築成一個廣大的房間。雷伊環顧四周，發現到一扇通往內側的雙開門。他正要前往時，忽然停下腳步。

大概是感受到氣息了吧。雷伊拔出一意劍後，周遭的雲開始化為烏雲。下一瞬間，眼前亮起閃光，轟隆響起刺耳的雷鳴。

在無數雷光的照耀下，出現了一匹長著翅膀的巨狼。

「隱狼杰奴盧……」

米莎喃喃說道。由於已在書本森林學習過，所以知道牠的長相。讓兩千年前的魔族遭到神隱，精靈王的看門犬。

杰奴盧開口發出嘶啞聲。

「——通過吧——」

瞬間，雷伊與米莎露出錯愕的反應。

「我還以為會有什麼試煉耶？」

「——此房間不會施加試煉。通過吧——」

杰奴盧緩緩走開，讓出門前的道路。嘰的一聲，雙開門自行開啟。門後就是大樹的頂端吧，生長茂盛的樹葉與一條雲的迴廊往外延伸而去。

「別離開我。」

雷伊向米莎這麼說後，慎重地走過去。兩人從杰奴盧的身旁經過，踏上雲的迴廊。嘰的一聲再度響起，雙開門關了起來。杰奴盧沒有襲擊過來，也沒有施加試煉。

「……還以為會發生什麼事呢？」

米莎鬆了一口氣說道。然而，雷伊卻是一臉苦悶。

「要是精靈王也對我們沒有敵意，只是普通的精靈的話，就再好也不過了。就連在那場魔劍大會上發生的事，假如也是迫於某種緣故的話……」

「沒有這種可能性嗎？」

「這很難說。要是有的話就好了。」

兩人一面說著這種對話，一面走在雲的迴廊上。

不知走了多久，他們來到雲層的邊緣。從那裡往下探望，能夠看到地上的景象。對面飄浮著一塊綠意盎然的地面，能在上頭看到一座小城堡。

雷伊抱起米莎，施展「飛行」朝那座城堡飛去。但不論他們再怎麼往前飛，都完全無法接近城堡。

「啊……」

莉娜叫了一聲。

「我想起來了。只要站在雲層的邊緣等待，應該就過得去了唷。」

聽到我用「意念通訊」傳去的這段話後，兩人就降落回雲的迴廊，站在雲層的邊緣旁，看著城堡耐心等候著。

隨後，腳下的雲層就一點一點地往城堡延伸，彷彿架起了一座橋梁。雷伊與米莎緩緩走在這座雲橋之上。不久後，他們來到城堡前。雷伊站在城門前，用手觸碰城門。

「我開門嘍。」

「好的。」

推了一下，城門就輕易開啟。城內一片昏暗。幾乎所有的窗戶都被關上，照明就只有微微灑落的陽光。雷伊與米莎在城內直走向前。

「恭喜你們抵達此處。」

艾尼悠尼安的聲音在城內響徹開來。

「作為突破精靈試煉的獎勵，就允許你們謁見精靈王大人吧。」

一部分的窗戶開啟，使得陽光突然灑落下來，照亮一張由樹木構成的王座。

王座上坐著一名穿著漆黑鎧甲，臉上戴著面具的男人。那名男人緩緩地敞開雙手，就像在褒揚雷伊他們似的拍起手來。

精靈王站起身，向前走了幾步。

「我有事想請教精靈王。」

雷伊堂堂正正地喊道：

「你是與魔王為敵之人嗎？」

精靈王沒有回話，而是由艾尼悠尼安代為回答。

「倘若想與精靈王大人交談，就必須挑戰試煉。」

雷伊的眼神凝重起來，接著詢問道：

「……試煉的內容是？」

「與精靈王大人交戰，只要能打破他的面具，試煉就算合格。不過，嚴禁使用魔劍、聖劍，還有魔法具。只能使用自身的肉體，還有精靈。」

閃亮亮的光芒聚集過來，在周圍的地板上插上數十把劍。

「精靈王大人乃是統治精靈之人。阿哈魯特海倫的精靈全是他的夥伴。雖說只是打破面具，但這可是尋常人物怎樣也不可能達成之事。只要宣布認輸，試煉就會立刻結束。」

「我能用這邊的劍嗎？」

「這些全是精靈。要用是沒有問題；只要你有辦法運用的話。」

具備著作為劍的傳聞與傳承的精靈，只要不是跟雷伊的母親一樣是半靈半魔，也跟魔劍與聖劍相差無幾。就算會選擇主人，也很少會產生明確的自我獨自行動。

雖說是在精靈王面前，但只要雷伊拿在手中，應該就能運用自如。

雷伊爽朗笑起，向前踏出一步。

「我要接受試煉唷。」

「很好。那就立刻開始精靈王的試煉吧。」

＊＊＊

就在這時，我忽然將注意力移回到自己的視野上。

這裡是雲層之中。白雲形成地板、牆壁與天花板，構築成一個廣大的房間。

在我上來的位置對面，有一名魔族站在那兒。那個戴著遮住半張臉眼罩的男人，是冥王伊杰司。

「讓人深深感到所謂的緣分啊。」

伊杰司說道。

下一瞬間，周遭的雲開始化為烏雲。雷聲轟隆鳴響，伴隨著無數雷光現身的正是隱狼杰奴盧。

隱狼張開巨顎，發出嘶啞聲。

「──想通過此處，就得接受隱狼的試煉──」

還真是奇怪。

「雷伊他們好像直接就過去了吧？」

杰奴盧再度發出嘶啞聲。

「──不接受試煉，就無法通行──」

原來如此。也就是說，精靈王的目標是雷伊或米莎，或者是他們兩人？不然的話，就只有他們兩人不用接受試煉很不自然。

「隱狼的試煉是怎樣的內容？」

伊杰司厲聲問道。

「──試著抓到我吧。先達成之人，就只有一名可以通行──」

是讓學生互相競爭的試煉啊？假如冥王不在場，要通過就很容易吧。

就在這時——

『魔王阿諾斯。』

聽到「意念通訊」。是伊杰司傳來的。

他表面上裝得若無其事，用獨眼直視著隱狼杰奴盧。

我用「意念通訊」回覆他：

『怎麼了？』

『要聯手嗎？門就讓給你過了。』

『喔，你有何打算？』

『去救出余遭到神隱的部下。順便也解放其他人吧。』

『唔，你知道救出遭到神隱之人的方法嗎？』

『余要是知道，就不會提議聯手了。』

『咯哈哈，確實有道理。』

片刻後，冥王伊杰司再度傳來意念。

『給我答覆。』

我咧嘴一笑，開口說道：

「好吧。時間有限。隱狼杰奴盧，就趕快開始試煉吧。」

§ 34 【神隱】

隱狼杰奴盧仰天發出狼嚎。轟隆一聲巨響，閃電擊中杰奴盧，隨即纏繞在巨狼身上。劈啪迸出的無數雷電，就宛如是守護牠的鎧甲。一旦碰觸，恐怕會立刻燒成焦炭吧。

「白費功夫。」

冥王伊杰司將右手指甲銳利伸出，然後貫穿自己的左胸口。在他拔出右手後，湧出大量的鮮血。而這就是冥王的力量源頭。他將自根源流出的魔力與血液混合，藉此製造出魔槍。

血液變化，構築成一把紅色長槍；那正是貫穿次元之槍，紅血魔槍迪西多亞提姆。

「這世上沒有余魔槍刺不穿之物。就好好領教吧，不論怎樣的鎧甲、怎樣的速度，在迪西多亞提姆之前皆是無用。」

伊杰司壓低重心，將槍尖對準目標地牢牢舉起長槍。他與杰奴盧相隔約十尺左右，而這已是冥王的攻擊距離。不對，對伊杰司的魔槍來說，距離毫無意義。

「我要上了。」

伊杰司刺出迪西多亞提姆。長槍的前半段消失，出現在杰奴盧所纏繞的雷電內側。

霎時間，杰奴盧以閃電般的速度橫向跳開。

「太嫩了。」

要追上高速奔馳的杰奴盧大概極為困難吧。但不論隱狼的速度再怎麼快，迪西多亞提姆的槍尖都沒被甩開，不偏不倚地刺在牠的龐大身軀上。

「唔！」

伊杰司將刺出的長槍使勁往上一揮。伴隨著鮮血湧出，杰奴盧的身軀被撕成兩半。

只不過，伊杰司並沒有掉以輕心，而是再度舉起長槍迪西多亞提姆。他獨眼的魔眼，窺看著隱狼的深淵。

「我知道你那具身軀只是個幌子。現出真面目來吧。」

杰奴盧被撕成兩半的身軀化為魔力粒子煙消雲散。

房間裡響起嘶啞聲。

「——我乃隱狼杰奴盧。絕不會讓人看見身影，乃是神隱的精靈——」

宛如地鳴般的雷聲轟鳴，周圍的烏雲裡閃動著無數雷電。這些雷電全都化為狼形，發出震耳欲聾的咆哮。

「唔，大概有一百隻啊。」

我為了保護莉娜，對她展開反魔法與魔法屏障。

「待在那裡別動。」

「好、好的。」

雷聲轟鳴，化為狼形的無數雷電以超越音速的速度撲來。

「不論有幾匹都一樣。」

伊杰司將魔槍以中心為支點高速旋轉。紅色長槍將撲來的雷狼劈開，就連其餘待在後方的狼群也被瞬間刺穿。

然而，雷聲隨即再度轟鳴，這次眼前出現了倍數以上的雷狼。

「隱狼杰奴盧神出鬼沒，不知從何而來、不知從何而去地將人擄走。神隱的精靈說得還真是貼切啊。」

眼前的雷狼全都不是杰奴盧的本體。只不過，就連綠書上也沒有記載杰奴盧的真面目是什麼。

「那麼，倘若沒有雲的話又如何？」

我舉手畫起多重魔法陣。目標是這裡的一切雷雲。

「『風滅斬烈盡』。」

風刃呼嘯，將一切的雷雲斬碎殆盡。在雲層瞬間消滅後，露出周圍鋪天蓋地的無數大樹樹枝。

由於腳下的雲層消失，我施展「飛行」降落到附近的樹枝上，同時也讓莉娜飛到稍微有點距離的樹枝上安置。

「好啦，要是雲層再度出現，就表示這跟本體有關吧？」

話剛說完，一根大樹樹枝就轟地燃燒起來，然後其他樹枝也跟著陸續燒起。不久後，這些火焰就化為狼形，發出長嚎。

「唔，看來不是雷也無所謂啊。」

炎狼們朝著附近的樹枝衝去，使其燃燒起來。接著延燒開來的火焰就化為狼形，再度朝樹枝衝去。不斷重複著這個過程，讓炎狼在轉眼間變得愈來愈多。

「耍這種小聰明。」

冥王伊杰司握緊左手，用指甲劃破自己的手掌，滴下鮮血。

「『血霧雨』。」

血的霧雨在這附近一帶降下。血雨一淋到炎狼，就滋滋地蒸發掉了。但同時也減弱了炎狼的火勢。他是在滅火。經由「血霧雨」的魔法，撲滅掉樹枝上的火焰。

血的霧雨持續降落，將炎狼一個也不留地撲滅掉。

但也只維持了片刻，這次是降下的陽光當場化為狼形。無數的光狼站在樹枝上，以相同的動作發出長嚎。

狼群的全身散發著有如在近距離看著太陽般的耀眼光芒，讓我們感到刺眼。霎時間，狼群露出尖牙，以讓人誤以為是光的速度一齊撲來。

「『四界牆壁』。」

漆黑極光化為傘面遮住太陽。光狼瞬間消去，不過接著吹起了一陣風。

這陣風有如龍捲風般地颳起，化為狼形。數百頭的風狼將我們團團圍住。伊杰司正要舉起魔槍，就像是忽然注意到什麼似的，用獨眼的魔眼四處張望。

「……精靈女孩到哪去了…………？」

莉娜直到方才都還待著的樹枝上空無一人，我展開的反魔法與魔法屏障也原封不動地留在原地。

到處都看不到莉娜的身影，消失得無影無蹤。

「唔，是遭到神隱了吧。」

我的魔眼(視線)片刻也沒有離開莉娜。儘管如此，她還是忽然消失了。這毫無疑問是隱狼杰奴盧搞的鬼。

當我這麼想的瞬間，吹起了一陣風。

同時，風狼們張牙舞爪地撲了過來。

「不論是火是風都一樣。」

伊杰司刺出迪西多亞提姆，將風狼們盡數宰殺。但是風吹不止，讓風狼不停地增加。只要製造牆壁把風擋住，就能消除風狼。但就算這麼做，也只會再度出現其他的狼吧。隱狼杰奴盧就存在於某處。證據就是莉娜遭到了神隱。她的行動應該會是找出杰奴盧本體的提示。

在消失之前，莉娜做了什麼？她遭到神隱的時候，我正要用「四界牆壁」消除掉無數撲來的光狼。

所以她並不是被光狼吃掉的。儘管如此，她還是消失了。

理由是——

「唔，是這麼一回事啊。」

在我喃喃自語後，伊杰司就傳來「意念通訊」。

『你掌握到什麼了嗎？魔王。』

『是啊。我現在就把隱狼杰奴盧抓起來。遭到神隱之人應該就在牠體內。儘管不知道是怎樣的原理，但毫無疑問是個類似魔法空間的場所。你的魔槍能貫穿任何次元，應該能在上頭開出一個入口。』

話雖如此，但也不覺得杰奴盧會默默任人宰割，這事必須做得神不知鬼不覺。

『機會只有一瞬間。要是失敗讓牠逃走了，就到此結束了。』

『有一瞬間就夠了。假如你真的能抓住牠。』

我舉起手，當場畫起魔法陣。我跟他都絲毫不覺得對方會失敗。

彼此都十分清楚對方的實力。我們過去既是敵人，也是夥伴。

『止風，聽聲。』

「『血球體(goddehirudo)』。」

冥王從左手撒出鮮血，化為覆蓋住這個廣大空間的一顆薄薄球體。球體內部形成無風空間，讓風狼們消失殆盡。

同時我消去「四界牆壁」，讓陽光從頭上降下，再度出現光狼們的身影。我再度用魔眼(眼睛)凝視，但看來這些光狼果然不是讓隱狼杰奴盧出現的條件。

既然如此，莉娜為什麼會遭到神隱？當時，襲擊過來的光狼散發著耀眼光芒。莉娜恐怕是感到刺眼，反射性地閉上眼睛了吧。

絕不會讓人看見身影，乃是神隱的精靈。隱狼杰奴盧的這段話，假如照字面上的意思去理解，就是無法看到牠的身影。

這反過來說，就是杰奴盧只會在不看牠的時候現身。而且不知是怎樣的原理，牠就只會在閉上眼睛的本人面前出現。不是看不到牠，而是在睜開眼睛時，牠是真的不存在於這個世界上。

這恐怕就是神隱精靈的特性。我閉上肉眼與魔眼。聽不見聲音，也感受不到氣息。不過，牠現在應該確實就在那裡。

是為了讓我遭到神隱而襲擊過來了吧。我將「森羅萬掌」的手往眼前伸去，然後確實抓到了。在這瞬間，牠化為實體，存在於這個世上。

腦海中響起嘶啞聲。

「——居然能夠抓到絕不會被看見的我，真是漂亮。你可以通過了，阿諾斯・波魯迪戈烏多——」

聽到開門聲，隱狼的觸感從「森羅萬掌」的手中消失了。張開眼睛，隱狼杰奴盧的身影已不在此處。

伊杰司就站在眼前。

『怎樣？』

我發出「意念通訊」。

『誰會搞砸啊。我瞞過那隻狗崽子，在神隱的空間上開了個洞，留下了記號。能用「轉移」移動過去了。』

要是魔法空間有了缺口，就能輕易救出裡頭的人。被迪西多亞提姆貫穿的空間應該沒這麼容易修復。

『那個精靈女孩還有你的部下，就交給我吧。』

伊杰司有著不知變通的個性，但是和基里希利斯不同，是一個不會違反約定的男人。卑鄙的手段，是冥王最為忌諱的事。

『要是能不用與你戰鬥就好了。』

『這要看事態發展。這次就只是目的剛好一致罷了。』

我將伊杰司留在原地，朝門後走去。途中，將魔眼（視線）移到雷伊的視野上。

能看到精靈王的模樣——

§35 【精靈王的試煉】

自從精靈王的試煉開始後，雷伊就一步也沒有動過。

在他周圍插著數十把由精靈構成的劍，但他甚至沒有要拔劍的意思。

因為他動不了。

精靈王與雷伊之間相隔著充分的距離。他佩戴在腰間的劍尚未出鞘，也不見施放魔法的動作。

雙手自然垂下，精靈王就只是站在那裡。

儘管如此，卻沒有一絲的破綻。

雷伊在兩千年前作為勇者加隆鍛鍊起來的劍術，在轉生後作為魔族鍛鍊得更上層樓。如今的他，別說是這個時代的魔族，就連在兩千年前的魔族當中，能出其左右之人也是寥寥可數吧。

這樣的雷伊，還沒正式過招就被逼入了絕境。

精靈王全身散發著深不可測的力量。在伸手拔劍的瞬間就會死——雷伊甚至陷入了這種錯覺吧。

現場瀰漫著令人窒息的緊張感，雷伊額上冒出汗水，滑落到臉頰。他揚起淡淡微笑。

「……不過來嗎？我現在赤手空拳喔？」

雷伊試探似的說道。

精靈王沒有答話，緩緩地伸手握住劍柄。拔劍出鞘後，就見劍身閃耀著寶石般的光澤。

那是記載在綠書上的一把精靈劍。

「那是寶劍艾盧亞隆吧？能將斬上五芒星的對象封印在寶石之中的精靈呢。」

精靈王還是沒有答話，就只是隔著面具回以冰冷的視線。

雷伊就像作好覺悟似的說道：

「……那麼，我差不多該上了唷。」

下一瞬間，他的身體留下殘像消失了。雷伊移動到插在地板上的一把精靈劍——不折劍傑利亞之前。這是根據絕對不會斷的劍的傳聞與傳承誕生的精靈，儘管特性單純，但在雷伊手上應該會成為一把強大的武器吧。

雷伊把手伸向不折劍，然後瞪大了眼。精靈王以在他之上的速度衝來，擋在不折劍前。

「呃……………！」

寶劍艾盧亞隆宛如閃光般地橫斬過來。

劍尖劃破肌膚——在這之前，雷伊連忙跳開。就在雷伊拉開距離，正要擺出架式的瞬間，他的胸口裂開一道劍傷。

傷口上浮現著閃亮亮的魔法線。他呼地吁了口氣。

「如果打算斬上五芒星，這樣我就知道你下次會砍向哪裡了。你就這麼有自信嗎？」

雷伊用雙手畫起魔法陣，召喚聖炎。是「大霸聖炎」。發射出去的聖炎分裂成十六道，從四面八方襲向精靈王。

只不過，精靈王才晃了一下手，就在十六道火焰的根本上畫出五芒星的魔法線。聖炎瞬間就被吸入五芒星之中封印起來。喀啷一聲，一顆紅寶石落在地上。

「最起碼，要是能施展『聖域』就好了。」

雷伊再度伸出雙手畫起魔法陣。不過這次是用右手構築「大霸聖炎」，用左手構築「大聖地壞」的術式。

「這樣如何。」

雷伊推出右手，這次是發射獨立的三十二發「大霸聖炎」，有如雨點般地射向精靈王。

「…………」

精靈王默默揮劍，在眨眼間畫出無數的五芒星後，「大霸聖炎」就消失了。只留下封印聖炎的三十二顆紅寶石。

霎時間，地板破裂。精靈王所站的位置在轉眼間崩塌，因為地板崩塌產生的所有瓦礫一齊襲向精靈王。

「大聖地壞」會讓對手的立足點崩塌，並在困住對手的同時，以瓦礫和沙土進行攻擊。

儘管應該無法造成太大的傷害，不過能爭取到短暫的時間。「大聖地壞」造成的爆炸氣浪，讓不折劍傑利亞朝著雷伊飛去。

就在他要伸手接劍的瞬間——

「呃……！」

右手飛濺鮮血，脫手的不折劍插在地上。精靈王若無其事地鑽過「大聖地壞」的攻擊，站在雷伊面前。

還不只如此。在斬傷雷伊手指的同時，還在他胸前斜砍一劍，並接著再往上揮出一劍。這樣總共就有三劃了。距離五芒星完成還剩下兩劃。這樣雷伊就會被封印在寶石之中了吧。

根據精靈的特性，雷伊應該不會死，但是會完全動彈不得。雷伊急忙跳開，估算著雙方之間的距離。

「會是偶然嗎？」

雷伊像是詢問般地說道：

「我擁有七個根源。不論使用威力再強大的精靈劍與魔法，都無法輕易消滅掉我。然而你卻像是知道我似的，佩戴著寶劍艾盧亞隆。」

要消滅擁有七個根源的雷伊極為困難。倘若要與他交戰，與其設法消滅他，還不如封住他的行動會比較快。

「……我們曾在哪裡交手過嗎？」

即使雷伊詢問，精靈王依舊沒有答話。

「總覺得你打從最初就對我的底牌瞭若指掌。還是不要稱你的意會比較好吧。」

雷伊這麼說完，便舉起雙手。

「我投降了。與其就這樣接受試煉，看來還是等阿諾斯過來會比較好呢。」

在雷伊這麼說的下一瞬間，精靈王出現在他眼前。

精靈王不由分說地刺出艾盧亞隆，警戒中的雷伊在千鈞一髮之際避開這一劍，大幅地拉開距離。

「很遺憾，精靈王大人想再繼續一下試煉。」

艾尼悠尼安大樹的聲音響起。

「……也就是不打算讓我平安回去吧？」

就像在說不好的預感成真似的，雷伊喃喃說道，同時注意著精靈王的一舉一動。

還是沒有一絲的破綻，不是能赤手空拳對抗的對手。而精靈王就連思考對抗手段的時間也不給他，直接衝了過來。

雷伊為了保持距離再度後退。但就像是要擋住他的去路般，他的背後突然落下無數的雷電。這些雷電宛如監牢似的變形，封住了雷伊的退路。

雷伊的眼角餘光，捕捉到一個拿著小槌的巴掌大妖精。是風與雷的精靈基加底亞斯。

「呃……！」

雷伊的臉痛苦扭曲起來。

他的腳被尖銳的樹枝貫穿。精靈全是精靈王的夥伴。就像在體現艾尼悠尼安大樹的這句話般，地板伸出無數的樹枝刺穿雷伊的身體，將他整個人釘在原地。

「呃……哈……」

儘管如此，擁有七個根源的雷伊也不會死去，不過目的是要阻止他逃走吧。

精靈王持著寶劍艾盧亞隆站在他面前。劍刃閃耀，有如閃光般地揮出。

「…………」

精靈王的眼神混著些許驚訝。

艾盧亞隆揮空了。因為應該被樹枝釘住的雷伊身影當場消失，而周遭則瀰漫起霧氣。

「我也算是半個精靈，就算幫忙也無所謂吧？」

霧中傳來米莎的聲音。是「雨靈霧消（fusuka）」的魔法。霧氣化為人形，雷伊與米莎在遠離精靈王的位置上出現。

艾尼悠尼安沒有答話。但由於兩人沒有返回地上，所以是認為沒有問題吧。或是說，打從一開始就不打算放他們回去？

「雷伊同學，這個。」

米莎將不折劍傑利亞交給雷伊。

「……妳『雨靈霧消』的魔法，好像用得比以前得心應手了呢……」

米莎點頭。她方才施展「雨靈霧消」，將雷伊化為霧氣逃走。她以前雖然能將夥伴藏匿在霧中，但能變成霧的應該只有自己。

「不知道為什麼，在奮不顧身地施展後，就辦到了……」

不知是因為雷伊陷入危機，還是因為來到了阿哈魯特海倫，米莎作為精靈的力量好像增強了。

「我也要戰鬥。」

這句話讓雷伊爽朗地微笑起來，牽起她的手。

「如果是現在，如果是跟妳的話，我想就能辦到了喔。」

「咦……？」

雷伊向發出疑問的米莎說道：

「妳是我的劍。只要妳看著我，只要妳跟我一起戰鬥，我就絕對不會輸。」

儘管還處在戰鬥之中，雷伊依舊向米莎問道：

「妳願意相信我嗎？」

米莎點了點頭。

「是的，我相信你。」

雷伊微笑著，然後立刻朝精靈王看去。

瞬間，他蹬地衝出，一直線地逼近精靈王。就像要擋住他的去路般，無數的樹枝突破牆壁、地板以及天花板，將前端化為利刃地襲擊過來。

「呼……！」

雷伊以目不暇給的速度朝全方位揮劍，將襲擊而來的樹枝盡數斬斷。而就像追擊似的，風與雷的精靈基加底亞斯發出無數雷電。雷伊看穿些許空隙穿過攻擊，貼近到精靈王身旁。

「……喝……！」

以大上段劈下的劍擊，精靈王用寶劍擋下。不折劍的鋒利度與強韌度占了上風，將艾盧亞隆的劍刃砍出些許缺口。

在雷伊衝到的位置上，剛好插著另外一把精靈劍。他將那把劍踢到空中，用左手接住，就這樣朝精靈王的面具刺出——

「……哦哦哦哦哦……！」

啪鏘、鏘地響起硬物斷裂的聲音。雷伊一臉驚訝。左手的精靈劍與右手的不折劍，全都被精靈王的寶劍斬斷了。

雖然以快於雷伊揮劍的速度斬斷精靈劍的本領也很驚人，但要打碎有著絕對不會斷的傳聞與傳承的不折劍，可不是尋常劍術就能辦到的。

帶著殺氣的視線，從面具後方貫穿雷伊。寶劍艾盧亞隆朝著失去劍的他劈下。

「…………！」

大概是暴露出些許動搖吧，精靈王的魔力從面具底下漏出。雷伊用應該是從根部斷成兩截的不折劍，擋住了艾盧亞隆的攻擊。

不對，是白色聖光聚集在劍上，形成了劍刃。這是跟「聖域」十分相似的光芒。

儘管如此，卻是遠比「聖域」還要強烈的光輝。

雷伊猛然使勁，形成與精靈王互拚力量的局面。

「你果然知道兩千年前的我呢。會以試煉規則禁止聖劍與魔劍也是如此，會判斷精靈劍被打斷的我已無劍可用也是如此。」

雷伊將光劍繼續往前推。他的力量增強了。

「因為你只知道兩千年前的我，所以才沒預期到我會施展過去無法運用自如的這個魔法——『聖愛域（teo asuku）』吧？」

雷伊全身伴隨著光芒。他一用力，精靈王就拖著腳步微微後退。

「聖愛域」。這是讓兩人的愛合而為一，轉換成龐大魔力的勇者最後的王牌。是在與米莎牽手的時候就已經發動了吧。

據說唯有與所愛之人並肩作戰，讓真實之愛合而為一才能發揮威力的這個魔法，在神話時代，勇者加隆並沒有辦法運用自如。

這並不是因為他的魔法技術不足，而是因為背負著眾人的期待於一身，讓他的內心總是孤獨的。

不過，現在可就不同了。

「你是比我還強。不過，很遺憾的。」

米莎的愛與雷伊的愛合而為一激勵著他。本來是用來強化人類弱小的身體能力與武器的「聖愛域」，施展在魔族的肉體上後，就只能用強韌來形容。

雷伊使勁踏出一步，將伸展出來的光劍往前推，在鋒利度與力道的壓制下，寶劍艾盧亞隆產生龜裂。

「正因為是迎來和平的現在，所以我——」

彷彿兩人的情意在熊熊燃燒般，他身上纏繞著有如烈焰般的聖光。

「——代替劍，總算是掌握到愛了。」

雷伊大幅跨出一步，以全力劈下愛之劍。

「『聖愛劍爆裂(teo torearosu)』！」

雷伊身上纏繞的光焰瞬間膨脹開來，連同寶劍艾盧亞隆一起將精靈王劈開。

瞬間，劍光閃耀的軌跡爆炸開來——

§ 36 【預兆】

精靈王身上的漆黑鎧甲半毀，全身湧出大量鮮血。在面具龜裂的瞬間，精靈王用單手按住面具。

在受到「聖愛劍爆裂」直擊後居然還能動，是拜面具與鎧甲，還有精靈王纏繞在自身上的反魔法所賜吧。只不過，這樣他就幾乎失去武裝了。

雷伊將迸發光芒的愛劍指在精靈王的眼前。

「分出勝負了吧？在失去劍之後，即便是你也沒辦法一面按著面具一面戰鬥吧？」

「……啊啊，也是呢……」

精靈王首次發出話語。他緩緩放開面具。面具上的龜裂擴大，碎裂開來。微微露出嘴部，讓他的魔力開始外洩。

就在雷伊被他的真實身分吸引住目光的瞬間。一陣暖風吹拂而過。閃爍綠光的螢火蟲乘著這陣風飛來，纏繞上精靈王的面具與鎧甲，以及折斷的寶劍。

隨後，面具、鎧甲，還有寶劍就在轉眼間逐漸修復。乘風飛來的是治癒螢賽涅提羅。能夠治療精靈的傷勢，又被稱為精靈的醫生。

所以面具與鎧甲也都是由精靈構成的吧。在一切都修復回毫髮無傷的狀態後，精靈王揮出寶劍。

「呼……！」

預測到精靈王的攻擊軌道，雷伊試圖用愛劍打掉艾盧亞隆的攻擊。為了讓五芒星完成，劍的軌道怎樣都會受到限制。不過精靈王卻預測到了這一步，在途中改變劍光閃動的方向。

刺出的艾盧亞隆瞄準雷伊的心臟。擁有七個根源的雷伊受到這一擊，也不會是致命傷。

就像是要捨命打破面具似的，雷伊將愛之劍高高舉起。他應該是打算用這一擊破壞掉面具，不讓治癒螢有機會修復吧。

貫穿反魔法、切開血肉，寶劍艾盧亞隆刺中了雷伊的心臟。即使左胸口滲出鮮血，他也還是以渾身之力將劍劈下。

「『聖愛劍爆裂』！」

伴隨著爆炸發出龐大光芒的愛劍，朝著精靈王的面具劈下——

「……呃…………！」

就在要劈開面具之前，愛劍戛然而止。

雷伊的右手根部化為藍寶石。在雙方交錯時，精靈王刺穿雷伊的心臟，然後在自己的面具被劈開之前，在他的右手根部劃上小型的五芒星傷痕。

愛劍當場落地，發出匡啷聲響。「聖愛域」的光芒消失，地上只留下被折斷的不折劍。

感覺就像是無法施力般，雷伊的右手無力垂下。就算無法封印本人，這是只要劃上小型的五芒星，就能奪走斬傷部位的機能吧。

只不過，居然能在雷伊使出捨身攻擊之前，同時讓他的心臟與右手根部受傷，這可不是尋常高手所能辦到的事。

「假設我們曾經交手過。」

雷伊將「聖愛域」的力量集中在左手持有的精靈斷劍上，然後舉起發出龐大光芒的愛之劍，同時說道：

「能在劍術上贏過我的人，我就只認識一個呢。」

「勇者加隆。」

精靈王說道：

「經過兩千年，沒有事情是不會變的。」

雙方交錯的視線迸出火花，兩人就像噴射出去似的揮劍攻擊。

速度與速度的單純對決。雷伊試圖斬斷面具的劍擊，與精靈王必須劃上五芒星的劍擊。

這場對決究竟對誰有利，就連想都不用去想，但贏得這一回合的仍然是精靈王。

雷伊的劍落在地上，他的左手無力垂下。就跟方才一樣，這次是左手被劃上五芒星，使得根部覆蓋上一層藍寶石。

「結束了。」

劍光閃耀。劈下的寶劍艾盧亞隆劃出完整的五芒星——就在這之前改變了軌道。

數百道雷電宛如箭矢般地射向精靈王。

這些雷電全都被他用艾盧亞隆斬斷，在空中化為紅寶石嘩啦落地。

「雷伊同學，請退下！」

米莎從手中發射雷矢。那是風與雷的精靈基加底亞斯的力量。

「精靈魔法——」

米莎宛如從前就知道這招魔法似的，舉起雙手畫起魔法陣。她的魔力提升到跟以往有著天壤之別的程度。

與此同時，米莎的栗色頭髮漸漸改變髮色。

顏色愈來愈深，變化成會讓人聯想到大海的髮色。她的背上長出六片結晶般的翅膀，身上的白制服變化成一套帶有藍色的高雅黑色——檳榔子黑的禮服。單片貝殼的項鍊變化成十芒星造型的垂飾項鍊。

這是她作為精靈的真體吧，那副模樣與大精靈蕾諾十分相似。

「『大樹惠葉』。」

從魔法陣中出現大樹的葉片，她在將葉片貼到退下來的雷伊右手與左手上後，束縛住他雙手的藍寶石就粉碎了。同時劃在他胸前的五芒星魔法線也一併消失。

「……這就是妳的真體嗎……？」

「啊哈哈……好像是這樣呢……？雖然沒什麼實感……是人形這點讓我鬆了口氣……」

「身體還好嗎？」

半靈半魔跟精靈相比，傳聞與傳承的量大都不足，根源容易變得稀薄。要是變回真體，情況就會更加嚴重了。

「沒問題的，我從以前就只有健康這個優點呢。而且，在雷伊同學遭遇到危機時，怎麼能說這種話呢！」

米莎用雙手畫起魔法陣，那是精靈魔法的術式。

「『靈風雷矢』。」

無數的雷箭朝精靈王飛去。就像緊追在後，雷伊用雙手握住「聖愛域」的劍蹬地衝出。

精靈王這邊的風與雷的精靈基加底亞斯，也像是迎擊般地同樣射出數百道的雷箭。

雷與雷的衝突，在室內響起嘎嘎、滋滋滋滋的刺耳聲響。

「喝！」

雷伊逼近精靈王後，用右手的愛劍朝他的面具劈去，同時故意引誘他攻擊自己的胸口。要用寶劍艾盧亞隆劃出五芒星，憑精靈王的實力來講，恐怕能在交錯的瞬間做到。

雷伊是打算在他劃完五芒星之前破壞掉他的面具吧。

精靈王稍微側身，避開朝面具劈下的「聖愛域」之劍，用肩口承受這一擊。漆黑鎧甲被劈開，光刃砍進他的肩膀裡。精靈王接著往前踏出一步。

他往上揮出寶劍艾盧亞隆，雷伊也同時揮出左手的劍。

劍光閃耀，雷伊瞠大了眼。精靈王沒有接著把劍劈下，而是繼續向前，就像擦身而過似的避開雷伊的攻擊。

他的目標只有一個。在雷伊連忙轉頭的瞬間，他看到鮮血湧出的光景。

「……啊……………」

精靈王的寶劍刺穿了米莎的心臟。

雷伊手上的光劍消散。即使是將愛轉換成魔力的「聖愛域」，要是那份情意消失了，也一樣無法施展。

米莎的生命正在消逝中。

「…………」

微微吐氣，雷伊冷靜注視著精靈王。

他有過無數次度過修羅場的經驗吧。他非常清楚要是被憤怒支配的話，就無法守護住任何人。

正因為他很重視米莎，所以他才會冷靜地、透徹地直直注視著她的生命逐漸消逝。

雷伊朝精靈王邁出一步。

就在這時——

＊＊＊

魔眼被截斷，看不到雷伊的視野了。

「東張西望可不好喔，魔王。讓你疏忽了反魔法。」

我在雲橋上奔馳著。精靈王的城堡就在眼前。

阻擋在前方的是緋碑王基里希利斯。他用魔法切斷了讓我與雷伊共享視野的魔法線。

「這是個好機會。就讓汝見識一下吾輩這兩千年的研究成果吧。」

緋碑王在上空畫起巨大的多重魔法陣，從中突然冒出一塊幾乎有座山這麼大的緋紅色碑石，充滿著能讓人感到悠久歲月的魔力，光是外洩的部分就足以讓大氣激烈震盪。

「來吧，汝就仔細看好了。兩千年的鑽研，逼近深淵之底的魔法偉業。這正是緋碑王基里希利斯偉大——的……」

在他說著誇張的臺詞時，我用右手貫穿了他的腹部。

「……咳…………」

「緋碑王，你還是老樣子啊。戰鬥不是研究發表會。如果想施展需要時間的大魔法，得先確認對手的空隙。」

我在緋碑王體內畫起魔法陣，用力抓起在他體內流動的魔力。

「『魔咒壞死滅』。」

這是讓對手的魔力失控，最終導致死亡的詛咒。基里希利斯身上浮現一道蛇形黑痣，就像要啃食他似的激烈暴動起來。

凝膠狀的身軀無法保持原形，扭曲地化為一攤水。就像是受到詛咒侵蝕般，那是一灘澈底發臭的黑水。

在我抽回手臂後，那裡就只剩下「魔咒壞死滅」的魔法陣。

「『根源死殺』。」

我將指尖穿過魔法陣，讓右手染成一片漆黑。我一把抓住飄在空中的「魔咒壞死滅」的魔法陣用力捏爛。有如水花四濺般，基里希利斯連同根源一起粉碎了。

§ 37 【逼近深淵之底】

我立刻跑起來，渡過雲橋來到精靈王的城堡前。推開門城入內後，眼前是一面緋紅色的空間。

牆壁、地板、天花板，還有柱子，全都染上了緋紅色。那是緋碑王的碑石。這座城堡不是雷伊所在的地方。

「魔王，歡迎來到吾輩的研究所。」

背後響起聲音。從門後走來的人，是方才應該被我消滅根源的緋碑王基里希利斯。

他全身發著黑光，就像露出扭曲笑容似的讓臉孔扭動變形。

「只不過，沒想到汝會不顧精靈學舍的規則，不由分說地就想將吾輩消滅掉，是不是有些輕率啊？」

「沒什麼，當看到那個大到誇張的碑石浮在空中時，就覺得你是瞞過了艾尼悠尼安的魔眼（監視），打算對我惡作劇了。既然不會被發現，那就沒有問題。」

「這應該沒有證據才對。」

「不需要證據，因為你就是這種個性啊。你大概企圖讓我以為這裡無法攻擊，然後再趁機偷襲我吧。但期望落空了呢。」

我的話讓基里希利斯不愉快地扭曲著臉孔。

「居然是用個性來判斷，汝這個男人還是一樣隨便啊。」

「你倒是成長不少的樣子。你在兩千年前，應該是無法施展『根源再生』的。」

他的平臉彷彿嘲笑似的變形著。

「汝注意到的就只有這些嗎？」

「唔，『魔咒壞死滅』跟『根源死殺』，我應該都是第一次對你使用。」

「根源再生」就性質上，只會對曾經受過一次的攻擊有效。

「我研究了勇者加隆的根源魔法。如今的吾輩，可是擁有七個根源。」

基里希利斯讓魔力在體內流動，使凝膠狀的身軀發出黑光。要是他擁有七個根源，到底是能一目了然。我試著用魔眼窺看深淵，但他的根源總量依舊只有一個。

「原來如此。是將根源七等分，模擬性地作為七個根源運作啊？這樣一來，就能在一個根源消滅的瞬間，施展『根源再生』復活了。」

「呵呵呵。吾輩應該說過，吾輩早已遠遠超越汝的骨董魔法了。」

「不過是小把戲。要是將根源七等分，魔力也相對會衰弱。雖然你好像藉由干涉七個根源，順利維持住了強度，但這讓你變得比本來還弱喔。」

「只要魔力強大就好的想法，根本就是錯誤的唷。不論施展怎樣的魔法，吾輩都能不斷復活。懂嗎？由於能施展『根源再生』，如今的吾輩可是比讓汝備感棘手的勇者加隆還要頑強的不死之身啊。」

基里希利斯興高采烈地解說著。

「所以？我沒什麼空理你。現在的話，要我放你一馬也行喔？」

基里希利斯呵呵呵地發出毛骨悚然的笑聲。

「很遺憾，汝沒辦法無視吾輩。此乃深淵的試煉。究竟是誰更加地逼近深淵之底，在分出勝負之前汝是離不開這裡的。倘若強行離開，就將永遠無法抵達精靈王的城堡唷。」

緋碑王已加入精靈王的麾下。就算這是精靈試煉的一環，也沒什麼好不可思議的。

「打從兩千年前起，你這個男人就是得不到教訓。」

「汝能故作從容到何時呢？這裡可是吾輩的領域唷。」

城內閃耀亮起，逐漸寫上密密麻麻的魔法文字，並開始冒出無數的緋紅色粒子。會跟德魯佐蓋多的立體魔法陣很像，恐怕是因為他在模仿吧。

「說出試煉的內容吧。」

就像咧嘴一笑似的，基里希利斯扭曲著臉孔。

「當然，是要較量汝與吾輩的魔法術式與魔法技術唷。」

魔法陣在我與緋碑王的腳下畫起，從中出現三塊小型碑石。

「能使用的魔力，就只能從這三塊碑石裡獲取。要是使用了自身的魔力，就算失去試煉資格。」

「原來如此，是想封住理滅劍啊？」

儘管不愧是緋碑王的碑石，裡頭儲藏著還算不錯的魔力能量，但完全不足以施展『魔王城召喚』。

「汝無法跟往常一樣靠著魔力強渡關山，就只能單純以魔法研究的實力一決勝負唷。也就是說，這樣就能明確知道，究竟是誰比較逼近深淵之底了呢。」

「我想問你一件事。」

我翻起手掌，用食指招了一下後，三塊碑石就倏地飛到我身旁。

「難道你以為你的魔法不如我，是因為魔力差距的問題嗎？」

基里希利斯就像怒不可遏似的，亮起魔法陣形狀的魔眼。

「在魔法研究上，吾輩一次也沒有輸過汝啊！」

我使用一塊碑石，用裡頭儲藏的魔力在一隻手上畫起魔法陣。看到我的術式，基里希利斯就得意地笑了。

「呵呵呵，真是沒想到，是起源魔法『魔黑雷帝（Jirasudo）』啊？還真是使用了一如預期的魔法呢。只不過，你也只剩這一招了吧。古老的事物帶有魔力。只要以兩千年前的魔王阿諾斯作為起源，就能以風險作為代價，用少量的魔力借取到龐大的魔力吧？也就是汝使用這塊碑石的魔力所能發出的最大魔法。」

大概是因為我施展了一如預期的魔法吧，基里希利斯饒舌地解說著。

「然而，用這種骨董魔法的話，汝是怎樣也不及吾輩的。因為吾輩的魔法能潛入到遠比這種魔法還要深層的深淵之底啊。」

基里希利斯同樣消耗一塊碑石畫起魔法陣，而那個術式用了很罕見的魔法文字。

「喔，是古代魔法文字啊？」

古代魔法文字是連在兩千年前都被視為古老時代的上古以前作為主流的魔法文字。不僅很少有人研究，能用這種文字發動魔法的人，大概就連在神話時代都不存在吧。居然能輕鬆運用這種魔法文字，四邪王族果然不是浪得虛名。

「說我的魔法是骨董，但你構築的術式還真是古老啊。」

「哎呀，人稱暴虐魔王的汝難道不懂嗎？吾輩研究的古文魔法比汝開發的起源魔法還要逼近深淵之底。難以編入術式的古代魔法文字，以及只讓人覺得不合理的古代魔法數字，只要能正確地理解意思，就能畫出將少量的魔力無限增強的術式。」

基里希利斯畫出的魔法陣亮起，城堡地板上接連浮現古代魔法文字。

「呵呵呵，汝能理解嗎？吾輩在這兩千年間加以研究，然後畫出來的古文魔法術式。古文與古數畫出複雜的術式，甚至讓人感到美麗地絕妙得互相干涉。每個文字都分別對其他的文字發揮效果，無限地增強著魔力。常人難以理解的古文魔法因為難以運用而逐漸沒落，就連神話時代的魔族都已然遺忘。」

基里希利斯敞開雙手，自豪地高聲說道：

「而如今，吾輩在此讓它重新復甦了！」

寫滿古代魔法文字的地板構成魔法術式，形成一個巨大魔法陣。

「唔，那就試試看吧。」

我發動起源魔法「魔黑雷帝」。漆黑雷電纏繞在我的手上，就像增強似的在城內逐漸膨脹開來。

「來吧，魔王。就讓汝那陳舊的腦袋，見識一下魔法的深淵吧。」

緋碑王基里希利斯舉起手後，緋紅色的雷電就聚集在他手上。這些雷電經由古代魔法文字的力量增強，在轉眼間逐漸覆蓋住整座城堡的內部。

「看招吧。古文魔法『魔緋雷震（mezoabusu）』。」

他從手中發出緋紅色的雷電，讓碑石城堡劇烈搖晃起來。我就像是要迎擊般地發出「魔黑雷帝」。

緋紅與漆黑，兩種色彩的雷電衝突，互相侵蝕著彼此，演奏起嘎嘎嘎嘎地爆炸聲響。在瞬間的僵持後，緋紅色雷電彈開了「魔黑雷帝」。而且「魔緋雷震」依舊沒有停下，持續增強著威力朝我襲來。

「唔，相當不錯呢。」

我再使用一塊碑石，施展起源魔法向兩千年前的魔王阿諾斯借取魔力，展開反魔法遮斷緋紅色雷電的攻擊。

「呵呵呵……」

基里希利斯發出毛骨悚然的笑聲。

「如何啊？古文魔法的力量？這還只展現了八百年份的研究成果唷。不過光是這樣，就是多達數千萬文字的魔法術式了呢。」

我將魔眼（視線）朝城堡內部看去。在以緋紅色碑石構成的地板與牆壁上，全都畫著會對緋碑王的魔力產生反應發動的古文魔法術式。

「原來如此。也就是說，你在這兩千年間，孜孜不倦地在這座城堡的碑石上刻著魔法術式啊？」

「吾輩並沒有使用魔力呢。符合規則唷。」

緋碑王基里希利斯不論是構築魔法術式的速度，還是根源所具備的魔力都很弱。所以才會為了有效率地運用魔力改造自己的身體，儲藏魔力，使用事先刻好術式的碑石。

「我知道你很熱衷研究。只不過，這種作法是怎樣也無法抵達深淵之底的。」

或許是被我觸怒了吧，緋碑王的臉扭曲成一團。

「真是想不到啊，擅長的起源魔法被破解，碑石也只剩下一塊的汝，竟然會說出這種不服輸的話，還真是滑稽呢。」

緋碑王同時從兩塊碑石中取得魔力，畫起魔法陣。

「汝的時代已經結束了。魔王終究只是個受惠於根源的木偶。與汝不相稱的那股龐大魔力，就由吾輩收下，協助吾輩抵達深淵之底吧。」

緋碑王的魔法陣亮起，城內的碑石上浮現古代魔法文字。其數量，大約不下一億。

「看吧。這就是吾輩這兩千年來集大成的古文魔法『震魔緋雷牙（regu noabusu）』。恐懼、顫慄，然後理解吧。窮極古文魔法之後的無限魔力正是深淵之底啊。而吾輩現在乃是最為接近深淵之底的人！」

纏繞在他雙手上的緋紅色雷電膨脹開來，宛如巨獸之牙般的變形。這股龐大魔力的餘波漸漸撼動著整座城堡，讓天花板落下細小的碑石碎片。

「唔，我可不這麼覺得。」

我消耗最後的碑石施展起源魔法「魔黑雷帝」，讓漆黑雷電覆蓋住我的右手。

「你的魔法究竟到了何種程度，就讓我來試試看吧。」

在我推出右手後，狂暴的漆黑雷電就朝著緋碑王發射出去。

「就是到這種程度啊。」

他揮出纏繞著「震魔緋雷牙」的雙手。被緋紅色雷牙咬住的「魔黑雷帝」，就像朝周圍擴散開來似的被輕易彈開。

「吾輩就宣告試煉的結果吧，魔王。」

基里希利斯就像樂不可支似的扭動著凝膠狀的臉孔，朝我發射出「震魔緋雷牙」。

「是不合格啊。」

刺耳的雷聲轟鳴，「震魔緋雷牙」展露凶牙。緋紅色雷電彷彿張開下顎般的上下分開，將我一口吞下。

滋滋滋滋滋滋、嘎嘎嘎嘎地響起激烈聲響，緋紅色的雷牙用力咬在我身上。承受不住這股驚人的威力，地板破裂、柱子傾倒，天花板開始崩塌。

無數的瓦礫紛紛落下，沙塵覆蓋住視野。等到沙塵漸漸散去後，緋碑王眼中映著一個漆黑人影。

「……什……麼……？」

他看到的是毫髮無傷的我，還有纏繞在我手上的漆黑雷牙。

「……為什麼……？你應該就連反魔法都沒辦法用啊……是哪裡來的魔力……！」

「就算能發出比我強大的魔力，你也太蠻幹了，緋碑王。被你彈開的『魔黑雷帝』變得怎樣了，你要仔細看好啊。」

聽到我這麼說，基里希利斯才首次用魔眼朝周圍看去。在沙塵的另一端，我在崩塌的牆壁、天花板，甚至是柱子的每個角落上，用漆黑雷電刻上密密麻麻的文字。

所有的文字都在互相干涉，構成了一個魔法陣。察覺到上頭刻著的魔法術式是什麼後，基里希利斯當場目瞪口呆。

「……怎麼……可能……竟然是……古代魔法文字……！」

我踏出一步，向他說道：

「古文魔法就如你所說的，只要組成正確的術式，就能讓微弱的魔力持續增強。就像這個樣子。」

我向他展現纏繞在右手上的漆黑雷牙。是我將「魔黑雷帝」的魔力注入用古代魔法文字所畫的魔法陣之後，發動了古文魔法「殲黑雷滅牙」。

「但跟你想得不同，古文魔法並沒有辦法無限地持續增強魔力。只要能解讀古代魔法文字，要不了多久就會注意到這種術式能取出的魔力有極限。那就是這個『殲黑雷滅牙』。」

基里希利斯用魔眼拚命分析著我所構築的古文魔法術式。

「儘管在將微弱魔力增強的效率上很優秀，但相對地也很快就會達到極限。也就是說，這是像你這樣根源缺乏魔力的弱者在用的魔法。恐怕魔族的祖先們就是注意到這件事，才會為了逼近深淵之底捨棄古代魔法文字，開發出新的魔法文字吧。」

我朝著茫然若失的基里希利斯慢慢走去，站在他的面前。

「……這種事……怎麼……可能……啊……古文魔法，是為了創造出無限魔力的……」

就在嚇得渾身發抖的緋碑王退後的瞬間，我一把抓住他的臉。纏繞在我手上的「殲黑雷滅牙」展露凶牙，將他的身體撕成碎片。

「呃、啊啊啊啊啊啊啊啊啊啊啊啊啊啊啊啊啊啊啊！」

漆黑雷牙深深咬在基里希利斯的身上。

「……不、過……就這樣…………」

他的魔力與根源，被「殲黑雷滅牙」飢渴地吞食殆盡。霎時間，有如結界般瀰漫在這裡的氣息消失了。

大概是以緋碑王的死，讓試煉結束了吧。現在的話，應該能前往精靈王的城堡。我轉身朝著城門筆直走去。

「……等、等等……魔王…………還、還沒有結束……」

傳來緋碑王的聲音。

緋碑王應該融化成一灘爛泥消失的身體再生了。既然三塊碑石全都消耗完畢，他就應該無法再施展「根源再生」才對，但他大概是不顧顏面地使用了城堡碑石的魔力吧。

「唔。不過很抱歉，古文魔法就只有效率很好。雷牙還咬在你的根源上頭喔。」

基里希利斯再生回來的身體再度纏繞上「殲黑雷滅牙」，飢渴地啃食著他的根源。

「什……怎……呃啊啊！」

「你要復活幾次都行。在這兩千年間，你好像都在累積魔力的樣子，那麼在『殲黑雷滅牙』消失之前，要是你碑石的儲藏量夠用就好了。」

我留下這句話後，朝城門走去。

「……等……等等，吾輩還……還……還沒有輸給汝……啊……」

我頭也不回地說道：

「也差不多該承認了吧。你作為目標的深淵之底，就只是我在兩千年前早已通過的淺灘罷了。」

§ 38 【三位一體】

離開碑石城堡後，附近一帶是雲的迴廊。

環顧四周後，發現到雲層的裂縫，上頭架著一座橋。橋的對面有著綠意盎然的地面，那裡聳立著一座小城堡。這次真的是精靈王的城堡了吧。

我蹬地衝出，讓身體瞬間移動到城堡前面，伸手推開城門。

這是雷伊與精靈王戰鬥的痕跡吧，城堡內部破爛不堪。地板破裂、柱子崩塌，牆壁上有好幾處被斬斷的痕跡。

不過，最該注意的是聲音。太安靜了。直到方才為止，精靈王與雷伊展開了一場激烈的戰鬥。要是戰鬥仍在繼續，就難以想像會聽不見半點聲響。

是已經分出勝負了嗎？我邁開步伐，朝精靈王的王座走去。

這裡空無一人。

不論是雷伊還是米莎，就連精靈王也不見蹤影。大量的鮮血在那裡形成一個水坑，中心處掉落一顆紅寶石。

「唔。」

我將手伸向紅寶石，使其飄浮在空中。接著以球形魔法陣包住紅寶石，再用魔法陣覆蓋住八個方向。

「『封咒縛解復(raeruente)』。」

這是能解除封印、詛咒與束縛的魔法。寶石漸漸產生龜裂，然後粉碎。伴隨著淡淡光芒，出現在眼前的是遍體鱗傷的雷伊。

他就連站著的力氣都沒有了吧，整個人往地上跪倒。我伸手扶住他的身體。

「雖說被封住了靈神人劍與一意劍，但沒想到你居然會輸。」

我施展「總魔完全治癒」的魔法，治療著雷伊的傷勢。

「米莎呢……？」

既然會問這件事，就表示在確認到米莎的狀況之前，雷伊就被封印在寶石裡了吧。如果她死了，遺體應該會留在這裡。會把遺體帶走，是為了不讓我施展「復活」嗎？

我不認為精靈王有理由做這種事。他會殺害米莎，是因為這樣比較容易打倒雷伊。

然而，他儘管封印了雷伊，卻沒有將他殺害。是因為要完全消滅擁有七個根源的他，時間到底是不夠用吧。是在我趕來之前逃走了嗎？

如果他的目的是要殺害米莎，根本沒必要用這麼拐彎抹角的方式。應該只要在我注意到之前，告知自己是她的父親，趕快把人叫出來殺掉就好。

「認為她被精靈王帶走會比較妥當吧。」

「……是打算當作人質嗎……？」

「或者，米莎說不定就是神子，而他打算利用神子的力量做什麼事吧。」

但很令人在意。是我看漏了什麼嗎？不對，是有什麼不足。深深有種只要再有一個契機，一切就能撥雲見日的感覺。

「……阿諾斯，我想精靈王大概是……」

「辛嗎？」

雷伊點了點頭。

「雖然他好像在隱瞞揮劍的方式，但是有某些跟辛的劍技很像的部分。大概是精靈之力的關係吧，他比兩千年前還要強上數倍。」

在兩千年前的魔族當中，有可能將現在的雷伊壓制到這種地步的男人，也就只有辛了。這樣也能理解詛王的部下為什麼會持有一半的魔劍。記得姬斯緹說過，精靈王遠從兩千年前就存在了。

既然如此，那就是辛沒有轉生嗎？沒想到他會不遵守跟我講過的話啊。還是說，有什麼理由讓他無法遵守？

說不定就是那個理由，導致辛現在的行動。

在我轉生之後到底發生了什麼事？他為什麼會當上精靈王？
「阿諾斯！」
回頭望去，看到莎夏與米夏從城門方向跑來，後頭還跟著艾蓮歐諾露與潔西雅。看來她們四人都平安通過試煉了。
「快看！迪魯海德的魔法轉播！」
米夏將「遠隔透視」的影像播給我看。地點是在魔王城德魯佐蓋多的王座之間。
那裡坐著一個人。帶著不祥的面具，穿著長及腳邊的大衣。
「魔族的同胞啊。」
那個人以莊嚴的語調說道。彷彿在扮演暴虐魔王一樣。
「在先前的戰爭中，我們得知人類的愚蠢。不只是人類。下賤的魔族也一樣。沒錯，這個世界腐敗了。因此，我們必須導正這個世界。」
那個人的聲音，就跟雷伊戴著阿伯斯面具時的聲音一樣。
「繼承著暴虐魔王之血，尊貴的皇族們啊，在我的旗下集結吧。在暴虐魔王阿伯斯·迪魯黑比亞的旗下集結吧。與我一起正確地支配這個世界。」
明顯不同。那個人在話語中帶有的怨念，讓人不覺得是方才的精靈王。
「遠離始祖，下賤的混血們啊。向我們俯首稱臣，成為我們的糧食吧。在迪魯海德，我的血統正是唯一且絕對的規範。」
面具魔族站起，大大地敞開雙手。

「來吧，我所創造的七名魔族。」

現場浮現七道魔法陣，七名魔族以「轉移」的魔法轉移過來。

那些人是七魔皇老。他們全都像是在向面具魔族宣示忠誠般地低頭跪下。

「回答我，七魔皇老。我是何人？」

七魔皇老一齊答道：

「「「您是暴虐魔王阿伯斯．迪魯黑比亞大人，世界的支配者。」」」

「述說我們的夙願。」

「「「只由皇族統治世界，實現正確的理想。」」」

面具魔族踏出一步。

「有個違背我們的理想，愚蠢的混血魔族存在。」

面具魔族再踏出一步，高舉起雙手。

「向所有皇族宣告。」

那個人以充滿怨念的聲音，莊嚴地說道：

「殺掉不適任者。」

那個人再度喊道：

「殺掉阿諾斯．波魯迪戈烏多！」

這句話伴隨著魔力，宛如詛咒般地纏繞上七魔皇老。不對，詛咒甚至隔著「遠隔透視」滲透出來，化為黑影纏繞上雷伊、米夏和莎夏。

「這是什麼啦？」

莎夏一臉疑惑，米夏回答她：

「語言的詛咒。」

「能感受到強制力，不過並沒有很強吧。」

雷伊喃喃低語。

「真噁心。」

莎夏用「破滅魔眼」狠狠一瞪，詛咒就消滅掉了。

原來如此，是這麼一回事啊。

「那傢伙不是精靈王。」

我施展「轉移」，打算轉移到德魯佐蓋多魔王城，但是卻辦不到。看來是展開了封住「轉移」的反魔法。

只不過，由於允許讓自己人進行轉移，所以讓反魔法有了些許缺口。如果是微弱的魔力就能通過吧。

我用魔力構築出跟自己一模一樣的魔法體，讓其施展「轉移」飛往王座之間。在集中意識後，眼前染成純白一片，然後下一瞬間，我的視野裡映出阿伯斯．迪魯黑比亞的身影。

「什麼……！」

七魔皇老蓋伊歐斯看到我的魔法體驚叫起來。

「還真是相當壯大的解謎啊。不過只要注意到線索，答案就很簡單。」

我一面說著，一面緩緩地邁出步伐。

七魔皇老一齊站起，朝著我畫起魔法陣。阿伯斯・迪魯黑比亞伸手制止他們，居高臨下地俯瞰著我。

我平靜地開口說：

「以暴虐魔王的傳聞與傳承作為根本的大精靈阿伯斯・迪魯黑比亞。」

在我宣告後，面具魔族驚訝了一下。

「這就是妳的真體，米莎。」

阿伯斯・迪魯黑比亞不發一語，就只是直盯著我。

「在與齊格較量智慧的比試當中，我問他『暴虐魔王是誰？』，他的回答是耶魯多梅朵。這很明顯是在說謊。然而，他卻沒有對關於詢問真實身分的事情說謊。」

既然如此，那他就是對關於我的事情說謊了吧。然而，這卻教人怎樣都無法理解。因為齊格要指定對關於我的事情說謊的理由太薄弱了。

「而且，他還這麼說了：『十五年前，大精靈蕾諾與魔王的右臂辛・雷谷利亞生下一子，那個孩子就是米莎・伊里歐洛古。然而，這卻是由天父神諾司加里亞所設計的。米莎作為精靈的傳承，即是消滅魔王的秩序。而這個傳承並不是在人類或魔族之間傳開，而是在眾神之間傳開。』」

要消滅我的神子只有一人，就在我的部下之中。

「但這卻是謊言。他對『關於大精靈蕾諾孩子的事情』說了謊。蕾諾與辛之間沒有生下孩子，米莎作為精靈的傳承不是消滅魔王的秩序。暴虐魔王阿伯斯．迪魯黑比亞才是構成她根源的傳聞與傳承。」

她作為精靈的傳聞與傳承，將會表明神子的身分。所以齊格沒有隱藏這件事，而是說出消滅魔王的秩序這個十分合理的謊言，反過來迷惑我。

「如果知道米莎是暴虐魔王，在被問到『暴虐魔王是誰？』的時候，正確答案就是回答我與米莎，或是阿伯斯．迪魯黑比亞。而想當然耳，不論米莎還是阿伯斯．迪魯黑比亞，都是大精靈蕾諾的孩子。也就是說，由於這個答案包含到關於蕾諾孩子的事情，所以他必須回答謊言。」

而且也沒辦法回答阿諾斯．波魯迪戈烏多這個有一半正確的答案，所以他才會說出暴虐魔王是耶魯多梅朵的謊言。

「由於這點讓我感到疑問，所以齊格才會為了避免讓我察覺到真相，結束掉較量智慧的比試。」

當然，光靠那場較量智慧的比試是得不到正確答案的。

「會試圖殺害梅魯黑斯，是因為在要通知舉辦魔王再臨的典禮時，會將阿伯斯．迪魯黑比亞是虛假魔王的事實在迪魯海德各地宣揚開來。只要傳達真實，讓傳聞與傳承消失的話，米莎就會罹患精靈病，變得不可能顯現真體。」

也就是說，在最壞的情況下，就算沒能殺掉梅魯黑斯也無所謂。只要七魔皇老知道自己遭到盯上，他們就不得不潛藏起來。這樣一來，典禮的通知就會推延，讓阿伯斯．迪魯黑比亞的傳聞與傳承在消失之前多了緩衝期。

實際上，要是沒有那場襲擊，早在今天之前就已經將阿伯斯·迪魯黑比亞並不存在的事實傳播出去了吧。

「詛王的部下以及精靈王想殺害米莎，目的是想藉由讓她一時性的姿態陷入生命危險，強制使她的真體覺醒。」

這樣想的話，雷伊陷入危機的情況，也協助了她的覺醒吧。為了幫助戀人，讓米莎嘗試解放沉睡在自己體內的力量，並且覺醒了身為蕾諾親生女兒的力量。

然而，這份力量還不完全。蕾諾親生女兒的身分，就只有她作為精靈的一半力量。同時她的真體，也正要覺醒成暴虐魔王阿伯斯·迪魯黑比亞。

「妳的面具會是這種造型，是因為加隆扮演的阿伯斯·迪魯黑比亞曾一度出現在迪魯海德的民眾面前。根據傳聞與傳承構成形體的精靈，其姿態會受到人們的印象所左右。」

傳聞與傳承誕生出精靈。在這個兩千年後的時代，沒有比其實並不存在的阿伯斯·迪魯黑比亞還要在魔族與人類之間廣為流傳的傳聞與傳承了吧。

正因為如此，米莎才儘管身為半靈半魔，卻擁有著不會罹患精靈病的強大根源。

「有什麼要反駁的嗎？米莎。」

隨後，那個人說話了；就跟往常一樣，用她的聲音說道：

「米莎·伊里歐洛古是一時性的姿態。」

阿伯斯·迪魯黑比亞緩緩拿起面具摘下。面具的效果消失，就像展現出真面目般，伸長的頭髮輕盈飄落。她的髮色，就彷彿深海一般。

脫掉大衣後，底下是一套檳榔子黑的禮服。儘管稍微成熟了一點，她的臉毫無疑問是米莎·伊里歐洛古。

「我是阿伯斯·迪魯黑比亞。是要讓迪魯海德成為皇族的國度，導正這個世界的人。為此，我要將另一個暴虐魔王——阿諾斯·波魯迪戈烏多，將你這個身為不適任者的虛假魔王消滅。」

就像雷伊的母親有著魔族姿態與劍的型態一樣，精靈擁有著一時性的姿態與真體。能藉由顯現出真體取得強大魔力，但相對地，精神就算變得與一時性的姿態大相逕庭，也不是什麼罕見的事。

如今在她成為真體後，米莎的人格潛藏起來，讓阿伯斯·迪魯黑比亞的人格浮上表面。那個至今在迪魯海德與亞傑希翁兩地流傳至今的阿伯斯·迪魯黑比亞的人格。

「你不論怎麼做都沒有用了。這場魔法轉播正在迪魯海德的各地播放。而且，魔族們是不得不承認我是暴虐魔王。這是因為，我是根據暴虐魔王的傳承所誕生的精靈。」

七魔皇老們將術式對準我，並在魔法陣中注入魔力。

「誠如吾君所言。她正是貨真價實的暴虐魔王——阿伯斯·迪魯黑比亞大人。乃我等魔族之王。」

梅魯黑斯說道。由暴虐魔王的傳承所具象化的大精靈，擁有讓身為暴虐魔王這件事化為現實的力量。

就像阿哈魯特海倫是不可思議的森林；就像大精靈蕾諾是一切精靈的母親。不管其他人怎麼說，她就是暴虐魔王。如果她的誕生與諾司加里亞有關，神之力也在這件事上提供了協助吧。

「我看穿妳的企圖了。是理滅劍吧。要將理滅劍納為己有需要時間，所以才不讓我施展『轉移』移動到這裡。如果不是為了理滅劍，現在就立刻殺掉不適任者的我就好了。」

「閉嘴，你這反抗暴虐魔王的狂徒。」

艾維斯大聲斥責，七魔皇老一齊發射「灼熱炎黑（guriado）」。

黑紅色烈焰燃燒著我飛到現場的身軀。魔法體無法作出像樣的抵抗，即使能夠對話，卻沒有足以戰鬥的魔力。

「唔，還真是愚蠢啊，阿伯斯・迪魯黑比亞。」

我的話讓她露出冷笑。

「你才滑稽呢。阿諾斯，你的一切都被奪走了。你的名字、你的部下，甚至是你的城堡。這次你真的什麼人也不是，淪落成尋常的一介魔族。」

儘管遭到烈火吞噬，我也還是揚起嘴角，咯咯咯地打從心底湧起一陣無法抑止的笑意。

「咯咯咯，咯哈哈哈哈哈。一切都被奪走了？從我身上？被誰？妳嗎？」

眼前的阿伯斯・迪魯黑比亞，魔力強大得非比尋常。畢竟是根據暴虐魔王的傳聞與傳承誕生的精靈，因此她的魔力大概足以跟我匹敵吧。

然而，我卻是微微笑起，不把這個大精靈放在眼中。

「別得意忘形了，冒牌貨。就算奪走名字、奪走部下、奪走城堡，我就是我這件事也絕對不會讓妳奪走的。」

視野充滿著火焰，在魔法體消逝當中，我堂堂正正地斷言：

「妳就儘管作著榮華的美夢吧。直到真正的魔王歸來為止。」

後記

〈大精靈篇〉早在構思階段就已經很長了，所以當時認為在出書的時候，就只能分成上下集來出版。由於商業出版有時候會沒辦法立刻讀到續集，所以必須基於這點考慮該如何收尾，而煩惱到最後，就變成現在這種結尾了。

這次解開了第一集到第三集之間的一些謎題，網路小說就算是長篇故事，總之也只要想寫就能繼續寫下去，所以相對地容易埋設橫跨數集的伏筆與謎題，規劃好未來發展，有著容易產生這種大長篇作品的土壤。由於我非常喜歡揭開謎底的故事，所以就用無人阻止為藉口，放任興趣地寫下去了。就這個意思上，這也是一部很有網路小說風格的故事。

那麼，這次也承蒙しずまよしのり老師畫了非常出色的插畫，也受到責任編輯吉岡大人非常大的照顧。真的非常感謝兩位。

此外，也非常感謝閱讀本作的各位讀者。下集會是當初獲得相當大迴響的一篇故事。為了讓故事變得更加有趣，我會盡全力努力改稿的，所以今後也請多多指教。

二〇一九年一月七日　秋

魔王學院的不適任者

MAOH GAKUIN NO FUTEKIGOUSHA

～史上最強的魔王始祖，轉生就讀子孫們的學校～

魔法科高中的劣等生

司波達也暗殺計畫 1~2 待續

Kadokawa Fantastic Novels

作者：佐島 勤　插畫：石田可奈

讓榛有希關照，使用獨特「閃憶演算」的見習生，究竟是吊車尾魔法師，還是……？

　　榛有希敗給司波達也，成為黑羽文彌直屬暗殺者後約兩年。四葉家派遣暗殺者見習生少女櫻崎奈穗到有希身邊，同類互斥的兩人展開奇妙的共同生活。此時，決定了新的任務目標，是企圖暗殺司波達也的教團。奈穗為了展現能力，打算獨斷專行，結果是……!?

各 **NT$220/HK$73**

因為不是真正的夥伴而被逐出勇者隊伍，流落到邊境展開慢活人生 1~2 待續

Kadokawa Fantastic Novels

作者：ざっぽん　插畫：やすも

被逐出隊伍的英雄所帶來的超人氣慢活型奇幻故事，第二幕就此揭開！

英雄雷德被逐出隊伍後，來到邊境之地以藥店老闆的身分展開幸福的新生活。與公主度過的甜蜜時光，讓英雄的心靈逐漸獲得滋潤。另一方面，因雷德離隊而陷入混亂的勇者一行人，又將因為前代魔王遺留在遺跡的飛空艇而遇上更激烈的戰鬥！

各 **NT$220/HK$73**

國家圖書館出版品預行編目資料

魔王學院的不適任者 ：史上最強的魔王始祖,轉生就讀子孫們的學校. 4(上) / 秋作 ; 薛智恆譯. -- 初版. -- 臺北市 : 臺灣角川, 2020.08
面； 公分. -- (Kadokawa fantastic novels)

譯自 : 魔王学院の不適合者 : 史上最強の魔王の始祖、転生して子孫たちの学校へ通う 4,(上)
ISBN 978-957-743-937-6(平裝)

861.57 109008345

Kadokawa
Fantastic
Novels

魔王學院的不適任者～史上最強的魔王始祖，轉生就讀子孫們的學校～ 4〈上〉

（原著名：魔王学院の不適合者～史上最強の魔王の始祖、転生して子孫たちの学校へ通う～4〈上〉）

2020年8月17日　初版第1刷發行
2020年9月24日　初版第2刷發行

作　者：秋
插　畫：しずまよしのり
譯　者：薛智恆

發行人：岩崎剛人
總編輯：蔡佩芬
編　輯：彭曉凡
美術設計：吳佳昫
印　務：李明修（主任）、張加恩（主任）、張凱棋

發行所：台灣角川股份有限公司
地　址：105台北市光復北路11巷44號5樓
電　話：（02）2747-2433
傳　真：（02）2747-2558
網　址：http://www.kadokawa.com.tw
劃撥帳戶：台灣角川股份有限公司
劃撥帳號：19487412
法律顧問：有澤法律事務所
製　版：尚騰印刷事業有限公司
ISBN：978-957-743-937-6

MAOH GAKUIN NO FUTEKIGOUSHA Vol.4<JO>
~SHIJOSAIKYO NO MAO NO SHISO, TENSEISHITE SHISONTACHI NO GAKKO HE KAYOU~

Edited by 電撃文庫
First published in Japan in 2019 by KADOKAWA CORPORATION, Tokyo.
Complex Chinese translation rights arranged with KADOKAWA CORPORATION, Tokyo.